【四方风杂文文丛】第二辑

朱铁志·主编

『醒』后吐真言

杨庆春 著

商务印书馆
创于1897 The Commercial Press

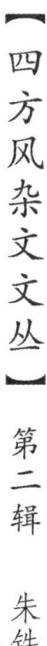

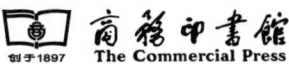

2013年·北京

图书在版编目(CIP)数据

"醒"后吐真言/杨庆春著.—北京：商务印书馆，2013
（四方风杂文文丛第二辑）
ISBN 978—7—100—09960—8

Ⅰ.①醒… Ⅱ.①杨… Ⅲ.①杂文集—中国—当代 Ⅳ.①I267.1

中国版本图书馆CIP数据核字(2013)第095682号

所有权利保留。

未经许可，不得以任何方式使用。

"醒"后吐真言
杨庆春 著

商 务 印 书 馆 出 版
（北京王府井大街36号 邮政编码 100710）
商 务 印 书 馆 发 行
三河市尚艺印装有限公司印刷
ISBN 978—7—100—09960—8

2013年6月第1版	开本 710×1000 1/16
2013年6月北京第1次印刷	印张 22

定价：43.00元

网络时代的杂文创作
——序《四方风杂文文丛》第二辑

朱铁志

不知是杂文独特的艺术魅力使然，还是商务印书馆特有的号召力使然，"四方风杂文文丛"第一辑出版以来，得到同行认可和读者喜爱，也受到出版方的肯定。一些论者对其赞誉有加，市场销售态势良好，几位作者一而再、再而三地购买样书，还是被朋友索要一空。作为文丛的主编，这个结果我是没有想到的。杂文作为"社会批评、文明批评"的犀利工具，向来只存在于"小众"之中，即便是在思想解放的狂飙突进年代，杂文的繁荣也是有限而节制的。但在整个社会日趋物质化的今天，人们并没有忘记杂文。无论客观环境怎样变化，它始终在不满足于思想高度同一化的人群中、在努力保持思想尊严的独立个体中，坚韧地存在着、顽强地生长着，并持续不断地放射出思想的光辉。是的，它从来没有大红大紫过，从来没有站在

"醒"后吐真言

舞台中央,但它就像冬天的溪水,静静的,却在流;就像春天的桃花,淡淡的,却在开。肃杀的风景里有它生命的律动,盎然的春色中有它一抹亮色。安徒生的童话历久弥新,而杂文,正是那个说出皇帝光屁股的孩子。

很多人喜欢这个单纯而没有城府的孩子,因而杂文不管景气不景气,总是有人热衷撰写、热衷阅读、热衷出版,甚至连大名鼎鼎的商务印书馆,也加入到出版杂文的行列当中。这是否可以认作是对杂文价值的一种肯定,是对杂文家工作的一种尊重和推崇呢?长期以来,在读书人的心目中,商务印书馆是以出版权威工具书和汉译世界学术名著著称的。能被商务印书馆所接受、所认可,既是杂文的光荣,也是杂文家的光荣。"四方风杂文文丛"定位于中青年作者,既有借此向老一辈杂文家致敬的意味,又彰显了出版方对杂文未来的信心。第一辑四位(瓜田、徐怀谦、安立志、朱铁志)作者经历不同、职业各异,但分别代表了一种风格和特点。我们不敢说自己写得有多好,但这份追求是真诚的,读者是认可的。

正是基于对第一辑整体质量的认可和对未来杂文发展趋势的信心,商务印书馆决定出版"四方风杂文文丛"第二辑。经过反复比较甄别,出版方在多位备选作者中最终确定宋志坚、李乔、杨庆春、阮直四位。一般读者对四位作者也许并不十分熟悉,但对杂文界同仁来说,四位都是实力出众、特点鲜明的杂文作家。宋志坚人到中年"半途出家"之后,长期从事编辑工作,是福建杂文当之无愧的标志性人物之一,在杂文理论研究和创作两端,均有独特发现和不俗业绩。近年来沉湎于孔子与鲁迅的对比研究中,在锐利观察当下世相的同时,常发思古之幽情,知其者谓其心忧,不知其者谓其何求。李乔系知名学人和报人,是广有影响的北京日报理论周刊主任、报社编委。理论眼界开阔,史学功底扎实,办报策略高妙,文笔辛辣老到,

网络时代的杂文创作

是新史学随笔有影响的写家之一。杨庆春原为工科男,长期痴迷哲学,嗜书如命,对自然辩证法多有研究心得。学术领域介于自然科学和哲学社会科学之间,如今是空军报社领导之一。其深刻的理论见解和敏锐的战略思维,常常流露于杂文创作笔端,成为杂文界一道独特的风景。阮直先生虽是地方报人,却有全国影响,在京沪穗各大报的曝光率甚至高于本地报纸。于杂文和散文两方面创作均得心应手,是有名的得奖专业户。其文风软(阮)中带直,柔中见刚,端的是软硬兼施、刚柔相济,文如其人,人胜其文。

在审读各位同道的文稿时,我不时为精彩的观点和巧妙的表达而击节叫好。临渊羡鱼之际,不免对过往的创作进行一点浅陋的反思。愚者千虑,竟有数得,匆匆记下,就教于方家。

网络时代杂文依然有其独特的存在价值。我们处在一个信息瞬息万变、思想异彩纷呈的网络时代。互联网和手机的迅速普及,使传统的意识形态传播方式发生根本改变,战争年代和计划经济时期那样一种自上而下的传递模式,正为以计算机和手机为代表的即时通讯工具所消解,"海量信息、实时更新、双向互动"逐渐取代了单向度的灌输,很少有人再把提前知晓某种精神和某条消息当作高人一等的"政治待遇",很少有人能够再让民众成为"使由之"的"庸众"、玩弄于股掌之间。只要一机在手,每个人都可以成为事实的见证者,成为现场直播者。"真相"通过无数个体的眼睛折射,"事实"经由不同视角独立解读。企图一手遮天式的"引导"和"教育",必须经得起事实和民众的双重检验,方能取得有限的信任和接纳。于是有人惊呼:互联网搞乱了人们的思想,颠覆了传统的价值,必须限制、封堵乃至关闭,方能保持社会的稳定和人们思想的单纯。这样的惊呼,既来自深受传统观念浸淫的老派人士,也来自某些意识形态管理者。而早已习惯

"醒"后吐真言

于平面写作的杂文作者，是否也感到手机和网络的冲击，认为"段子"和"微博"作为一种更直接、更犀利的"新杂文"，对传统杂文创作形成了强力挑战？我想是的，是挑战，是一种积极而良性的挑战，更是一种促进。任何一种文体的进步，不仅来自自身的觉醒，也来自外部的冲击。段子具有简洁、犀利、辛辣、一语中的的特点，同时也带有碎片化、浅陋化、简单化、情绪化的缺点。而杂文不受微博 140 字的限制，可以在思想和艺术两个层面进行更加深入的开掘、更加从容的展开、更加理性的辨析、更加婉转的表达。一句话，网络时代没有终结杂文，而是对杂文提出了新的更高的要求，有出息的杂文家应该正视这种挑战，力求写出更多、更好的作品，而不是哀叹杂文的式微。

思想性永远是杂文的灵魂。 毫无疑问，思想是杂文的灵魂，批判是杂文的根本属性。再好的材料、再好的文字、再好的构思，如果不以思想为灵魂、为内核，都是枉然。有时巧妙的构思、优美的文字，可以掩盖文章思想力度之不足，也能给人以一定的阅读美感，但稍微一深入，就容易发现花哨外表下的空洞和虚弱。严秀先生说：加强杂文的思想深度和广度，是所有杂文家的首要任务。这是锥心之论，是至理名言。鲁迅杂文之所以让人百读不厌、常读常新，根本原因就在于其深刻的思想见解和独特的艺术魅力。一个杂文作者如果不在这上面下功夫，注定是难有所成的。这当中，最要紧的是要有自己富于创见的新思想，而不是简单重复任何别人的现成结论。杂文不是阐释学，不是说明书，更不是复印机，不能容忍老生常谈，不能接受人云亦云。在写作一篇杂文时，一定要有一个"文无新意死不休"的顽强意念在脑中。没有新思想，起码要有新材料；没有新材料，起码要有新表达。如果一篇杂文既没有新思想，也没有新材料，甚至没有新表达，

网络时代的杂文创作

那就压根儿不要写了,何必"无端地空耗别人的时间",干这种"无异于谋财害命"的勾当?

　　杂文需要学养灌注。杂文的思想性不是凭空产生的。它既来自实践,更来自学养根底。鲁迅先生"孤岛"十年几乎足不出户,却创作了大量脍炙人口的杂文佳作,靠的就是学养灌注的深刻洞察力。朱光潜先生说:"不通一艺莫谈艺。"第一个"艺"字,是指具体的艺术门类,如文学、戏剧、电影、建筑、绘画等;第二个"艺"指美学和艺术规律。就是说,如果不掌握、不通晓一门具体的艺术形式,最好不要妄谈艺术规律。同样道理,写作杂文最好也受过文史哲、政经法等某一学科系统的学术训练,具有较为完备的逻辑思维能力和理论基础。如此,写作过程中才会有左右逢源、如虎添翼的感觉。当然,我不是说没有受过系统学术训练的朋友就没有资格写杂文,但通晓一门,旁及其他,总是有利无弊的。如今很多报刊青睐专家学者的言论,看重的其实就是那个学理背景和专业化的论说。但在注重学养灌注的同时,要特别警惕把杂文写得了无生气,仿佛一篇缩微版的蹩脚学术论文。是真佛只说家常话,即便是学术论文,也照样可以写得才华横溢、生趣盎然。看看冯友兰、闻一多、朱自清先生的论文,就知道什么叫思想深度,什么叫富有情趣,什么叫异彩纷呈,什么叫明白晓畅,什么叫深入浅出。杂文作者当有如是追求。

　　引经据典但不陷于吊书袋的泥坑。杂文常常引经据典,这是增强文章思想性、知识性和历史纵深感的需要。优秀的杂文通过现实穿透历史,同时也从时间深处洞察现实,从而引来横跨古今的深沉思考。有些杂文以史料为由头,由此说开去,犹如抽丝剥茧,层层递进,最后导出结论;有些杂文似乎通篇"讲古",不涉及现实,却是声东击西,意在言外,最后略点

"醒"后吐真言

一笔,全篇皆活。在这方面,不少前辈杂文家如王春瑜、牧惠、陈四益等都是高手,本辑所收李乔、宋志坚也有不少成功的尝试。在我看来,第一,"引"和"讲"都是手段,不是目的,是"台",不是"戏",不能以材料淹没观点,更不能以材料代替观点。有人以为杂文的正路便是来上一段"古人云",再发上一通议论。这是对杂文写作的误解,也是许多读者对杂文不以为然的原因之一。第二,杂文写作当然不妨从史料说起,但不能说起就是说止,必须由此及彼、由表及里、生发开去,有所发挥、有所超越,成一家之言,说出属于自己的观点。正如严秀先生提醒的那样:无力"说开去",千万不要用这样的标题。第三,引述古籍和典故,应有自己的发现,是大量阅读基础上的信手拈来,不是东拼西凑、东挪西借的装点门面。最好采用别人很少使用,或者即使别人使用,但没有独特发现的材料,而不是用尽人皆知的东西作旁征博引状。一说纳谏,就扯出李世民和魏徵,说得读者耳朵都起老茧了。说到底,引述只是由头,是引子,是闲笔,不是正剧。一些作者之所以引得蹩脚,还是因为功底不深、肚里没货,又硬要作出渊博状,书袋子没有吊成,反而暴露了思想和学问的浅薄来。

杂文最忌"杂而无文"。杂而无文,行之不远。所谓"杂而无文",是说一些杂文缺乏艺术表现力,语言枯涩,结构松散,逻辑随意,缺乏一种内在的从容气质和理性之美。优秀的杂文家往往自觉排斥杂而无文的杂文。在他们的心目中,杂文与一般的时评是有界限的。并不是排成楷体字的就是杂文,也不是放在花边里的就是杂文。要言之,杂文之"文",是文明之文、文化之文、文学之文、文雅之文。这"四文"说,我在"四方风杂文文丛"第一辑序言中已经说过,这里不再赘述。

杂文须有一双文学的翅膀。杂文作为一种特殊的文学形式,应该有自

网络时代的杂文创作

己的文体特征和独特的美学表达，这是它区别于小说、戏剧、诗歌，同时也区别于时评、政论、论文的特点所在。它的文学性并不简单表现在虚构情节、塑造人物形象上。而是更加注重文章的理趣，通过正论、反论、驳论、归谬等手法明察秋毫、见微知著，陷论敌于被动。如此说来，杂文岂不成了论文？没错，从本质上讲，它更倾向于论文，是瞿秋白所谓"艺术的政论"，思想是它的灵魂。问题在于，哪种文体"思想"不是灵魂呢？没有灵魂的文章算什么文章呢？"艺术的政论"核心词在"政论"，限制词是"艺术的"。这就决定了杂文尽管以表达思想观点为目的，但其手段必须是艺术的，是可以广泛借鉴和使用所有文学手法的。一方面要像何满子先生说的那样：注重杂文的论辩性，强调言论的正确性和逻辑的扣杀力。撇开对手的枝节问题，抓住要害，一击致其死命，绝不让对手牵着鼻子走，作无谓消耗性的纠缠。要善于"以子之矛，攻子之盾"，将对手自以为"精彩"的论点变成他们"窝里斗"的武器，化对手的杀伤力为其自我残杀的力量。另一方面，要综合运用归纳、演绎等多种手段，既从个别到一般，又从一般到个别，通过典型事件、典型人物的剖析，弘扬真善美，鞭挞假恶丑，揭示社会发展规律，维护人民根本利益。在注重论辩性的同时，也可以通过白描等手法塑造典型形象，使读者以小见大，窥见世相。鲁迅的《阿Q正传》、胡适的《差不多先生传》等都是这方面的典范。杂文作为一种语言艺术，除了论辩文章的一般要求外，还应力求做到机智幽默而不流于油滑、善用反讽而不尖酸刻薄。适当使用方言土语也可以起到通过语言塑造地域形象的良好效果。杂文的行文要富于感染力和暗示性，隐晦曲折不仅是"安全生产"的需要，也是杂文文体美的内在要求。只有努力形成自己独特的语言风格，才能使杂文更有杂文味儿和艺术性。

VII

"醒"后吐真言

杂文的"杂"与"精"。有人以为杂文姓"杂",故而杂七杂八、东拉西扯,下笔千言,离题万里,这是天大的误会。不少知名杂文家创作数量并不大,能够使人记住的或许只有那么几篇甚至一两篇,但其作用却远远胜过一些"著作等身"的"高产作家"。比如创作《鬣狗的风格》的秦牧先生、创作《江东子弟今犹在》的林放先生、创作《〈东方红〉这个歌》的吴有恒先生等,仅凭上述一篇佳作,就足可奠定在杂文史上的地位。正确处理"杂"与"精"、"博"与"专"的关系,是所有杂文家需要共同面对的问题。一般来说,"杂"是指思想、题材、风格多样之杂,不是杂乱无章,信口开河之杂,不能以胡言乱语、信口开河冒充潇洒从容。有人错误理解"世事洞明皆学问,人情练达即文章",把随便什么鸡零狗碎、不加提炼的东西都塞进杂文,仿佛老太太的絮叨。还有人实在找不到说话的由头,索性将自己以往的创作当成经典来引用,一上来就是"不才曾在文章中说过……",实在有些自恋加自不量力。好的杂文家动笔是很慎重的,"厚积薄发"是基本原则,但也不排除长期积累后的"火山爆发"。邵燕祥、牧惠、何满子、章明、陈四益诸公创作数量很大,几近著作等身,但总体质量非常过硬,足可成为后世学习的楷模,所以也不可一概而论。问题在于,具有上述各位的丰富阅历和深厚学养的作者并不多,他们的成功经验并不能简单复制。问题的另一面是过于关注"厚积",轻视甚至否定"薄发",终于由"薄发"而"不发",甚至"发不出来",彻底枯竭了。从哲学的角度说,"厚积"是"量的积累","薄发"是质的飞跃,"厚积薄发"并不是"积而不发"。还有一种情形是过于追求数量,竭泽而渔,年产百八十篇,甚至更多。其数量固然可观,但质量很难寄予太高期望。我的态度是要掌握两者之间适当的度,不能太多,也不能太少。具体到某位作者,当然很难界定多少算多,

网络时代的杂文创作

多少算少，还是要从个人的实际情况和综合实力出发决定。杂文史上，无论是鲁迅先生，还是其他优秀作者，都有日产一两篇，甚至两三篇的记录。何满子先生和舒芜先生论战，不到二十天写了十四篇，而且篇篇尖锐有力，质量上乘，我们只有羡慕和佩服的份儿。

　　杂文的"帮忙"与"添乱"。"要帮忙，不要添乱"，这句通俗的大白话据说是宣传思想工作的基本原则。从常情常理出发，话是没错的，错在一些人对它的片面理解和错误使用上。什么叫"帮忙"？什么叫"添乱"？一些人认为歌功颂德是"帮忙"、文过饰非是"帮忙"，而针砭时弊是"添乱"、反腐倡廉是"添乱"。一句话：歌颂孔繁森是"帮忙"，批判王宝森是"添乱"。因为孔繁森是"九个指头"，王宝森是"一个指头"，"九个指头"不看，专盯着"一个指头"，不是"添乱"是什么？严秀先生说："有些同志认为，凡是批判错误的东西的批评本身就叫'右'，只有批'右'的东西才是永远正确的。""左"是认识问题，"右"是立场问题，所以宁"左"勿"右"，这是几十年政治斗争的经验总结。问题在于，杂文的使命在于"揭出病苦，引起疗救的注意"。以为揭露腐败是给党"抹黑"、是"添乱"的想法，不知是真的热爱党，还是有意粉饰太平，硬作"歌德"状？老话说，成绩不说跑不了，问题不说不得了。现在的问题恰恰是说"问题"太难、说真话太难，这是杂文的困境，更是我们国家发展的困境。"忠言逆耳利于行"的道理谁都懂，但要把它变成一种自觉的理性精神，却是一件难之又难的事情，这或许正是杂文存在的根本理由吧。

　　是为序。

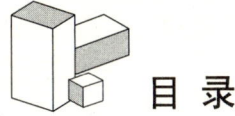
目 录

永远点燃良知之灯（代序） / 1

俗客雅谈
叹"乌鸦之美" / 7
真的让"鲁迅远去"吗 / 9
吾乃谁之后 / 11
渴望困难 / 14
关于女人与"夫人会" / 17
Y先生近录 / 21
难得"难说好" / 24
星空灿烂与道德崇高 / 27
请勿"错了再试" / 30
诗可以怨么 / 34
书生也疯狂 / 37
好哉，"五百字"！ / 40
人权与特权 / 43

理性的魅力 / 46

从谬误中咀嚼出真理 / 50

觉悟与劳动 / 54

为何不肯服罪 / 56

适得其反 / 61

敦煌大梦可成真 / 66

分苹果的程序 / 71

"帕累托改进"歪用 / 74

拟《无花的蔷薇》 / 77

从战争史上寻找什么 / 80

浅议思想解放是改革创新的先导 / 84

思想进步建立在科学思维之上 / 92

大国崛起非得依靠战争吗 / 99

世相杂谈

博士的孝心 / 105

随心说"放心" / 108

教授的水平 / 111

法律最后面对谁 / 114

一种逻辑"常有理" / 117

"偷吃"爱心 / 120

矛和盾 / 123

"这话"很耳熟 / 125

说"拔高" / 128

蝎子与棍子 / 131

官瘾与官腻 / 134

"失败的英雄"及其他 / 137

什么都有化肥味 / 140

细　节 / 143

"公事公办"可知时 / 146

对手与朋友 / 149

愚人说梦：核心国家靠核武称霸世界 / 152

焦点放谈

"别让他下台" / 157

另一种垃圾 / 160

公款在诉说 / 163

"情愿坐牢" / 166

也是一种谴责 / 169

叹"×××没有车" / 172

"底气"与"义气" / 176
悖论一说 / 178
因是"我们的" / 181
舆论监督一说 / 184
青山如何不流泪 / 187
春宵与晚会 / 191
不是皇帝的皇帝意识 / 194
强扭的瓜不甜 / 197
眼泪为谁流 / 200
变节的李登辉 / 204
警惕"皇国史观" / 207

人物品谈
曹亚瑟:"道"在书山有路 / 215
索尔仁尼琴:拒绝 / 219
格瓦拉:不要"告别",更不要"输出" / 224
林徽因:万古人间四月天 / 229
张志新:缴不掉的思想,永远美丽着 / 234
朱铁志:精神不靠"克隆" / 238
张心阳:文如其人"主旋律" / 243

吴正前：艺术人生"有行有楷" / 250

笔墨往谈
"别问""先讲"随人意 / 257
  附1：别问我是谁 / 260
  附2：先讲我是谁 / 262

夏日断想 / 265
  附：叫鲁迅太沉重 / 268

谁叫鲁迅太沉重 / 270
  附1：卸载沉重的办法 / 274
  附2：北京房先生对我的批判 / 282

"鲁迅是一种点心"析 / 284
  附1：也说"鲁迅是一种点心" / 288
  附2：第四种人 / 291

"上面的指示" / 294
  附："上面的指示"与老虎屁股 / 297

反省"奇迹" / 302
  附：浩然的确是个"奇迹" / 306

敬畏生命 / 310
  附：也说"敬畏生命" / 313

"醒"后吐真言　／ 315
　　附：人命关天，别搞政治算术　／ 318
驳网上李洪岩　／ 320
　　附1：李洪岩文读后　／ 327
　　附2："人五人六"篇　／ 330

永远点燃良知之灯（代序）

愤怒出诗人。

愤怒亦出杂文家。

许多有良知的诗人已是读者喜爱的杂文家了。我最欣赏的有"三家"——邵燕祥、流沙河、公刘，家家都是横看成岭侧成峰。

仅有愤怒不行。

愤怒是胆。当恶向胆边生，那就必须借助理性之光，辨别善和恶。

那理性之光是——识，是——拥有良知。

拥有知识，是难还是易？

有人说：知难行易；有人说：知易行难。——这已是哲学上的思考了。

拥有良知，就是相信"人性善"说，即使自己人"姓"善，掌握知识

"醒"后吐真言

也不是容易事。

有识又有胆,这可能使一位学者在路见不平时拔剑而起,也可能使一位专家在拒绝权贵时愤然离席。

这种"手舞之,足蹈之",杂文家不仅要做得到,而且在别人做了之后还要说得出。——好好地说得出——能言善"辞"。

辞,就是修辞,就是表达,用杂文的语言表达。

有胆,有识,有辞,这是写杂文的"三要素"。我总这么认为。

著名杂文家之所以能著名,那是因为他胆大、识真、辞富,而不是因写得量多混个脸熟。

但著名杂文家的杂文也不是篇篇著名,他们自己不那么认为,我们读者也不能如此严苛。这里说的杂文家是没有加引号的。

我喜欢品读这样的杂文:提供一点鲜为人知的知识,从这些知识中挖掘出新的思想,并用文学的笔法将这些思想表达出来以利于传播。

我也努力写作这样的杂文。

写杂文是我"发脾气"的一种方式。但即使暴跳如雷,我也要拼命点燃良知之灯。

点燃良知之灯,是便于寻找和发现自由、民主、人道、人权这些不易在我们这块土地上开花、结果的种子。

点燃良知之灯,是为了照亮我的写作之路,监督我宁可不写,也不要

永远点燃良知之灯(代序)

辱没了那一个个清洁的方块字。

点燃良知之灯,是可以激发我的一种热情,去闹"书斋里的革命"。

俗客雅谈

叹"乌鸦之美"

喜鹊才是吉祥美丽之鸟，乌鸦何美之有？文似看山不喜平，自古文章新为贵。乌鸦在作家祖慰的笔下，恰恰有其独特的美，其美在于它"诚实的报祸精神"。

作家祖慰一篇题目为《乌鸦昏在哪里》的文章，写武当山的乌鸦自由自在地啄着信徒们抛撒的食物，因道教历来把乌鸦视为"灵鸟"。乌鸦为什么受到如此厚遇呢？因为当年真武到武当山修行时遇妖，乌鸦为他报祸，并叫来了救星紫元君，使真武脱险。真武修炼成神后，感激乌鸦前功，封了它一个"灵鸟"的雅号，如果那时是喜鹊飞来并且甜言："没事，没事！"真武别说成不了神，恐怕遭受的将是灭顶之灾。

乌鸦这种"看到坏的，我要说；不让我说，不可以"的性格，在古代皇帝身边的"智囊团"中亦可以找得到。据说皇帝身边有一种小官叫"正言"，意思是向皇帝说正确的话。倘若这只乌鸦当时飞到一个好皇帝的跟前，准能弄一个"正言"的官当当。历史上关于臣子向皇帝"正言"的故事很

"醒"后吐真言

多很多。宋朝有一位人们非常熟悉的、曾做过"正言"的臣子，叫范仲淹，除写下"先天下之忧而忧，后天下之乐而乐"的名言外，还作过一篇《灵乌赋》，高呼作为知识分子的人，要"宁鸣而死，不默而生"。

祖慰在文章中强调指出："人类社会就是在报祸和治祸中前进的"，"一切伟大人物，其伟大正在于他报出实祸，审出其丑的功能上"，"一切只会说'是'，而一点也不说'不'的人，是昏人"。于是，历史上就把那些只愿听"是"和"好"，而一点也不愿听"不"和"坏"的皇帝叫做"昏君"。

在这夜深人静之时，我阅罢那只《美丽的灵乌》掩卷遐想。如果这时，一只美丽的喜鹊飞临我的窗前，报告明天的太阳更灿烂，我会喜欢它；当明日的"夕阳近黄昏"时，一只乌鸦栖落在我屋前的小树上，轻轻地告诉我黑夜又要来临，十五的月亮并非十六就能圆，我也不会厌烦它，而只会真切地对它呼唤："走近点，走近点，我们需要你。"

真的让"鲁迅远去"吗

  同一种声音从南方和北国不约而同地发出:"为我们这个时代唤回鲁迅的精神。"

  1994年8月13日,北京《文艺报》报道了中国鲁迅研究会发表募捐启事的消息:"素仰您真心关心精神文明建设,热爱鲁迅及其著作,特向您发出呼吁,希望您在舆论和经费方面给我们大力支持。"原因是鲁迅研究目前陷入低谷:刊物停顿,人才流失,重要的研究著作难于出版,必要的学术研讨会无法召开。以两千会员研究者为骨干的中国鲁迅研究会(国家一级学会)全年经费仅7000元人民币。此项经费还将逐年递减,直至停发。

  8月14日,广州《现代人报》有一篇采访广东鲁迅研究会副会长、被誉为全国研究鲁迅工作的"第八大家"郑心伶的长篇通讯《欲与伟人同行》,提醒在"这个时代"的"我们","有多少人还想起当年的鲁迅是如何正视淋漓的鲜血,直面惨淡的人生呢?又有多少人还学着当年的鲁迅,拥有一身的正气和傲骨呢?还有多少人始终关注着民族的命运、国家的兴衰、

"醒"后吐真言

人类的进步呢?"巧妇难为无米之炊,在一个书价以30%上涨的年代里,7000元人民币能有何用?问一问争买高价狗、坐吃黄金宴、常换豪华车的各类腕款们,够不够他们买两碟小菜。多余的话不愿多说,只问:这个年代到底还要不要鲁迅研究?

假若当今的中国确实没有了鲁迅先生曾感慨不已的"病菌",倒真的希望鲁迅研究的经费加速"逐年递减,直至停发",那才不会有违先生之愿。看看我们身边,红彤彤一片片卡拉OK厅,一派歌舞升平;黄灿灿一片片金店金宴,一派金碧辉煌。哪还有什么"时弊"?哪还要什么鲁迅的杂文?不说要"匕首"、"投枪",即使绵里藏针也不要。或许有人要反诘,倘若真的没有了"时弊"因而也就不需要鲁迅式的文字,那么鲁迅的思想也就不需要研究么?我只好替一部分人回答:在一个物欲充饥的年代,思想又不能当饭吃;只要肚皮温饱甚至小康,脑袋成空洞无关紧要,研不研究思想更无关紧要。不然,我们何以解释目下黄书庸书泛滥成灾、充斥市场,而鲁迅研究难以为继的现象呢?记得3年前还有人潜心撰写《不朽的鲁迅》,今日我却清楚听到有人在鲁迅研究新动向的研讨会上慨叹:"鲁迅远去了。"我不知道这是时代的进步,还是时代的悲哀;我不懂得这是时弊在背时,还是时弊在走时;我不明白这是自然而然的现象,还是人为因素所造成的。

在那个风雨交加的岁月里,鲁迅先生不顾个人安危,为整个民族的存亡、社会的进步、人类的文明而高声"呐喊";在今日,一切深受鲁迅思想浸淫的人们,一切真正关心祖国精神文明建设的人们,一切具有正义和良知的人们,理应高举鲁迅的旗帜,为鲁迅研究登高而呼唤!

吾乃谁之后

伟大的爱国诗人屈原的名篇《离骚》里，开篇有一句"帝高阳之苗裔兮……"，由此推断屈原的远祖是颛顼高阳氏。细心的人们又根据《史记·楚世家》再往前推，"楚之先祖出自帝颛顼高阳。高阳者，黄帝之孙"。由此得出结论：屈原是黄帝的"直系"子孙。这是近日从一篇千字短文《屈原家世小考》里读到的。既然是"小考"屈原世家，必然先考屈原之先祖，后考屈原之后代，居然又考得屈原几十代孙现乃某县一政协常委，目前正根据屈家祖传秘功，创造出了一套"龙子理论"，震动了中国气功界。"上"有先祖黄帝，"下"有龙的传人，承上启下，香火不断，屈家兴焉。但提醒仁兄注意，倘若素有"历史癖与考据癖"的胡适之先生还健在的话，他是要同你争鸣论理的，因为他曾怀疑历史上是否有屈原其人，或说《楚辞》《离骚》等作品是否屈原所写。要不，《资治通鉴》缘何不载屈原事迹？

有人编了一本书叫《史学史的历史》，毛志成先生以为太"无事生非"了，但也可见考据这一门学问，在中国历史学上是占有重要地位的。钱锺书先

"醒"后吐真言

生学问大,"钱学"方兴未艾,研究钱锺书学问的人好像学问更大,竟然考证出钱锺书先生乃五代吴越国君钱俶之后,怪不得有人说真是"一人得道,鸡犬升天!"三国热热浪冲天,有人趁热打铁,说关羽与画竹,话张飞与黑道,讲刘备与眼泪。红学家亦不甘示弱,欣然推断出三国里一位文能赋诗、武善谋略的政治家曹操还有一位光宗耀祖的名后裔——曹雪芹。如此这般,也就不能怪有人居然写出《曹雪芹四世祖及其亲戚谱系考》了。现代中国一伟人伟绩丰功,家喻户晓,于是先有《关于××祖籍及祖先的新发现》,后又有《对〈关于××祖籍及祖先的新发现〉的补充》。考据就是判断史料真伪,资料堆里需要有人打滚翻筋斗,没有一个历史学家不懂考据,但是"仅只搞考据,却不是史学。犹如仅只会挖散兵坑,不见得会指挥大军作战一样"(柏杨语)。

屈原乃黄帝之子孙,钱锺书为吴越国君钱俶之后,曹雪芹是曹操之裔,从一篇篇"小考"的短文里,我分明看到了"血统论"的死灰在有些人的心中复燃:龙生龙来凤生凤,名人之后必名人,而丝毫看不到史学家的严肃与严谨。这一篇篇短文还不成体系,不成气候,而一本即将面世的三十万字的《名人家谱》好像要佐证我没有看错。据一家书目介绍,"该书是中国名人家谱的最新汇总,有孔孟等百家诸子及其后人的现状、生活;有岳飞、秦桧等一系列历史名人与其后人的追踪记载;有当代中国领袖们以及诸位有影响的人物之家谱大系,如毛泽东、周恩来的婚姻、子女谱记,当今各部委领导的儿孙追踪。它以文献资料为基础,以家谱写法为手段,向读者展示了名人成长过程中家庭因素影响的第一手资料。"估摸自己不是名人之后的赵光瑞先生在杂文《名人的家谱》中,敬劝《名人家谱》的编著者还是不出这本"名人著作"为好,因为它不仅有悖唯物史观,对精神文明

俗客雅谈

建设无益，而且损害我辈平民子弟的进取心。可有人理睬杂文的招呼么？

钱锺书先生说学问乃荒郊野外二三位素心人之事。尤其是史学，来不得半点不踏实，耐住寂寞，方能集大成，怎能随便凑热闹？要知"所有人类的错误无非是无耐心，是过于匆忙地将按部就班的程序打断，用似是而非的桩子把似是而非的事物圈起来"（卡夫卡语）。倘若有哪些"史学家或×学家"仍无耐心，欲编著一本《无名氏家谱》（字数不止3000万吧），用似是而非的考据把似是而非的人物圈起来，说不定还考证出我乃杨家将之后呢。果真如此，我定然喜笑颜开；假使考证出我是隋炀帝杨广之后，我也不会怨怼他们历史知识之浅薄不如我，只责怪他们热心过了头。

渴望困难

"不把真理说得太过分,就可以把它说得久一些。"这只能算是自作聪明的话。没有偏激,就没有思想的种植,也就不能走向成熟;没有成熟,就没有思想的收割,也就不能拥有真理。世人总是不愿理睬平和的思想,对极端的真理则表震惊和愤慨,然后就悄悄打折扣地接受。"一切被人们普遍接受并长久流传的真理,在其倡导者那里几乎都是极端的,说得太过分的,只是后来才变得平和持中"(周国平《人与永恒》)。

当现代人穿梭于滚滚红尘的车流而双脚不踏实地逐渐有可能萎缩成"三寸金莲"时,当现代化的电脑日盛一日地取代人脑而人脑反倒有可能变得迟钝时,当大街小巷都市乡村不约而同地流行"何苦要上青天,不如温柔同眠"时,我渴望困难,并且愿意接受"极端的真理和偏执的思想",既是为了自己能够健步跨入 21 世纪的门槛,更是为了使自己的脑袋不仅仅成为容器而且也能成为思想的过滤器。正当我渴望困难时,天赐良机,我饱读了陈少华先生的《克尔凯戈尔:困难的现代主义》。是一百五十年前丹麦的

俗客雅谈

思想家克尔凯戈尔预想到今天的人类已经战胜无数艰难险阻风霜雷电惊涛骇浪后仍然需要困难？还是今日的思想者陈少华先生的确看到"先锋"一词正到处泛滥，"先锋"变得容易起来时希望"先锋"的人们遇到一点曲折、挫折、转折？或是"文学和艺术确实已经到了'需要困难'的时候"？！

"你必须做点什么！但由于你有限的能力不可能使事物变得更为容易，你必须以相同的人道主义热忱，试图把事物弄得困难一些。"这是某个星期天的下午，克尔凯戈尔在弗烈堡公园的咖啡座外面撞到"周遭是日益用铁路、公共汽车、汽船、电报、摘要法、速记法武装起来的现代社会，一个变得越来越容易的社会"时撞击出的一道思想闪电。这道闪电划过一个半世纪的天空，照耀许多探索者前行的路，在今日的思想者眼前愈加明亮起来。此时，我渴望困难，但没有忘却国有大型企业改革举步维艰，物价久抑不下，反腐工作并非一帆风顺；也没有忘却"时间在前进着，生态在退化着"，暂且还能提供花红叶绿的蓝天大地；更没有忘却八千万同胞渴盼温饱的目光。渴望困难，是为了战胜困难，是因为人类需要创造！

我们能够津津有味地品读《围城》，那是钱锺书先生每天仅写五百字的速度熬出来的呀！几小时锤炼五百字，容易吗？而浮泛在今天书摊书亭上的"泡沫文学"，均是大同小异的"骚"、"殇"、"艳"、"土"，据说是天才们十天半月即可完成的"巨著"、"大作"、"精品"。怎能不渴望困难？我们能读到《围城》，难道我们的后代除了继续读《围城》再也不能读到一点别的什么吗？各类"超、前、新、后"的"先锋"们为什么要批发出那么多速朽的文字？替你码字的电脑也是有寿命的呀！

失败了七千六百次后才找到了一种经济实惠，又经久耐用的灯丝材料的发明大王爱迪生乐呵呵地告诉人们："失败也是我所需要的，它和成功对

15

"醒"后吐真言

我一样有价值。"看看我们身边,还有几个人有像陈景润当年那样摘"数学皇冠"时的韧劲?有些人仅仅跌倒几次,就自甘沉沦,一蹶不振,或者调转方向,下海去,经商去。呛了几口水,赔了几次钱,吃了几回亏,只好又回到原来那条冷眼相对的"冷板凳"。干什么都想一帆风顺,干什么都不一往情深,干什么都将一事无成。怎能不渴望困难? 开发人类智力的矿藏是少不了需要困难来促成的。

那么,怎么制造困难? 阅读吧,阅读关涉人的心灵创造的困难;沉思吧,沉思需要跋涉良知和歪理的千山万壑。只要愿意去接受风吹雨打科海浪击书海涛险商海潮恶,只要别对真理停止探求的脚步,困难是存在的,也是一定能战胜的。

关于女人与"夫人会"

"时间在前进着,生态在退化着。"自然已被战争和"剩余产品"污染得不愿与人类和谐共处了。

"文明已经把我们同自然隔离开来,幸亏我们还有女人,女人是我们与自然之间的最后纽带。"爱思考的哲学家如是说。

女人,若是美丽的女人呢?那就是"我们与自然之间"迷人的风景了。"我们"不包括女人,看来,哲学家也是"一半清醒一半醉"。谁叫中国男人深深掌握了"唯夫史观"!谁叫中国女人怂恿男人津津乐道"唯夫史观"!

在一次茶话会(或许是咖啡会)上,一位法国将军问伊丽莎白·泰勒:"你知道么?法国妇女因受你的影响,一年用于服饰和化妆品上的钱,比法国整个军费预算还要多上一倍。""我一点也不觉得惊奇,将军。"泰勒回答说,"因为她们所征服的,都要超过整个法国军队的何止一倍。"

不仅仅从这则轶事,中国男人总结出:男人通过征服世界而征服女人,女人通过征服男人而征服世界。或者简洁地说:男人征服世界,女人征服

"醒"后吐真言

男人。中国女人真的好开心吗？世界女人又真的征服男人了吗？天知道。

自从国门打开，和风飘进来，丽日照进来，伴着和风与丽日，嫖娼和卖淫"风吹又生"了，"安乐死"和"爱乐死"成了医学家、社会学家、伦理学家们的研究课题，同时也成了老百姓茶余饭后的热门话题。其实，国门没有打开前，红男绿女关起门来买卖的交易照样不少。自然，各式各样的买卖总有女人的份。然而，买卖总是双方的，没有买淫的嫖男，哪里会有卖淫的娼女。所以问题不仅仅在卖淫的娼女，而是在买淫的社会根源。曾有一段时期，扫黄的新闻都是"初战告捷"、"再传捷报"，但看一看电视或报纸的新闻照片，只见一个个卖淫女在那里"犹抱琵琶半遮面"，而很少看到男客，好像那些女子都是同性恋患者。没有买淫的男客吗？难道他们身强力壮还没有筋疲力尽而一个个夹着"尾巴"逃跑了吗？是不是我们社会对男对女依然有不同标准的两套伦理观？

不由得使人想起"女人不孕先查谁"。自从医学揭开生育之谜，我们一直是先查女人的；倘若一而再、再而三地查不出什么毛病来，我们也照例坚信，不是女人生殖系统有毛病，便一定是女人的情绪和方法有作怪的地方。女人输卵管不通，不能生育，是大恶不赦的；男人输精管不通，不能生育，不但不是犯罪的，反而说那是女人的错。女人即使生了一个美丽的女孩，"无后事大"，仍要受到埋怨。男人却不知，医学早已证明生男生女这个决定权在爷们身上。

曾写过《男子汉怨言》的楠客先生对有能力怀孕的女人几年不孕钦佩之至。她们的不孕，说明了对丈夫的忠贞。旧社会的愚员外、迂夫子不谙此道，大房不孕娶二房，二房不孕娶三房，最后终于有个年交二八的小老婆结果了，他们为"老年得子"欢喜得了不得，殊不知，其实是上了那个小妮子大大的一个当！新近极获好评的杨志鹏先生的长篇小说《百年惶惑》"写实"了

"那个小妮子"怎样"钻空子的事"。

坚信自己"一贯正确"的男人，却总有被人钻空子的时候，为什么不查一查自己呢？女人不孕先查谁？习惯做法：查女人！男人腐败该查谁？又出新招：查女人！

这不，神州有些大地开起了"夫人会"，恭请夫人们多在枕边做做文章吗？某市纪委近日推出反腐新举措——请夫人枕边吹廉风，某地召开领导干部"夫人会"——请"领导"加强对领导的"政审"。提倡"贤内助"做"廉内助"，督促丈夫廉洁自律，总不能说是一件坏事。对这一"新气象"可谓见仁见智。有人说好，这是反腐倡廉"群策群力，群防群治"；有人说不妙，这是廉政建设"舍本逐末、黔驴技穷"；有人说乱弹琴，这是拉女人给腐败分子做替罪羊。

"因为制礼的是男人，所以连不美善的汉字也常以女傍"（《钱锺书论学文选》第二卷三四《男女不平等》）。因为受贿的是男人，所以连受贿男人的妻子也常要受过。这公平吗？那些身居领导岗位的男人，平时"烟酒原本靠送，工资基本不动，老婆根本不用"，接受"馈赠"怡然自得，以权谋私大大方方，出国观光大饱眼福（饱览脱衣舞表演），怎么到了犯事了却不能"好汉做事好汉当"呢？怎么惹下祸事戴上手铐了却硬要说"家无贤妻"呢？怎么一到廉政建设要动真格的了就变得连起码的分辨是非的能力都没有呢？"我一向不相信昭君出塞会安汉，木兰从军可以保隋，也不相信妲己亡殷，西施沼吴，杨贵妃乱唐那些古老的话"，"女人决不会有这种大力量的"（鲁迅语）。男人拒腐，我不相信女人的几丝枕边风就能吹得他动心去贪；男人要败，我更不相信"夫人会"能"挽大厦于将倾"。廉政建设健康进行，靠的只能是党纪、国法和舆论监督，靠的只能是规章制度的正

"醒"后吐真言

规化、现代化、科学化，靠的只能是行之有效的思想政治教育。

贵州省"第一夫人"阎宏健被处决了。据说她被处决前安之若素，神态自如。这当然不是什么英雌壮举，只是麻木不仁、天良丧尽。她临死前既没有流出假惺惺的悔恨泪，也没有哭哭啼啼要找她的"第一夫君"的茬，而是自食其恶果。还有许多大大小小的夫人因手握大（小）权以权谋私后手戴镣铐了，同样也没有见到什么报道说这些夫人服刑时责怪"丈夫不廉，害了妻贤"，而是"自觉"地承担了法律的惩罚。但从近日的一些报道和议论中，我又分明看到一个个男人猥琐的身影："要知今日犯下滔天罪行，当初就不该听那贱人的指使"，"我真后悔呀，是我那女人害了我！"外因只有通过内因才起作用，"内人"不是内因，这些自封为公仆的领导，这些昔日里雄赳赳气昂昂的男人，即使昨日没有贪污受贿犯下罪行，今天倘若要他为某一工作的失误承担责任时，他也只会说"我仅仅犯了一点官僚主义"而把责任推到九霄云外。我无意为女腐败分子（她们占腐败分子的多少，没有掌握具体数据，只能肯定地认为这个比例是很小的）辩护，但她们比男腐败分子敢于承认自己的错误和承担法律的制裁。在这一点上，是不是也可以说"阴盛阳衰"呢？

"夫人会"，肯定是男人的主意。女人啊，你们召开过"夫君会"吗？这一点上，也证明着"阴盛阳衰"不仅仅盛行在体育界。

如此说来，"夫人会"只能是"女人祸水论"的最新注释，只能是反腐倡廉的支流甚至逆流，只能是"家无贤妻必惹祸事"的重新翻版。《西游记》里描述了一个"女人国"。假若"男人国"里的人贪污腐败了，还要去"女人国"里找人替罪吗？我相信"一个伟大的男人背后必然有一个贤惠的女人"，但我绝不相信"一个贪婪的男人背后一定有一个更贪婪的女人"！

Y先生近录

Y先生在录完四百条妙语后,自叹起来:"我恐怕跟不上时代了,趁早退休吧,唉!"(见流沙河《Y先生语录》)Y先生想趁早退休,事出有因。他曾经参加"两句荒诞话有奖大比赛",登台说出了两句:"清高委员会换届改选,当场斗殴。廉洁委员会分赃不平,互相揭发。"自以为出语惊人,岂知评委一致认为毫无荒诞色彩而乃事实真相。但考虑到他的名气大,给了个"非荒诞安慰奖",奖给傻帽一顶。一气之下,他决定退休。

美国幽默作家卡里·布罗茨基说,作家是"一个制作油炸食品的退休厨师,他每年能挣七万五千美元"。Y先生赋闲在家,是否制作油炸食品,还没有哪家报刊报道,但他是位言人所未言的诗人、作家,他定然控制不住手痒"制作"文学作品,或许每年能挣得七千五百元人民币。自从有了《红楼梦》,就有了以说"红楼"为事者。前不久据说Y先生雅兴又发,亦欲梦解"红楼"。于是他废寝忘食,广罗报刊,搜集方家论者破译红楼密码。有一依靠电脑进行数据处理而得出的结论——曹雪芹和他钟爱的女子

"醒"后吐真言

竺香玉合谋用丹砂毒死了清朝雍正皇帝（据1996年3月21日《社会科学报》报道）——使他双目圆睁，半天不语。Y先生静思默想：电流比血流肯定快速轻捷，电脑这玩意儿也就比人脑厉害。前几天晚间新闻报道德国人依靠电脑重新研究出莎士比亚死于眼癌。Y先生不懂又不会用电脑，生财无道，"红楼"只好留在梦中去解了。

梦解"红楼"亦不成，Y先生五心烦躁，坐立不安，只得独自一人在家翻箱倒柜，翻出一大堆有关写《老残游记》的那位刘鹗的史料。难道Y先生真是"棋局已残，吾人将老"，不善新潮了吗？怎么偏偏是"老残者之游行"与"记述"？气煞人也！气归气，Y先生还是认真地重温那些史事：19世纪末，刘鹗上书利用外资修一条自天津至镇江的铁路，遭同乡责难以至开除"乡籍"；后应德国公司之聘出任经理，筹采山西矿产，主张"国无素蓄，不如任欧人开之，我严定其制，令三十年而全矿路归我。如是，则彼之利在一时，而我之利在百世"，但遭世俗交谪，结果被称为"汉奸"，在庚子之乱时定为"通洋"之罪；后数年，政府以他在浦口集资购买了荒地乃为洋人所用，而最终流放新疆（一说是因刘得罪了冤大头袁世凯）。史料阅毕，Y先生又录一语：19世纪末，刘鹗甩不掉"买办"之包袱，所言所行获得"汉奸"骂名；20世纪末，回首百年沧桑，刘鹗乃生不逢时也。若在今朝，他何罪之有？实为一开放有功之人！然此一时也，彼一时也。

梦解红楼也好，重温刘鹗也罢，只算Y先生退而不休。面对今日写诗的人比读诗的人还多，诗赛评委又比写诗之人还多的诗坛盛况，诗人Y先生决定激流勇进，又出山来。某一日，Y先生兴之所至，随手翻阅几家报刊，家家都有中华、神州、全国诗歌大赛之类启事，只有一家让他动了心。动心之事是这家报刊特聘评委五人，且可携带诗作参评，特等奖一名，奖品待定，已有两人受聘，皆Y先生原部下也。Y先生重整旗鼓来报社上班，与昔日两部下拱手言欢。他当仁不让携作品前来，遂向两位摸底：拙作是否可能入选？得到的回答是：佳作佳作，定能定能。Y先生心中暗喜。孰知无记名投票，结果Y先生诗作仅得一票，属最少投票之列。两位分别向他邀功："我是投一票的。"Y先生哑巴吃黄连，心中最痛苦：那一票是他自己投的。最后，考虑到Y先生年事已高，名气又大，给了个"真诗荣誉奖"，依然是奖给傻帽一顶。当Y先生发觉此大赛策划人即两部下时，他决定打通关节，又来上班，帮这家报社编辑《人际关系》专版。

难得"难说好"

多与报纸副刊往来，不读"副刊史"，也知决定副刊质量高低的关键在哪里。读了舒展先生连载于《随笔》上的《副刊史鉴点滴》，更坚信"决定副刊质量高低的关键在于：思想性"。舒展先生以他曾办大报副刊的经验，娓娓道来其体会：要增强副刊的吸引力，必须走出编辑部，像邹韬奋那样，在新社会也得搞群众活动。随后自然提及那个"影响也不算小的'风华杂文征文'活动"。

那次活动我只是后来写杂文时才知道的，因为当时我还"小"，只想把心事用在学业上，倾心做点学问。拿了学位后，发现自己成不了那"荒郊野外二三位素心人"，就拼命读杂书，也就读到那80篇征文中的一些，如获一等奖的邵燕祥先生的《大题小做》、刘征先生的《庄周买水》等，而其中一篇让唐弢先生赞叹不已且获二等奖的《怎样做杂文》（署名唐某），直到今年夏天才在一个当时写杂文十分活跃，如今却很不想写的朋友那里读到，既相见恨晚，亦相见恨"早"。

恨晚很容易理解,那确确实实是一篇佳作,无论其思想性,还是艺术性;恨"早",就是害怕自己读了它后,也像朋友一样受其影响,从此不想做杂文了。

事隔八年,有必要抄录唐某文章的部分内容:

> 咱们大伙为什么做杂文?不就是给社会阴暗面捅点匕首、扎点投枪之类的吗?社会阴暗面在哪儿?落后的小老百姓身上?老百姓落后、愚昧、粗俗,可人家活得挺艰难。这么说来是官僚主义者,以权谋私者?可据本人所知,局级以上的官员觉悟高,官僚主义即使有,也是极为罕见;处级官员们觉悟较高,官僚主义虽然有,也是极少数。算来算去,结论是:杂文的"研究"对象应是那些科级、股级以下的芝麻官。即使这样,也别胡来,还得查一下对方有无后台,是否"典型"。

做杂文的大伙把杂文做到这份上,不做罢了。朋友说唐某乃真正的"高人",自那"一鸣"之后,再也不闻其声。或许是朋友寡闻,但《怎样做杂文》的最后两句犹如两记重锤狠狠地敲打在朋友的心中,今又震撼着我的心灵。那"两锤"是"怎样做"的呢?——请不断告诫写杂文的朋友"新社会的杂文要同鲁迅的匕首投枪划清界限"的人阐明:新旧社会的贪官污吏有什么本质区别?对阿金式的人民内部的女人可不可以讽刺?

这是难得的直言不讳!直言是杂文的品质。从道理上讲,直言如顺水推舟,容易得很,但现实是最顽固的,道理总是向现实让步,所以,我十分佩服张中行先生一位佚名的"难说好"的乡先辈。据张老先生讲,有一次,乔各庄的秧歌表演得很起劲,看的人却不多,喊好的声音也不多或没

"醒"后吐真言

有，正在为缺少钟子期而扫兴，有一个瘦弱的老者却说："难说好！"场内的少壮派愤懑无处发泄，于是围着老者质问，老者没有赔礼道歉之意，就决定拉到场外去打。有和事佬特为将要挨打的老者修建个台阶，说他刚来，没看清，让他再细看。少壮派同意，表演者重新尽全力跳闹，时间够长了，和事佬和少壮派都在等待转机，没想到老者淡淡地说了一句："还是拉出去打吧，难说好！"

即使拉出去打，也要"难说好"，这是许多因杂文挨过"打"的前辈杂文作家的品质，我敬重这种品质。当时供职于上海科学教育电影制片厂的唐某君，您是否再做一篇《怎样"难说好"》，以示您"直言不悔！"顺便告诉朋友，现今政治修明，世风日上，杂文之花怎么能任其枯萎呢？莫谓书生空议论，静听湖波拍岸声。谁还敢打人！

星空灿烂与道德崇高

　　五四运动张扬两面大旗,一曰民主,一曰科学。七十多年光景并非诗人弹指一挥间,呼唤民主暂不议,呼唤科学依然是20世纪末的时代强音,并且官民一心齐声喊。二三十年代一批又一批仁人志士在五四精神洗礼下,抱着"科学救国"、"教育救国"的信念,欲救斯民于水火,但国终究不是靠科学和教育"救"出来的。今日民族之振兴,国家之兴盛,全凭科教鼎立。"小米加步枪"能打出一个红彤彤的新中国来,黄牛加刀耕完全不能让中华民族傲然领先于世界民族之林!

　　科教兴国之"科",指科学,乃反映自然、社会、思维等客观规律的分科的知识体系,但如今强调的所谓"科教兴国",以哲学家张岱年教授的分析,是不包括社会科学或人文科学在内的。他举了一个最明显的例子,即中国科学院原只有一个家,自然科学和社会科学都在内,后来把社会科学分出去了,成立了中国社会科学院,两院看似平行,实际却不平等。中国社科院无论在社会地位和经费开支上都不及中国科学院,不用说也清楚,中国

"醒"后吐真言

科学院有院士，而中国社会科学院根本无所谓院士（见吴小如《记两位老师的谈话》）。是中国社科领域已没人够格当院士吗？显然不是，只因要把自然科学摆在更突出的地位罢了。

针对20世纪30年代社会科学遭贬低和忽视，科学技术系统的整体和谐被人为破坏的状况，哲学家贝尔纳在《科学的社会功能》一书中向人类敲响警钟："我们需要发展社会科学更甚于发展自然科学。"哲学家敲的警钟再响，袅袅下来也仅剩"余音"，20世纪90年代的人们顶多只听见"耳边风"，于是"科学"的范围仅局限于解决当前现实问题的"硬科学"，"实话实说"，就是只讲实用科技，看哪一路子最能赚钱，即使如物理、化学、数学等基础科学，一样地不被商业社会的人们所重视。正如曾任罗马俱乐部主席的佩切伊认为，有些科学人们对其完全不加考虑，好像科学政策法庭上的灰姑娘似的。社会科学家虽得了一个科学且称家的头衔，但所得之待遇又使他们自卑，"他们深深为那些无法产生利润的知识感到理亏和内疚，从而丧失了向社会发言的信心"。结果当然是社会科学家的专业知识仅仅为职业而存在，而不能作为一种介入社会的力量成为"第一生产力"。在"向科学进军"的日子里，马寅初的新人口论遭到了全国性的大批判，其后果已见分晓，但有苦难言；在"科学技术是第一生产力"的年代，人们对待科学技术却又是一手"硬"（重视应用技术），一手"软"（轻视社会科学，忽视基础科学），"软"的结果也见分晓，无须等到明天。吃堑真的要长智啊，否则，即使我们的火箭遨游太空，超导研究超前于世界领先水平，我们还会在奔跑的征程中落后！不用想也明白，跛脚的健将跑不过双腿健全的正常人，纵然赌气而为之，亦不能超越基本法则也。

还是一百多年前生活在哥尼斯堡的一位叫康德的老人说得真切透彻：

"这个世界唯有两样东西能让我们的心灵感到深深的震撼,一是我们头顶上灿烂的星空,一是我们内心崇高的道德法则!"是的,必须有两样。为我们头顶上的星空更加灿烂,人类需要自然科学去拨开云雾;为我们内心的道德法则越发崇高,人类需要社会科学来指点迷津。遥望天空,我们没有理由要心怀叵测去数星星;我们又有何理由要将科教兴国之"科"硬性规定为攀登星空的阶梯,而不是打开心空的钥匙呢?

请勿"错了再试"

欣闻沪上评出十大藏书家,他们所藏之书无论规模还是质量,肯定远远超过北宋藏书家兼史学家宋次道,即使现今的藏书家偶亦免不了受盗版书之害。与宋次道那样的藏书家做邻居,对借书的寒士们而言,乃福气也。据宋人笔记载,当时藏书之人以宋家为善本,盖因其家藏书皆校三五遍。校书如此不怕烦琐,龙图阁直学士有自己的识鉴:校书如扫尘,随扫随有。

曾有传言,亦属实话:今人译古书,古书死。原因之一,恐是无人愿俯首扫尘,清洁工毕竟是"号召"众人去做的职业。今人译外国书,加之两种文化沟通传达的困难,翻译的"遗憾"就更不足为怪了。鲁迅先生65年前随手引例,奉劝追求"与其信而不顺,不如顺而不信"的译者,"乱译万岁"是要不得的。乱译是否"万岁"下去,那是说不准的事,译得"顺而不信"甚至"不顺不信"的书,可能时不时地恭候读者的目光。

译得顺而不信或难信的书,倘若发行量只在千把册,供学人之需,"入了迷途"的总在少数。怕的是一"发"不可收拾,连基本概念译错了都懒得"收拾",只能使更多人"怎样想也不会懂"了。一段时间以来,英国理论物理学家霍金的科学著作《时间简史》,经湖南科学技术出版社的"精选",进入了我国的畅销书市场,为普及国人的高科技知识作一次集体"推动",功劳已有公认。除了"一个作家"作品中的人物能够做到"高大全"外,我还没发现再有十全十美的事情,《时间简史》中译本亦如此。读者可以金无足赤、瑕不掩瑜的说辞来宽解译者和出版社的劳动,译者和出版社则更应精益求精、一丝不苟。而《时间简史》中译本已令读者有怨言:当前从事译事者,尤其要翻译重要著作时,能不更加倍地兢兢业业吗?这并非"何患无辞"。王存诚先生在10月16日《中华读书报》上罗列《时间简史》翻译不准及"硬伤"问题就有六处之多——同一科学名词译成几样,造成译名不统一;非物理学名词的文化意蕴,译文疏于表达;翻译不确处比比皆是(具体指出了五处);中文修辞错误;以己意改动原文;等等。如今"无错不成书",或许有人认为王先生是苛刻以求,但我要辩解:这本书若在第一次出版印刷时存在以上不足,还算情有可原,因为再印可改错,现已是第七次印刷且达十多万册,依然让人指讹几十处,累累发生"下酒"的情况,那就真应"诚恳地接受读者的批评指正"了。要知道,"译得'信而不顺'的至多不过看不懂,想一想也许能懂,译得'顺而不信'的却令人迷误,怎样想也不会懂,如果好像已经懂得,那么你正是入了迷途了"(鲁迅语)。

  上面的替人辩解似有越俎代庖之嫌,既然《时间简史》已"推动"十多万读者的心,像我这样英语修养不深,借助词典才勉强读懂原著的读者肯定不是少数,要想迅速准确地普及"时间简史"常识,大多数读者只好读中译本。我就奢望第八次印刷出来的《时间简史》能够"信达雅"起来,到时说不定还愿意花钱再买一本。

"醒"后吐真言

《时间简史》只是译得美中不足,比其译得没法看下去的书多的是。那样的书最好绝版,不再印刷,还算将功补过,使更多人幸免"入了迷途"。母语不通,外语不精,吆三五人就搭起台子,鸣锣开张要唱中外文化交流的戏,表演的岂不是滑稽剧?后果当然仅是落下笑柄。只有笑柄的戏还是不唱为好。

据说精通母语已足可与世界对话(注意:粗通不行!)。根据何在?日本的学者、高级知识分子不懂外文亦能做世界水平的研究。日本的世界领先地位事出有因——日本对外国著述翻译之昌盛发达令人钦佩;任何世界重要著作一出马上就有日文版;日文所包含的世界性文化堪称全球无匹(1996年第9期《读书》)。日文也"包容"世界性文化糟粕,暂且不论。日本学者精通母语足可与世界对话,那是因为有一批精通外文的学者在"打底子",把"任何世界重要著作"打进日本的文化中,而那些"打底子"的学者难得有打走样的时候。

诚然,翻译的"遗憾"是个永恒的话题,这不仅是作者与译者之间沟通传达的困难,更是文化与文化之间存在交流障碍的症结,读者只求译者不"乱译"。一旦译乱,那就有"美"谈可传。美国汉学家谢弗著《唐代的外来文明》,近日读毕,读的是中国社会科学出版社的中译本。这本"内销"的"弯弯译"著作,其译者吴玉贵先生在"译者的话"中说了个"下酒"的掌故。《岭表录异》中提到用盐将鲻鱼腌好,"生擘点醋下酒,甚有美味"。"下酒"虽是一种相当口语化的表达方式,作为一个外国学者,谢弗却把它译乱了:touched with vinegar and dipped in wine(蘸上醋,浸入酒中),而"下酒"者,即蘸了醋的鲻鱼是饮酒时食用的美味,而不是将鲻鱼泡在酒里。民以食为天,此乃华夏千年古训,"下酒"弄成"酒浸",犯的错还没有"牛奶路"（Milk way 银河）大，算不得大谬，下面这则译（轶）事，就有点"谬"不可言了。

日前翻阅一权威杂志，刊有一则"摸着石头过河"的轶事："摸着石头过河"，本意强调注重调查研究，避免犯错误。而外刊上竟将其译为 ERROR and TRIAL（错了再试）。提供轶事者有一研究经济的朋友从外国回来，说人家已把"ERROR and TRIAL"作为中国经济改革的模式进行研究。我不知道首译这句话是国人还是"下酒"的汉学家，"下酒"或许只是伤了皮肉，而"错了再试"却伤到筋骨，译得既不合适，也违反了改革开放的初衷。《时间简史》译错了还可以试着再译一次，"摸着石头过河"请勿译错了，那不是试着玩的。

至于"白猫黑猫"理解为不择手段，那不是翻译的错谬，而只是国人的聪明了。

诗可以怨么

钱锺书先生《七缀集》末尾有一篇附录，是《也是集》原序，而在这原序之后还有一则附识，是说钱老先生作完《也是集》后，"发现清初有人写过一部著作，也题名《也是集》"。钱先生仍懒得去改这书名，因为他认为"即使有一天那部著作找到而能流传，世界虽然据说愈来愈缩小，想还未必容不下两本同名的书"。正是在《七缀集》里，收有钱先生1980年11月20日在日本早稻田大学文学教授恳谈会上的著名讲稿《诗可以怨》。我这篇文章本可以取名"诗可以怨"，我也想到愈来愈缩小的世界还未必容不下两篇同名的文章。尽管钱先生洋洋万言等着流芳百世，而我这短短千字"时文"定不会遗臭万年的。但我人微言轻，仍只敢轻轻问一声诗坛：诗可以怨么？而不能像钱先生那样一言九鼎：诗可以怨！

悉列作家队伍，我对诗坛是关注而且倾注爱的，尽管已经写不出诗，但仍不断地买回各种诗刊和诗集。读了许多诗后，只是发觉仍然存在一个情况："诗人企图不出代价或希望减价而能写出好诗"，于是"'不病而呻'

已成为文学生活里不可忽视的事实"（钱锺书语）。十几年前钱先生发现的那个"存在"如今变本加厉地存在着。是当年那个"存在"原本就是合理的，还是现今这个"存在"仍有存在的必要？恐怕只有去问诗人了。但有一点应清楚，写诗毕竟不是做官，有人做官政绩平平，依然能平步青云，写诗就不行了，必须要有力作才能打动读者的心。

当这个世界越来越被骗人的假货、损人的冒牌货、害人的劣货、哄人的伪装货充斥，文坛也没有幸免。当你看见一位号称"文学家、思想家、哲学家"的天才诗人一本本精装的诗集是靠"金"装出来的时候，当你知道一些诗歌大赛背后的"优秀奖"还不能说明诗是优秀的而特等奖表明的那首诗也不是一流的诗时，当你读到一首首"为文而造情"的诗意思太浅、气势太弱、语象太差、私情太厚、韵味太薄时，作为读者，我发现文学上的"皇冠"——诗歌，的确黯淡了。诗人们，如果你们本身都"丢了骨头"，为什么埋怨读诗的人反而比写诗的人还要少呢？为什么要责难他人质问"诗人们为什么不愤怒"呢？夜深人静时，请扪心自问，问题到底出在哪里？

出在哪里？不妨把问题扯远点。广州那位常常"街谈巷议"的老者微音向人们诉说心中的"苦与乐"：舆论监督的现状是大家都知道的，无意对我国目下民主建设的状况妄加评估，但是，如果有人问我是喜欢20世纪50年代还是90年代，我会毫不犹豫表里如一地回答喜欢现在。是的，我们没有理由不喜欢现在。喜欢现在并不是不要批评现在，更不是不要"街谈巷议"！当然，诗是文学，不是舆论，没有监督的责任，但诗可以怨，可以不是一行行"客套话"！

对有些天天吟诗的诗者，"诗是冰糕，诗是狗肉"；对有些曾经写诗的诗人，"诗却是火，诗却是剑"。流沙河先生在骂自己"这家伙"时说"他

"醒"后吐真言

写的诗老是纠缠旧账（指1957年和'文革'），还夹杂着个人怨气"，在嘲讽另一些诗人时说"诗不能伤任何人的感情和胃口，必须是Pure Poetry（纯诗），离政治愈远愈有生命力"。"Y先生"在十几年前曾认为诗应有"谴劝之作"（或曰"社会关怀"，或曰"干预生活"），这些"谴劝之作"，表现了作者的良知，向社会投出去，打得出声音来。

我知道诗人流沙河不写诗了，诗人公刘写诗也很少了，诗人邵燕祥主要写杂文去了。所以诗不说没有怨了，即使"小雅怨诽而不怒"（语出《史记·屈原列传》）也做不到了。哟，不对，我想起邵燕祥先生的杂文集《大题小做集》自序里那段他的感情历程："我的困惑，我的执著，我的愤激，我的天真或近于幼稚的探询，我的不期望结论的争辩……近年来诗写得少了，也许这些篇什就是我的抒情诗。"谁说邵燕祥不写诗？谁说公刘诗写得少了？他那前不久发于《文论报》上的《九三年》（与雨果的一部长篇小说同名）、《不能缺钙》不就是诗吗？谁说流沙河不写诗？他那一句句"Y先生语录"不就是绝妙的寓言诗吗？只要真正的诗人在，就会有真正的诗。

"把杂文引入诗，把诗引入杂文"（邵燕祥语）。诗可以是风花，是雪月，是纯诗，可以不怨！诗人是思想者，诗也可以是玫瑰，是蔷薇，是蒺藜，诗可以怨！把杂文引入诗，诗就能够怨；把诗引入杂文，杂文就是抒情诗！

但这诗绝不是在许多场合都能听着的："今天天气……哈哈哈！"

我们的诗人也不是只善"谈'秋'的诗人"。

书生也疯狂

北京有个科苑书城，是我每个周末都要去光顾的好地方。一是书城里有风景，风景总是迷人的，这是从"虚"的方面说；一是从我工作的单位散步到书城不要十分钟，一天再忙哪还抽不出十分钟，只是去了就不只花这个时间，这是从"实"的方面说。"书生也疯狂"，何况北京迷我的书屋不止一家两家，所以我每月也就不只"疯狂"一次两次了。下面将买书时的疯狂和阅读的快感展示一番。

《健全的思想》：作者霍尔巴赫是18世纪法国唯物主义哲学家。我认可"真理有时是偏激的"，但立言的基础应是"思想是健全的"。或许有人认为这"认可"犹如温吞水，一点也不沸腾。诚然，倘若认识真理更加深邃，那也可以激烈地、大胆地宣告："真理本来就是偏激的。"

《人类的解放》：这个世界是否还有三分之二的人生活在水深火热之中，没有人告诉我，我自己也没有统计过。我们曾经有一个助人为乐，至今还能耳熟能详的口号：解放全人类。如此大而无当过嘴瘾的宣言不再说了，真好。用这说大话的时间好好看看人家学者是如何谈论"解放"的，也真好。很是畅销的《宽容》、《漫话圣经》、《人类的故事》、《和世界伟人谈心》、《房龙地理》这些书的作者房龙，他的这本《人类的解放》可不是指导某人去解放全人类的"房子兵法"。

《沉默的大多数》：这本书是王小波一生写过的约三十五万字的杂文随笔的"全编"，此一"权威"说法出自其妻李银河博士之口。读过王小波时代三部曲之一《黄金时代》，确实算得上"文坛外高手"，至于其他"捧"说就有过誉之嫌。但他的杂文随笔的思想锋芒，即使文坛内高手亦难望其项背。先前读过他的《思维的乐趣》和《我的精神家园》的读者不费什么心思就能享受到"小波乐趣"，这是不言而喻的。

《李敖传奇》：自从20世纪80年代读过李敖《传统下的独白》后，我对李敖一买不可收拾，至今已读过二十多本。这位"二进宫"的五百年来"白话文的前三名"者有说不尽的传奇故事，从秦文编著的这本《李敖传奇》中可略知三四。据悉前不久中国台湾已出版了李敖的自传，内地读者恐不能即饱眼福，欲解渴，也只能"望梅"了。

《绘图双百喻》：读过《绘图新百喻》、《瞎操心》者，若不买瞎"双百喻"，憾也！《双百喻》图由"小丁者，丁聪也"绘，文由"句句道着今日事"的陈四益用文言写，"文字好像前贤之作，比那些又臭又长的时文高明多了。"（董桥评）这是一本把"基调""丢过一旁"的难得的杂文佳作集，为之作序者先后有王蒙、严文井、王朝闻和方成。

《私人照相簿》：这是刘心武先生1986年和1987年发表于《收获》杂志上的一系列文章的合集。尽管我对刘先生90年代以来发表的一些记流水账式的随笔很不以为然，但也不恨屋及乌，再不买刘先生的书了。这组文章当年零星读过，并且对"图文并茂"的创意曾竖过大拇指。因此对今年山东画报出版社出版的《老照片》杂志一点也不感到新奇。

《小爱大德》：一本伦理学著作，其《前言》的第一句话是："美德是可以培育的，我相信这一点。"作者安德烈·孔特·斯蓬维尔是巴黎大学的哲学教师，译者吴岳添，订阅《读书》杂志的朋友对他一定不陌生，因为《读书》上有他的专栏"远眺巴黎"。该书对诸如礼貌、忠诚、明智、正义等十八种人类关心的主要美德进行了周密细致、令人信服的介绍与分析，其目的"不是给人上道德课，而是有助于使每个人成为自己的主人，成为自身行为和价值的唯一的判断者，从而使自己更人道、更有力、更温和"。

好哉，"五百字"！

　　关于这"五百字"的话题，在脑际里已萦回多日，原本只想让它萦绕几圈就"回"去得了，没准备放它从脑海里跳出来。读过去年最后一期《文汇报》上一条文化新闻《八年风雨二度梅　半生心血三卷书》后，还是憋不住，也就只有一吐为快了。王火的《战争与人》荣获第四届茅盾文学奖，至于它能否成为文学经典，至于它的高下优劣，还是作者自己说得好，"是很难精确估量的，我把这看作是对我的一种宽容和厚爱"，"让读者去评判吧"。但是，王火为一部三卷的小说，"苦其心志，劳其筋骨"的创作精神，是很值得日产万字的作家们借鉴的。

　　说到日产万字，我不由自主地想起在极端推崇个人崇拜年代里一句令人不解的话："一句顶一万句。"一句倘若能顶一句的用，那说话者的"话语霸权"也是不得了的；一句要顶一万句用，那只能喊我的天啊！想到这句话，是由文学上的事情引发的，还是回到文学话题上来。只要正视文学现实，"一句顶一万句"的逆否命题"一万句顶不了一句"就能正确地成立。

也就是说，在文学上有人写一万句，全是"正确的废话"，甚至是绝对的废话，根本顶不了别人的"一句话"。翻开《钱锺书散文》，不敢说随便找出"一句话"，就比过时下日产万字的作家们的"经典语言"，但只要认真读一读，就倍觉每页都有"一句话"掷地有声。譬如："假道学比真道学更为难能可贵。自己有了道德而来教训他人，那有什么稀奇；没有道德而也能以道德教人，这才见得本领。"（《谈教训》）譬如："所以要'革'人家的'命'，就因为人家不肯'遵'自己的'命'。……所以，我常说：革命在事实上的成功便是革命在理论上的失败。"（《中国新文学的源流》）……还有那本人读人爱的《围城》，就奠定了学者钱锺书在文坛上的作家地位。我们读着，津津有味，那可是钱先生以每天五百字的速度写成的呀！

说了这么多，还未直奔主题，似乎有出租车司机故意绕道之嫌疑。开头就说"五百字"的话题已萦绕几日，缘于叶廷芳先生的《杨绛先生印象记》（1997年12月22日《文汇报》）。或许因为钱杨相濡以沫，堪称美好婚姻的楷模，钱先生创作每天不过五百字，所以杨先生说："我翻译很慢，平均每天也不过五百字左右。"好哉！又一个"五百字"。与杨绛共事三十余年的叶先生对此评价说："她的这种严谨治学态度不禁让我们这些后生肃然起敬。"但如今，让我们这些后生肃然起敬的作家和学者是日渐减少了。当年（1944年）王了一先生为了"卖文章"而"写文章"，一篇千字文也要"苦费了五个钟头"，还为"制造这种字纸篓的供应品"而感到无以自解。而现今的作家（有的自称"码字匠"）日产万字后得意洋洋地口出狂言，一不留神怎么就成了《红楼梦》；学者也是不出几日就主编出了两套"百年文学经典"：一套是海天出版社出版的《中国百年文学经典文库》，一套是北京大学出版社出版的《百年中国文学经典》。据韩石山先生统计，在这两套"百

"醒"后吐真言

年文学经典"中，散文部分重叠的十六名作家中，收入作品完全相同者五人；小说部分重叠者二十五人，作品完全相同者九人。韩先生比较完后，"却怎么也睡不着"，"一面是煞有介事的学者，一面是文不对题的经典，这世界什么地方出了差错？"（1997年《文学自由谈》第6期）大学者做得，小文人又为何做不得？于是，文坛掮客为虎作伥，20世纪二三十年代的小说散文以"搭七巧板法"重复泛滥地充斥于各家书店，反映学术研究的新思想新成果不断遭到冷落。战乱时期，哲学界都出了冯友兰、金岳霖、贺麟、熊十力等专家意义上的大学问家；今天和平年代，为什么不能出大学问家呢？叶秀山教授分析指出了原因：学界中有人为了出名，故作怪论；有的钻到钱眼里，下了海或成了通俗作家；有的"学而优则仕"，天天忙着开会，不做学问了。

  为了赚大钱，一句化作一万句来写，一日写一万字，也未尝不可，只要别说是精品；为了撑脸面，一把剪刀加上一瓶浆糊，也便著作等身，只要别说是经典；为了做学问，那就要舍得花时间，花精力，甚至要抢时间，但不管怎么个抢法，也不能以"大跃进"的速度行事。真要能使那学问和作品可传之后人，还是学学钱杨两位先生的做法。好哉，"五百字"！

人权与特权

为搞清楚人权与特权到底是一种什么关系，一连几天，我也成了一个弄"权"分子，查《辞海》，翻《辞源》，不漏一丝"权"影，先挖空心思把一个"权"字搞得清清楚楚、明明白白。

《辞海》与《辞源》中关于"权"的义项均有十几项之多，释义也不尽相同。其实，若不借助工具书，只要略具古汉语常识，就可知道"权"是秤锤，"衡"是秤杆。"权者，铢、两、斤、钧、石也，所以称物平施，知轻重也。"（《汉书·律历志上》）有"衡"而无"权"，是不能知轻重也。平时说一个人的本事有多大，常讲"是骡是马，到外面去遛遛"，或说"半斤八两，到秤上去称称"。那"称称"，若光有"衡"无"权"，也还是做不成的。这让人想起妻子对那拥有一肚子学问的丈夫的讥讽："光有本事而无权，你也是做不成什么事的！"此"权"，乃权力也。我们今天说的用的这权力、权利无不是由那"秤锤"引申而来的。

"权"，有两个通假字，一通"爟"，烽火也；一通"颧"，两颊也。但我以为，随着社会的发展变化，尤其是到了今天，我们国家也已签署了《公

"醒"后吐真言

民权利和政治权利国际公约》,"权"还可通假为"船"字。先打一个比方。一条船无论多大,载重量都是有限的。倘若一条船只能承载百人,也就是对一百人而言,人人都可乘船而归。现有一人特殊,他非要随身携带七十公斤的物品,那么,就有一个人不能同船共渡了。要是有两人特殊,那么,就有两人只好望穿秋水了。更进一步,假如是这样一种情景:彼岸鸟语花香,此岸风声鹤唳,而且三面楚歌,唯一救百人于此岸的只有这么一条载百人的命船。有一人要特别占有七十公斤的船,就会殃及另一人的"生存船";原本人人都可同船享受"胜利大逃亡",现在却因有人享受"特船"——而有人就只有牺牲其最基本的"人船"——"生存船"了。

有人对"权"的占有或者说享受不也如此吗?此乃"权"同"船"也!享受特权的人享受到的特权越多,享受人权的人享受到的人权就越少;或者说,特权者享受到的人权越多,真正拥有人权的人就越少。原因就在于权的"载重量"也是有限的。一个乡长,权小,能吆喝一个乡的乡民;一个县长,权不大,也只能在一个县里有所作为;一个省长,权很大,也只能在一个省里指挥老百姓;即使权大如美国总统,也只有统治美国的份儿,他想当"世界警察",人们还指责他干涉别国内政呢!权再怎么有限,在中国,只要你愿意承认现实,一个乡长的特权恐怕要比一个乡民的人权要多些。

在有皇帝爱抚臣民的年代里,皇帝是天子,于是皇权就可以像天一样大,甚至大到无法无天。既然乐极能生悲,大极亦生灾,于是皇帝无论怎样爱抚他的臣民,也逃脱不了灾祸连绵、改朝换代的历史循环,根本原因就在于无法无天。在一个没有皇帝而只有公仆而且公仆的权再大也还是主人给的社会里,权就是一个蛋糕,无论怎么大,都是有限的。尽管权是有限的,若没有法律的约束和舆论的监督,对弄权者而言,他总想方设法将那权弄大一些。特权就是弄大的结果。搞特权就好乎？"搞特权，这是封建主义残余影响尚未肃清的表现。旧中国留给我们的，封建专制统治比较多，民主法制传统很少。解放以后，我们也没有自觉地、系统地建立保障人民民主权利的各种制度，法制很不完备，也很不受重视，特权现象有时受到限制、批评和打击，有时又重新滋长。"想起这段话，是因在十一届三中全会召开即将20周年的日子里，我又重新翻阅了《邓小平文选》第二卷的部分文章。1980年8月31日，中共中央政治局扩大会议讨论通过的邓小平在《党和国家领导制度的改革》这篇极其重要的讲话中，着重讲了"权力不宜过分集中"的问题。如今特权现象又受到怎样的限制呢？且不说前年某市委领导集体去电影院看《廊桥遗梦》，而动用警力实行"交通管制"的个案，只要您也偶尔看一眼中央电视台的《新闻联播》，保证有如下画面映入您的眼帘：（一场水平很高的音乐会或者其他什么文艺演出会，您可能四处找人托人求人弄一张票也想阳春白雪一下，但无论如何就是搞不到票）占据着剧场最佳位置的一个或几个特殊的看客前几排座位总是空着。原以为那几排观众集体迟到或者故意不来，哪知道那是特意让首长"放眼望风物"。这是我对特权最感性的也是最彩色的而不是黑白的认识。特权现象"有时又重新滋长"，18年过去了，特权现象反而从权力阶层"普及"到了行业阶层，不知还叫现象是否合适？所以我要说：特权的泛滥，自然殃及人权的实现。对特权的泛滥听之任之吗？不！"人不是生来就会使用公民权的，他必须学会使用。"（斯宾诺莎《政治论》）在一个什么样的环境里可以较快地学会使用公民权呢？那就是遵循这样一个公式：

有权者无权禁止别人讲话；

无权者有权对权力者发言。

理性的魅力

罗素的书既具理性的魅力,又有可读的趣味,我是很(狠!)读过几本的。我知道只要真正读过罗素的人,写出的东西一定让人看之有味,诵之上口,想之无穷。王小波就是这样一位。他深谙罗素,因此他的文章中只要一提到罗素,就让读者满目生辉。我可没讲过罗素是位"完人"。朱学勤博士评价罗素说:"让人为难,让一切简化模式为难,这才是罗素,这才是真正思想家、真正思想史事件应有的内涵。"(《被遗忘与被批评的》)罗素是"为难"人的,不是刁难人的,所以他就有了许多有趣的故事(刁难人的故事总是无聊的)。这些有趣的故事一显智者罗素的魅力,而这魅力的根基却是因了理性。避免行文乏味,还是举两个故事作证,一个是罗素与他老师怀海特的。怀海特非常年轻时就成了剑桥的教授。罗素在剑桥上大学时,怀海特来上课,对更年轻的罗素说:你不用学了,你都会了。不久后,师生变成了合作者,后人就有幸阅读到划时代的著作《数学原理》。另一个是罗素与他的学生维特根斯坦的。维特根斯坦拿他的专著《逻辑哲学论》到剑桥申请博士学位,答辩主持人罗素提问说，维老弟一会儿说关于哲学没有什么可说的，一会儿又说能够有绝对真理，这未免太矛盾。维老弟没大没小，拍着老师的肩膀口气不小地说："别急，你们永远也搞不懂这一点的。"这样答辩就算结束了，罗素同意通过答辩。后来又有一次，维氏拿另一本书申请基金，正好归罗素来鉴定，罗素不喜欢这套新理论，而他的评语大意却是：这本书非常有创造性，但在他看来是错误的，然而同意给研究经费。赵汀阳先生提到这个故事时只用了一句话的赞语："想想看这是什么样的胸怀。"

想想罗素与他的师生之间进行学术交流时的那样一种胸怀，就自然会想起"当代中国美学'复旦学派'"的主要代表人物蒋孔阳教授，在即将出版的自选集《美在创造中》自序里，他曾表示过做学问的基本态度："为学不争一家胜，著述但求百家鸣。"所以，他说："学问应以追求真理为目标，而不是以成派为目标。当然，在美学研究中如能很自然地形成几个学派，并且能避免'派性'这一后遗症，那应当是件大好事。"正是有了"为学不争一家胜"这样一种理性的治学态度，正是因了"著述但求百家鸣"这样一种开阔的治学胸怀，所以在去年上海风和日丽的元宵佳节，德高望重的蒋教授与他的第一代硕士生朱立元教授和20世纪90年代初的博士生郑元者"三代同堂"，师生之间虽没有罗素与他的老师和学生之间那样轻松自如，"插科打诨"，但也是"谈话自由，敞开思想，各抒己见"。我在计算机键盘上敲着敲着，爱想象的触角不由自主地伸展开来：倘若天气依然那么风和日丽，倘若时间还是那么良辰美景，学贯中西的赵教授与他的思想相左的钱教授和与他学派相右的孙教授"三代同堂"，一样地"敞开思想，各抒己见"，这多么让我欢喜，让我羡慕，让我心生敬意！

我为什么如此轻易满足于"教授相亲"呢？是因为自古以来，我们有

"醒"后吐真言

太多太多的文人相轻学人相敌的故事，而这些故事与文人学人心生偏激造成的误会紧密相关，而易生偏激又与那不宽广的心胸紧密相关，而狭窄的胸怀又与不明学理紧密相关。不明学理就是不愿意"尽可能在一切问题上都尽量发挥理性的力量，以便能使偏见或情绪化的判断少发生一点"。近年来，有一位尽心尽力埋首于前辈学人的日记、回忆录、年谱等第一手资料之中专心致志于中国现代知识分子研究的青年学人，名叫谢泳。他在挖掘这些大转折时代的文化老人复杂的内心世界、坎坷的人生经历和最终的命运归宿时，也自然而然地展现了他们的胸怀，表露了他们的偏激，甚至挖掘出了他们作为学人不应有的劣根性。1998年3月9日《文汇报》笔会副刊发表的谢泳的《胡适与冯友兰》，又是一篇再现了"那些沧桑老人的过去"的有意味的好文章，这篇文章让我又一次加深了——我们响当当的前辈学人远不如人家罗素那般谐趣与绅士——这样一种早就有的印象。在20世纪30年代，"尽管论争的双方（胡冯）谁都未能说服谁，但学术之争还是平和的，胡冯之间的关系也很正常。"对一个人的学问，应用理性的目光去看待；对一个人的其他问题，就可以情绪化的眼光去认识吗？在学问上让我尊敬的胡适先生，愈到生命的后期，愈是戴有色镜去看同辈学人的学问和人生。谢泳举例说，1961年胡适和钱思亮聊天，对冯友兰的评价就很苛刻："在天主教办的一个刊物上，知道冯友兰在那边承认过一百三十次的错，自己承认是无可救药的资产阶级。他本来是个会打算的人，在北平买了不少房产。1950年在檀香山买了三个很大的冰箱带回去，冰箱里都装满东西，带到大陆去做买卖，预备大赚一笔的。他平日留起长胡子，也是不肯花剃胡子的钱。"这样一段带意气的话，既显示不了胡适学问的根基，又抹杀不了冯友兰学问的存在，反倒让人认为胡先生肚里不仅撑不了船而且搁不了一只壶，

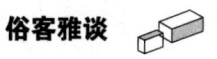

肚量也小了点。而冯友兰恰相反。在20世纪80年代前期还称胡适是在学问方面"比较早的一个成功的人",显然"理性多于情绪"。

  一般地说,理性的基础是学问。学问越大,对人对事理性的成分就越多。所以,应提倡人们多追求学问。理性的力量是建设性的力量,而靠一种情绪整天在那里说"不",尤其是夜郎自大地说"不",就是态度有些不端正了。请不要误会,情绪不是激情。我讲理性时,心中也在赞美激情。梁漱溟是一位有学问的儒学大师,马寅初是一位有学问的大学校长,陈寅恪是一位有学问的"教授的教授"。梁大师诘问领袖有无"雅量"的胆气,马校长即使只剩下他自己最后一个人也"决不投降,战斗到底"的勇气,陈教授"不与水合作"的志气,这是一种激情,一种富有理性的激情,我深深地赞美着,赞美着这种"虽不能至,却心向往之"的理性的力量。

从谬误中咀嚼出真理

"我依然认为应该很仔细地咀嚼那些曾经被认为真理的东西,哪怕从中咀嚼出谬误,也还不妨再从谬误中咀嚼出那些符合真理或接近真理的因素。"这一段以心血和泪水结晶成的警句出自邵燕祥自传性著作《沉船》的第44页。

《沉船》于1996年2月由上海远东出版社出版,邵先生于当年5月6日惠赐时留言"庆春一阅",我遵嘱及时阅读。他写的虽不是一部童话,而是一个人在一个时代的沉没史,但我还是想起安徒生,想起安徒生在《光荣的荆棘路》所写的一句话:人文的事业就是一片着火的荆棘,智者仁人就在火里走着。读完《沉船》后,我即写道:人文的事业也是一片汹涌的波涛,在这风头浪尖走过许许多多仁人智者。去年夏天因读邵先生另一本"手写的材料"几倍于《沉船》的《人生败笔》时,二阅《沉船》。我认为应该很仔细地咀嚼那些在荒唐的年代以荒唐的逻辑归纳推理出的荒唐的谬论,或许也能"咀嚼出某些符合真理或接近真理的因素"。

"我就这样死去了，死在 1958 年 2 月。"明明白白地知道自己死在何年何月，此死非彼死也。邵先生说他"死"时没有葬礼，却有许多麻烦的后事，"把旧的自己埋葬"。而在这一年的 1 月 7 日到 2 月 15 日，邵先生在一本 32 开黑色封面印着银色字的"学习本"上写满了 152 页的读书札记。在札记的最后一页，夹着一张发黄的剪报：1 月 27 日《人民日报》社论《打掉官气》，是从柯庆施的报告出发来阐述的。下面转抄邵先生用蓝色圆珠笔画线的几段：

那么，对于我们，究竟什么是最危险的敌人呢？最危险的敌人就是脱离群众的作风，也就是柯庆施同志在报告中所说的"官气"。
做"官"，和不做"官"，做领导工作和做其他工作，只是社会分工的差别。做领导工作，仅仅意味着对党、对人民负有比一般人更多的义务，把职责范围内的工作做得更好的义务，而绝不是享有特权。

以下还有两段，最后一句是："因此，反对官僚主义的斗争是一个长时期的斗争。"

倘若这篇社论把"柯庆施"三字去掉，再在 40 年后的今天刊发一遍，我认为并没有什么不妥帖，《打掉官气》一打 40 年后许多官的官气依然十足啊！读完那几段社论，我立即在书边写下："说得没有错。为什么 40 年后，做领导工作的给人印象仍是'享有特权'，这是哪里出了毛病？是选官或者任官的机制出了毛病。因为 40 年来的官不是真正选拔的，而是靠任命的。所以'打掉官气'40 年后，我们常常听到比当年社论更加洪亮的声音：'反对腐败的斗争是一个长时期的斗争！'官僚对主义不感兴趣了，对特权反倒很感兴趣而且死死盯住不放。"

做领导工作的只要享受特权的多了,讲人权的就少了;讲人权的少了,不民主——不让民做主——随官做主——就多了;随官做主多了,产生官僚主义是必然的,产生腐败也就是必然的。40年前,因缺少民主,官方愿意"打掉官气"则可,"吾辈则不可",于是,邵燕祥们那些涉及反对官僚主义的短文就受到批判,就成了"以反对官僚主义为名进行反党"了。40年后,我们的民主如何,假若不是睁眼说瞎话,可以说大大进步了。进步到能够公开而旗帜鲜明地亮出自己的观点:"民主绝不是资本主义的专利";"民主是社会主义的旗帜";"只有蜕变为官僚主义者的人才害怕民主,由害怕民主变为反对民主"(中国社会科学院副院长刘吉语。1998年9月3日《报刊文摘》据《中国改革报》8月27日报道)。

只要社会主义的旗帜上写满民主,不愁打不掉官气,反不掉官僚主义。在社会主义国家,官僚主义产生的根本原因是什么呢?朱厚泽在《以社会为主义 为社会而主义》一文中分析得十分在理:大量的、全方位的基层信息都要经过一个一个的层次等级,集中到那个宝塔形的尖端,到那个中央处理器去处理,它处理得了吗?这个信息流程本身就预先决定它必然要发生信息堵塞,无法自理或延迟处理。官僚主义就是信息堵塞的表现,使事情拖拖拉拉,延误时机,无法决策。也可以说,当世界历史进程从战争转向和平,从军用转向民用,人民需要丰富多彩的生活,社会需求日趋多样化的时候,一个自上而下高度集中的制度就开始暴露出问题,官僚主义产生是必然的。朱厚泽说:"社会主义者,以社会为主义,为社会而主义,不要迷迷糊糊被别人牵着鼻子走,把国家主义误认为社会主义,进而去崇拜那个国家主义。"我认为官僚主义最本质的内容,就是做领导工作的享受

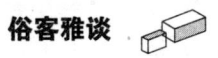

特权。倘若"基层信息"在基层就给处理了,而没有集中到那个"宝塔形的尖端",掌握"尖端"的人不就享受不到特权吗?所以,"基层"所有权太重要了。"基层"具体到每一个人时,只要人人不被牵着鼻子走,亦即人人有充分的公民意识,官僚主义就不可能得逞成"腐败主义"。这就是一种结论。

觉悟与劳动

俄罗斯有个寓言写得挺不错的作家，叫克雷洛夫。他在《蜜蜂和苍蝇》中写过一句话，我却很不以为然。当然，你也可以对我的"不以为然"很不以为然。克氏说："好好地为祖国服务的人，决不会轻易离开祖国的；对公众毫无益处的游手好闲的人，也许能在外国找到最大的快乐。"

这话分两半来说。前半句，是个觉悟问题。至于什么叫"轻易离开"，不好把握。是一气之下，耍小孩子脾气就走了，还是经过了深思熟虑，毅然决然地离开了？是出去周游一下列国后，又归桑梓，还是从此一去不复返了？前提不好把握，那觉悟的高低也就是说不准的事。后半句，说的是劳动。游手好闲的人，尽管是"也许"，但能在外国找到最大的快乐，意思是在外国可以不劳而获，而且是获得"最大的快乐"。俄罗斯主张按劳分配，外国就提倡不劳而获？这就有点不能让人信服了。"天不会下黄金雨／地不会结金苹果／谎话填不饱肚子／吹牛皮代替不了粮食"（艾青诗）。不劳而获，天下哪有这等白吃的午餐！

克氏的话虽不中听，但他谈及的两个问题即觉悟与劳动，颇使我有话可说。好好地为祖国服务的人，可算得上是觉悟很高的人；觉悟很高的人，一定不会游手好闲；勤奋劳动，能让一个人在本国也可找到最大的快乐。这样一说，我跟克氏岂不是英雄所见略同？且慢！我有一位朋友，谈及他的一个忘年交朋友，从事理论宣传工作兢兢业业四十余年，一向自以为有很高的觉悟，不是上面的号召不听，不是上面要求看的书不看。他的文章总是站在"时代前沿"，没有一篇上面不满意。而今他在回顾一生经历的"三反五反"、"四清运动"、"反右派"、"大跃进"、"文化大革命"等等政治活动时，发现自己"保持很高的觉悟却没有做几件对得起国家和人民的事"。可见觉悟很高的人，看起来似乎是在为祖国好好劳动和服务，但到头来，却没有做几件对得起国家和人民的事，这还能说是找到了"最大的快乐"吗？

与其指摘"轻易离开祖国的人"觉悟低，那些能够决定祖国命运的人不如好好地反思：是什么原因不能使他们好好地为祖国服务？

为何不肯服罪

作家赵鑫珊"旅情"日本一个月,感情的潮水涌动于历史与现实之间。他敬佩日本,是因日本从战争的废墟上迅速崛起,严守纪律的日本国民最能拧成一股绳,奋发向上,苦干实干;他憎恨日本,就像波兰人厌恶德国人,更因1942年他年仅4岁时,日本飞机轰炸江西南城,防空洞成了他的摇篮。沉浸在许多像方生博志一家人对中国人的真诚友善之中,赵鑫珊先生说他的恨开始一点点化解。

我没有赵先生那样的感同身受,因此,对日本和日本人有着别样的感觉和心情。在杂文《失败的英雄及其他》中,我曾对帮助中国学者的日本友人高筒表达了心中的敬意。我敬仰喜爱个体的日本人,前有鲁迅的挚友、著作《活中国的姿态》的内山完造;今有公开发表战时日记,告诉下一代完整历史的日本老兵东史郎。他曾在中国人民大学的报告会上再次回顾了自己的思想历程:"这些年来我一直在想,当年我和战友们都是非常善良纯朴的普通农民,为什么穿上军装就变得毫无人性呢?显然,这是军国主义教育的结果。当时年轻人由于接受的是片面的历史观教育,才会在侵略战争中义无反顾地充当炮灰,对此我们应该深刻反省。"毫不讳言,我对个体的日本人充满着友爱。但对日本人的厌恶和憎恨,就像波兰人对德国一样。我不只一次地说过,一个一个的日本人或许是和蔼可亲的,你不妨与他交友谈心,但日本人一旦在某种主义的蛊惑下去做一件事时,那就是集体作恶。总有人说,日本对中国犯下的滔天罪行,是少数军国主义者所为。鉴于中国曾被一个林彪和"四人帮"就折磨得遍体鳞伤,我承认"少数人的威力"。但如果说单个的国民都慈眉善目,爱好和平,并且占一个民族的大多数,那么,为什么这样的国民却构成了一个在历史上屡次侵犯他国而至今还不肯认罪的民族?!为什么在人际关系和国际交往中似乎一向给人以"彬彬有礼",自称"用儒术行王道"的日本人却去实行灭绝人性的南京大屠杀和细菌战?!谁能解此悖论?

日本民族为什么具有如此矛盾的双重性格?阅尽沧桑的著名老作家章明先生也没有解开这个"结"。否则,他不会说日本人是"令人猜不透的"。"猜不透"也好,"作为中国人来说,有一个猜不透的近邻是不幸的,它叫你整天提心吊胆。同样,有一个猜不透的近邻又是幸运的,它时刻迫使你发愤图强"。没有理由讳疾忌医,章明先生心长语重:"'猜不透'不是说'不必猜',相反,我们必须格外认真地研究'日本学'。"睡狮毕竟醒了,我中华民族也不缺少格外认真的人,于是,人们可以饱读研究"日本学"的一系列专著,如《警惕日本——昨日的侵略与今日的扩张》(王俊彦编著,内蒙古人民出版社1996年出版)、《日本:一个不肯服罪的国家》(肖季文、陈显泗、尹明新编著,江苏人民出版社1998年出版),还可以在图书馆翻阅一系列有关南京大屠杀的研究成果。《日本:一个不肯服罪的国家》这本专著,帮我

"醒"后吐真言

解开了这个"结"：像东史郎一样非常善良纯朴的普通人，为什么穿上军装就变得毫无人性？

日本人认为，日本者，"乃日所出之国"，是"天地间最初生成之国"，"为世界之根本"。此源自8世纪初的两部日本史籍《古事记》和《日本书记》，有关于日本立国的神话。这神话不是日本先民们流传下来的，而是政客们捏造的政治神话。相传日本初建国时，作为初代天皇的神武天皇提出的"八纮一宇"，昭示的是要把全世界连结一起置于天皇一人的统治之下。正因为日本民族的血液里遗传着"八纮一宇"的基因，所以，这个国家的肌体上黏附着一些怪枝。陈显泗先生认为有四根怪枝。第一根怪枝是神国观念。国家神道成为日本军国主义穷兵黩武和法西斯独裁统治的思想理论基础。政府从财政上大力支持这种思想的流布，靖国神社应运而生，更多的日本人便在这里受到神国思想的"洗礼"而成为殉道者。第二根怪枝是天皇崇拜。神是人造出来的，神自然要为人所用，这用神的人就是统治者，最大的统治者毫无疑问是天皇。明治宪法开宗明义第一条："万世一系的天皇统治大日本帝国。"天皇的地位一代代被强化，对天皇的崇拜也一步步提升，以至政府文告称："天皇是最高的神，从开天辟地起就是日本的主人。"第三根怪枝是武士道精神。简单地说，即对天皇的超常的忠诚意识。为了天皇，可以不顾一切，宁可玉碎，不愿瓦全，杀身成仁，杀他人更不眨眼。第四根怪枝是皇国史观。这是前三根怪枝结出的恶果，有的学者概括为：大和民族是由神选定的民族，都是天照大神的子孙；天皇是现实人间的神，是国家一切的中心，"八纮一宇"是最高理想，以天皇的名义统一世界，是走向人类恒久和平的大道；日本民族所进行的战争，是为完成历史的使命而进行的圣战（王俊彦编著《警惕日本》）。用皇国史观教育、培养和造就出的一代又一代绝对服从和忠君的国民构成的民族,"老子天下第一",如何叫它去服罪认错？日本被四根怪枝恶魔般地缠在身上,使它变得野蛮、凶残、贪婪而不知错在哪里,罪在何处,现在是病得一半清醒,口中常挂广岛、长崎的原子弹；一半迷乱,因而矢口否认南京大屠杀。若不赶紧吃药打针,总有一天会一病不起,到时就悔之晚矣。我们不是它的友好邻邦吗？远亲不如近邻。我们有责任帮近邻治病。

日本,一个不肯服罪的国家！学者理性的透析在理,这结论是没有错的。针对现实而言,我却觉得那话还可分两头说。第二次世界大战结束后,对战胜国的中国,战败国日本从没有低头说声错了,即使当时在投降书上签了"失败"两字,但那两字的背后却分明写着三个字——"走着瞧",而对战胜国的美国,因它的头已被原子弹炸破想抬起也不成,于是从1945年以来一直对美国俯首帖耳,虽跟它不是"一衣带水"的邻邦,但甘愿跟在美国的屁股后面做它的盟友。这里面的缘由不难找,我们可以谴责日本还是靠武士道精神过日子,服膺强者,蔑视弱者,但我们最好还是问一声自己：如果我们的的确确"超英赶美"了,铁证如山的南京大屠杀,还能由着它死不认账吗？"落后",在战争年代就只有等着"挨打",在和平时期也只有等着"挨损"。中华民族岂甘于落后！发愤图强,改革开放30年加快了追赶的步伐,在各个方面取得了骄人的成绩。结果,在不该骄傲的地方也不谨慎节俭了。仅1999年春节,只要您有时间且愿意坐在电视机前,保证您能欣赏到至少三千台的春节联欢晚会（1999年2月7日《中国商报》）。但这个好消息硬是没有让我心里好过起来,只怨我在前一天的上海《文汇报》"书缘"专刊上读到这样一段"专家认为"：由于严重的资金不足,有关南京大屠杀史料的出版远远不能满足研究的需要。两个消息一比较,我说好

"醒"后吐真言

钢没有用在刀刃上，不知那些晚会的总策划、总编导、总监制是否同意这个说法？再从这两个消息"发微"一下,我们又有多少好钢没有用在刀刃上？倘若我们手中的刀刃锋利，何愁砍不断军国主义者"开路"的战刀！

适得其反

心想事成，天遂人愿，这只是人们的希冀。美好的祝愿并不一定就能实现，实现不了也不值得大惊小怪。目的不明、动机不纯、心怀叵测的愿望和努力有时会适得其反，譬如偷鸡不成蚀把米、贪小便宜吃大亏，譬如聪明反被聪明误、逼子成龙反成虫。还讲一个"装傻"最终装成真的故事。最初传播这个黑色幽默的智者是英年早逝的王小波先生。他讲述的这个故事犹如一盏挂在人间的灯，亮在辨别是非的路上，警示着睁一只眼闭一只眼的人们，面对黑暗偏说亮，遇到专制的鞭子抽出还要"装傻"说是民主的旗帜高高举起，最后结果不是大智若愚，而是"其知可及也，其愚不可及也"。——故事是说某人"文革"里装傻写批判稿，原本是想搞点小好处，至少不能让人看到自己袖手旁观，谁知一不小心上了《人民日报》头版头条，成了风云人物。有彼一时，即有此一时。"文革"一经否定，此翁就被人整成了"三种人"。到了这个地步，就只好继续装下去，因为"真傻犯错误处理还能轻些呀"。对于这个适得其反的结果，王小波提醒人们："装傻是要

"醒"后吐真言

不得的,装开了头就不好收拾,只好装到底,最后弄假成真。"

　　"文革"的后果是造就了许多"装傻"的人,这正好与"文革"发生的起因相吻合。我认真读了"文革"史专家金春明教授的《"文化大革命"史稿》。无论他如何分析、归纳、总结"文化大革命"发生的原因,并且那些原因也的确事出有因,再加上我所看的其他有关"文革"方面的书籍,我总感觉"文革"是由一个绝对聪明的人"装傻"装出来的,请先不要说这是"戏说历史"。重温一遍"文革"期间发表的一条毛主席语录:"这次无产阶级文化大革命,对于巩固无产阶级专政,防止资本主义复辟,建设社会主义,是完全必要的,是非常及时的。"有谁不清楚明朝那一点资本主义"萌芽"早就被炒成了下酒菜,中国何时有过资本主义?资本主义的影子都不曾见过,怎么会有其复辟?倘若不是"装傻"捞好处,搞"阳谋",整倒身边的赫鲁晓夫,又何必将一心一意建设社会主义的"刘邓陶"们一一打翻在地?历史已经证明,就像有人说的"文革"即使动机是好的,但其结果却是适得其反的。"文革"期间还有一个响彻神州的口号:"听毛主席的话,读毛主席的书,做毛主席的好战士!"所以,随着"文革"如火如荼地进行,"装傻"的人愈来愈多。史学博士朱学勤曾也是其中的一个,不过他没有"装到底",最后也就没有弄假成真,因为他"学勤"呀,因为"知识越多越反动"嘛。——1972年10月,朱学勤在豫西山区的一个化工厂当管道工,仗着年轻,白天扛一天的重型管道,晚上还有精力在灯下自修,先读历史,后读哲学。到了1974年前后,毛泽东批示重印一些"文革"前的"灰皮书",并组织翻译苏联及西方最新的小说、政治理论书籍,似乎其目的是为了抵制"形而上学猖獗"。但其效果对勤学深思的朱学勤而言恰恰相反:"在精神干涸而又弥漫着怀疑不满的年月里,重印那些灰皮书,还要组织翻译西方70年

代的最新理论著作，无异于在遍布干草的荒原上撒上一把火种。"（朱学勤著《思想史上的失踪者》）

"火种一旦播下，能保证它只顺着指定的路径燃烧，而不会掉过头来先反噬他自己？"子规夜半犹啼血，"铁屋中的呐喊"既能召唤"较为清醒的几个人"，也能唤醒"许多熟睡的人们"。真理即使被铁皮重重包裹起来，也拦不住她放射灿烂的光芒；思想自由的种子一经播下，收获自由精神结出果实的日子定然不期而至。只要敢于自由思想，言论自由的天空才会嘹亮放声高唱的歌喉。自由就像弹簧，受到的压力越大，反弹也就越大。在北美这块崇尚自由的土地上最早播下思想自由的种子的人物是英王乔治二世。这是另一个适得其反但又让人欣慰的例子。已先后有58人获得诺贝尔奖的纽约哥伦比亚大学，是由英国国王乔治二世于1754年创建的，原名叫"国王学院"，在其被颁旨承建的皇家大宪章中敕令"其旨在以雅范语言、宏阔的艺术及科学去裨益和教育青年"，并且声言"无论何种宗教教义，不拘何其殊异；人不论何种等级、特权、殊遇、恩惠、豁免，皆得以入学受教也。"（王海龙著《哥大与现代中国》上海文艺出版社2000年1月第1版）"星星之火，可以燎原"。乔治二世亲手创办的国王学院成为激进自由思想的温床和后来美国独立革命的策源地，他做梦也没想到自己创办的学校培养的学生，是推翻其在美的殖民统治实现美国独立的领袖人物和一大批开国元勋。"国王学院的建立真正是在客观意义上培养了他自己制度的掘墓人"。但是"幸运地，乔治二世在创建哥大时那点慷慨的自由精神竟然保留下来了，而且余泽流溢到了今天"。难道乔治二世当初不清楚自由的白鸽一旦放飞，翱翔的翅膀就不会被收回吗？不能说他是"装傻"啊，因为他宁愿相信"民可使知之，不可使由之"，并且信仰"天若有情天不老"。

"醒"后吐真言

乔治二世欲以他皇家豁达的气度和提倡自由的精神去维护在美的殖民统治，结果"殖民"随着雨打风吹去，自由倒成了导航灯；"灰皮书"原本是用来抵制"形而上学猖獗"，以便更好地巩固"文化大革命"所占领的思想阵地，结果这些东西愈加激活思想的火种在民间开花。李大钊说："思想是绝对的自由，是不能禁止的自由；禁止思想自由的，断断没有一点的效果。你要禁止他，他的力量便跟着你的禁止越发强大。你怎样禁止他、抑制他、绝灭他、摧毁他，他便怎样生存、发展、传播、滋荣。"（李大钊著《危险思想与言论自由》）那些口口声声要高举马列主义旗帜的人，若懂一点马列常识的话，就应该知道李大钊是最早把马克思主义引进、传播到中国的先驱者。怎么数典忘祖，连先驱者最初的忠告都忘了呢？那些内心恐惧思想与言论自由的人，若懂一点马列常识的话，就应该懂得"哪里有压迫哪里就有反抗"的道理。怎么强暴民意，专干适得其反的事呢？"思想本身没有丝毫危险的性质，只有愚暗与虚伪是顶危险的东西，只有禁止思想是顶危险的行为。"

"思想自由与言论自由，都是为保障人生达于光明与真实的境界而设的。""光明与真实的境界"对于每一个人的人生来说，都是美好的向往。只要你愿意朝那美好的方向前行，你就要做两件事：一是善于告诉压制思想与言论自由的"他们"明白适得其反的道理，自由的河流遇到阻力，激起的是更加激烈的歌唱；一是在思想与言论自由一旦受到一点伤害的时候，就不能听之任之而"失语"，而是要敢于"说话"。否则，"起初他们追杀共产主义者，我不是共产主义者，我不说话；接着他们追杀犹太人，我不是犹太人，我不说话；后来他们追杀工会成员，我不是工会成员，我继续不说话；此后他们追杀天主教徒，我不是天主教徒，我还是不说话；最后，

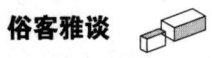

他们奔我而来，再也没有人站起来为我说话了"。如果真正遵守宪法，保护宪法中赋予公民的言论自由的权利，人人都要吸取马丁的教训，不能使后果适得其反。

敦煌大梦可成真

一

我对遥远的甘肃文化的认识，只有两样：一是梦牵无数人神往的一处佛教圣地——敦煌，因为她也时常牵着我的梦；一是吸引无数人阅读的一份大众读物——《读者》，因为我也时常翻阅她。当西部文化开发的序曲伴随西部大开发的乐章一起奏响的时候，我对常常入我梦的敦煌格外凑起热闹来，不知这是凑俗还是凑雅？即使是俗客附庸一点风雅，倘若不愿费词章去提倡或动感情去击掌，但也没有必要来冷嘲热讽。谁说风雅只准雅人颂？

当滚滚大开发的热流不仅仅是在西部流淌的时候，兰州歌舞剧院适时创作演出的一台大型舞剧《大梦敦煌》第二次晋京，7月4日在国安剧场进行了首场演出，我应友人的邀请，有幸成为那座无虚席中的一席。在有声有色中，在不知不觉间，100分钟的演出在观众长达15分钟的频频谢幕中大功告成地落幕了，我和友人们还沉浸在莫高窟强大的艺术磁场里，依依不舍地离去。谁说曲高不会和者众？

二

或许因敦煌早已是梦里情怀，或许因如诉如泣的舞蹈语言独具魅力，或许因纯真悲壮的爱情本身就能震撼人的心灵，几天过去了，《大梦敦煌》中那优美与雄浑、柔婉与刚强、飘逸与沉着、恬静与凄厉的音乐旋律还时时盘旋在耳边。

征服一个个观众的最好方式就是叫他们深深感动。《大梦敦煌》深深地打动了我，以致她的一幕幕至今历历在目。序幕拉开了——公元1900年6月22日，这是100年前的一个平常素日，看守莫高窟的道士王圆篆偶然间发现了一个藏满经卷的洞窟——纪念藏经洞发现100周年学术活动的序幕也随之拉开了……

说爱屋及乌也可以，夸举一反三也爱听，反正我想起了余秋雨先生《文化苦旅》中第一篇《道士塔》，翻阅了今年纪念藏经洞发现100周年专号的第2期《敦煌研究》杂志，研读了部分"敦煌学"专著。作家余秋雨是这样描写"序幕"的："1900年5月26日（引者注：公元1900年6月22日即农历五月二十六日）清晨，王道士依然早起，辛辛苦苦地清除着一个洞窟中的积沙。没想到墙壁一震，裂开一条缝，里边似乎还有一个隐藏的洞穴。王道士有点奇怪，急忙把洞穴打开，嗬，满满实实一洞的古物！"作家如身临其境，读者也从中读出了一份真切。舞剧《大梦敦煌》的序幕除了王道士手中多了一盏马灯外，其他情节可说与余秋雨的描写不谋而合。在这期《敦煌研究》中，发表了学者荣新江（北京大学历史系教授、博士生导师）的研究文章《王道士——敦煌藏经洞的发现者》。他是这样记述发现过程的："1900年6月22日（光绪二十六年五月二十六日），16窟甬道的沙土已经

"醒"后吐真言

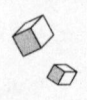

渐次清理完毕，一位姓杨的伙计发现甬道北壁的壁画后面可能有洞。于是'王道士夜半与杨某击破壁，则内有一门，高不足容一人，泥块封塞。更发泥块，则为一小洞，约丈余大，有白布包等无数，充塞其中，装置极整齐，每一白布包裹经十卷。复有佛帧绣像等则平铺于白布包之下。'"学者讲究细节的真实，荣教授的评论不温不火、不急不躁："这段出自1942—1943年逗留敦煌的画家谢稚柳先生的记载，虽然来自敦煌民间的传说，但比较真实准确地描写了藏经洞（现编为第17窟）发现时的情形。"

发现了藏经洞的王道士，后来为一点点蝇头小利，将洞中宝物大肆倒卖给了英籍匈牙利人斯坦因、法人伯希和，还有俄国人、日本人、美国人。对于王道士，说"他是敦煌石窟的罪人"（余秋雨语），或者说他"是盗卖敦煌宝藏的历史罪人"（荣新江语），都是没有疑义的。他的墓碑——道士塔——不是人们所要凭吊的对象，而是永远竖立在敦煌莫高窟前的历史耻辱柱。然而，"偌大的中国，竟存不下几卷经文"！如此奇耻大辱，如此重大责任，如果仅仅要一个没有多少文化的道士承担，那真是太轻飘！如果仅仅只指责一个个子矮小的道士，却依传言去美言那些根本没干什么好事的官绅，那也真是拍错了地方！因为历史事实是当斯坦因、伯希和们在沙漠里燃起了股股炊烟的时候，"而中国官员的客厅里，也正茶香缕缕"。过去学术界传言，甘肃学台叶昌炽曾建议甘肃藩台把藏经洞所有古物运兰州保存，因无运费未果，乃于光绪三十年三月令敦煌汪知县饬王道士封存。但据学者考证，细检近年由广陵古籍刻印社影印刊行的叶昌炽自己的《缘督庐日记》全本，不得实据，这个美好的传说亦难以成立（2000年第2期《敦煌研究》第25、39页）。

舞剧《大梦敦煌》的序幕由一个民族的悲剧人物拉开，预示着其剧情注定充满了悲壮。

　　悲壮的美更能使人看到生命的苦难。只要不丧失对生命的希望，不甘心悲观绝望，悲剧越发令人深省。

三

　　还是回到舞剧《大梦敦煌》本身，王道士毕竟只是一个"引子"。

　　由四幕舞剧"一气呵成"的《大梦敦煌》，气势恢宏，内蕴深厚，情节多变，人物鲜明。整个舞剧以震惊世界的艺术宝库敦煌壁画的千百年创造历史为背景，用富于浓烈色彩的笔墨，刻画了青年画工莫高不断追求艺术至高境界的坚韧形象，描写了对莫高的爱情忠贞不渝的月牙之纯情和忠诚。这台舞剧的舞蹈语汇不仅把敦煌壁画演活了，而且把敦煌在辉煌时期的气势复活了。第二幕时，新洞开凿，市景欢闹，不同民族在相互依存与相互对抗，相互学习与相互争夺中形成的浪漫、进取、豪放、慷慨悲歌和自由自在，一一通过丰富多变的"肢体语言"表达出来。尤其是莫高和月牙的扮演者，用他们优美动人的舞姿和引人入胜的舞语，言说着对爱情自由的渴望。莫高是一位贫穷的画工，但他志存高远，身怀绝技；月牙是一位大将军的女儿，但她漠视权贵，即使在父亲强权的淫威下，也要投入爱的怀抱。当莫高和月牙正沉浸在自由的甜蜜中时，视贵族身份为荣耀的大将军拔剑刺向因酷爱艺术而贫穷的莫高，刚烈而又至真的月牙迎上父亲的屠刀，毅然为这人性平等而社会地位不均的爱情付出生命的代价。莫高不负爱人情，在巨大的悲怆中完成了艺术的绝唱。

　　莫高成窟，灿烂辉煌；月牙成泉，清纯秀丽。艺术，爱情，在敦煌朝夕相守……

"醒"后吐真言

这是多么美好的梦想！事实上，爱情自由与社会平等是从来也不存在过的东西，人与人的关系从来就是强制和压迫的关系；但这一事实并不能论证人类就应该是不要爱情自由和不要社会平等的。哪里有压迫，哪里就有反抗。追求自由与平等是人的天性。天性不可违！——舞剧《大梦敦煌》用其舞蹈语汇演绎了这一基本人性的美好。但愿敦煌大梦能成真。

艺术是爱情的孪生姐妹。因此，但愿不再有王道士"凿壁偷画"。

四

还有，敦煌成学，博大精深。

正因其内在价值无算，注定了敦煌学成不了"显学"。即使敦煌热热浪滔天，敦煌学也只会按自身的逻辑演进自己的学术天地。有先知者早说过：一门学问一旦成为"显学"，也就是其死期到了。所以，敦煌学还是默默无闻的干活好。

曾经，流行过一阵子"文化搭台，经济唱戏"。估计是经济账算过后，盈余不多，这样的戏唱得没多久，就听不见声音了。所以，羊头挂好后，还是专心致志卖羊肉。

我认为舞剧《大梦敦煌》是"艺术搭台，唱艺术戏"，所以，这戏才有戏。

分苹果的程序

两个人面对一个苹果，一人要得到一份，还不能分出你多我少的扯皮后果，这一个苹果如何分出两份呢？公正的程序是由你分我先拿或者我分你先拿。假如现在是一些人要分一个蛋糕，公平的划分是人人得到平等的一份，什么样的程序将给出这一结果呢？明显的办法就是让一人来切分蛋糕并得到最后的一份，其他人都被允许在他之前拿。他将想方设法平等地划分这蛋糕，因为只有这样，他才能确保自己得到可能有的最大一份。哲学家罗尔斯在《正义论》中指出，这个例子说明了完善的程序公正的两个特征：一是对什么是公平的分配即实质正义有一个独立标准；二是设计一种保证达到预期结果的程序是可能的。

近一段时间，谈程序公正的话题不再限于三五好友见面时的聊天，而是在公开的媒体上"打开天窗说亮话"了。2000年7月14日同一天南北两家报纸条分缕析地谈到同一话题。广州的《南方周末》发表了朱学勤先生的《程序公正与实质正义》一文，内容是针对"长江《读书》奖"而谈

"醒"后吐真言

的。在有关"长江《读书》奖"的许多议论中，我认为朱学勤的这一篇最算是说到了点子上。朱学勤说，中国古人对程序公正与实质正义这两者的关系已经有感觉。"君子爱财，取之有道"，前者所说是实质正义，完全正确，后者所言则已触及程序公正，合理的要求必须通过合法渠道解决。他最后的结论是以程序公正求实质正义，则实质正义存；以实质正义践踏程序公正，则程序公正亡，实质正义也亡。他在文中还提到，在已经确立法治秩序的现代社会，程序公正先于实质正义，这是公民的普通常识，或者就叫法律意识。谈及法律意识，北京《检察日报》记者王松苗在"法制时评"专栏中所发表的《首要的是确保程序公正》这篇文章中进行了同样的强调。他说，程序公正，有可能放纵罪犯，但决不会枉及无辜；程序不公正，虽可能在某种情况下不让罪犯漏网，但却极易冤枉无辜。"两害相权取其轻"，法治的精神认为，枉及无辜的危害远远大于暂时的放纵罪犯，所以对程序公正的追求理应放在首位。

毫无疑问，无论是学术评选还是案件审理，程序公正应优先放在首位。据7月20日《南方周末》报道，国家大剧院遭遇黄灯，原因就是"程序受到挑战"。国家大剧院是建好还是不建好，这是一个问题，这个问题看来是不可讨论了。另一个问题是决定建后，如何建得更好些？首先评审设计方案，为此专门成立了国家大剧院设计方案评委会，共11人，主席为清华大学教授、两院院士吴良镛，委员包括傅熹年、潘祖尧等7位内地及香港建筑规划名师和阿瑟·埃里克森（评委会副主席）、芦原义信、里卡杜·鲍菲尔3位国外著名建筑师。可以说，评委会大师荟萃，其资格是不用怀疑的。如今由这些大师们评选出的"坐在一个76万元——价值相当于一部打过税的奔驰车——的座位上，看那该死的歌剧"的"大笨蛋"（还有说是"粪蛋"、"皮

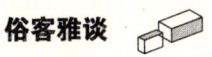

蛋"的，该因其外形像蛋形）设计方案（由法国人安德鲁设计），在刚一开始施工就受到49位院士和108位建筑学专家的质疑而不得不暂停施工。这个方案是如何出笼的呢？是"在最重要的最后一轮投票中，评委会主席与副主席均未投票，而且他们两位还是不赞同安德鲁设计方案的人"，并且在评委潘祖尧先生非主动缺席这样一种情况下产生的。把反对意见排除出最关键的投票，只能说明国家大剧院设计方案竞赛评选出现了问题。真正的公正既非起点的公正，也非终点的公正，而是竞赛规则的公正，即程序公正。国家大剧院遭遇黄灯的事例，再次证明了践踏程序公正的后果是付出劳民伤财的代价，理所当然要受到公意的质疑。只是这笔财由个别人慷了国家的慨，最后却要国家掏腰包，显然不公。

看来，我们追求的程序公正，目前还只限于纸上谈兵，而运用到实际操作中，盼有待于真正尊重反对的声音那一天的到来。

"帕累托改进"歪用

意大利经济学家帕累托所研究的关于交易双方在原来基础上都得到好处的一种经济活动,在经济学上被称之为"帕累托改进"。有一只"看不见的手",不仅在经济的市场上捞足了油水,还贪得无厌大大方方地伸向了社会生活的方方面面,做起另一种"改进"的文章来——这文章的题目叫腐败。青年学者卢周来说,这种腐败对于局中人——行贿者与受贿者——来说,也是一种"帕累托改进"。因为,一方面,行贿者通过行贿得到合同,最终收益肯定会超过其行贿花费;而另一方面,受贿者也得到了本来可能得不到的好处。所以,在行贿者与受贿者都在暗地里心满意足地数着大把大把的钞票时,没有人会怀疑他们都同时是腐败行为的受益者,腐败行为并没有损坏他们两人中任何一方的福利,相反还增加了他们的福利。"以尔车来,以我贿迁。"在一"行"一"受"之间,交易双方在原来基础上既然收获着共同的利益,也一定滋生出共同的乐趣。乐趣是一种幸福的感受吧,追求幸福的生活,难道还有罪过吗?

问得好！正因为如此，所以，对于这种"改进"，就有积极派与消极派之争。社会学家郑也夫在《腐败的正负功能》一文中列举了各种不同类别。有一种积极派认为，行贿反映着企业精神，行贿活动也构成了一种竞争。最大数量的贿赂可能正代表了像样的企业，只有他们能拿出或从经营中存留下这笔"为车轴加油"的费用，并能看准机会该在何处加油。有一种消极派则认为腐败窒息了企业精神，因为在腐败盛行的地方，那些最有创造力和冒险精神的人大多偏离企业活动，寻找公共领域中更赚钱的机会，原因是后者在收益上往往数倍于前者。

我不是据听，而是据看，看一些新潮经济学家的洋洋大著，知晓积极派在庙堂。一般情况下，我把庙堂的人分为三类：一类是"掌门人"，一类是"看门人"，一类是"进进出出的人"。"掌门人"不言而喻，决策者也、领导者也；"看门人"依工作性质，各司其门。有一个门前荟萃的都是一些成名成家的头面人物，他们为转轨时期的不同决策者们的腐败行为提供了学理上的合法性解释，什么"腐败是一个次优选择"，什么"腐败是改革的润滑剂"，什么新体制还要靠腐败而出呢？真乃妙趣横生！对新体制的热望、渴盼和呼唤，我心"依新"不"依旧"；但要"腐败出一套新体制"，靠行贿和受贿来提高我等百姓的生活水平，我绝对认为那是在哄骗我。所以，我是这"改进"的消极派。消极派在民间，这结论不会错。听听民间反腐败的声音，绝望之中含有多少抗争，无奈之中生出多少梦想！

我不知道有多少人谙熟这种"腐败有理"论，但从新华社2000年7月31日"成克杰收受巨额贿赂被一审判处死刑"和8月9日"李平伙同成克杰受贿一审被判处无期徒刑"的电讯看，成克杰、李平以及向他们行贿的原银兴公司负责人周坤、原合浦县副县长甘维仁、还有帮他们"转贿"的

"醒"后吐真言

张静海等等人物,一定是这种"改进"的积极拥护派。电讯稿只胪列实事,报道实情,那一个个年份,加之一堆堆数字,合计着成克杰利用其职务之便,单独或与李平共同收受贿赂款物凡 4 109 万余元,读起来简直枯燥乏味,但根据现有内容作一下分析,就会发现积极派拥护的原因所在。我现在就一边分析一边猜测:行贿的目的是获取"高额利润"。第一次行贿,肯定是害怕(收不收?)伴随着担心(肉包子打狗—去不回怎么办?)。没多久,"好处费"换来了好大的工程,无疑给下一次行贿注入新的活力和动力。久而久之,行贿者在"行"的过程中,渐渐产生着无以名状的乐趣。但是,又有几人还能在乐极之时,想着悲从乐中生?第一次受贿呢?肯定是害怕(收了不会出事吧?)伴随着喜悦(权力真好啊,越大越好!)。收!收了再说。有一天在办公室正想着:"天下哪有白吃的午餐?"那个电话不急不慢地来了。怎么办?利用其职务便利嘛。一次便利,获得一次丰厚的福利。久而久之,受贿者看着存折上的数字就像股票的牛市一样一个劲地飙升,内心那个乐啊,不足为外人道也。乐不知返,岂不是死路一条!成克杰之流即使想到了权力一旦成为欲望的祭品,必是死路一条,恐怕他已身不由己,只有任凭欲望的风车撞进没有警示的深渊。

请问,歪用"改进"的积极派们,拥护一条死路吗?

拟《无花的蔷薇》

我曾写过一点文字,以纪念自己心中的鲁迅。这并非为了别的,只因近年来,一种贬损鲁迅的歪风时时袭击我的心,至今不见停止。我很想知道那歪风的"门道",并愿与"鲁迅的门徒"齐心一致,顶住那"黑暗的闸门"。照直说,从读鲁迅书习鲁迅文以来,我就渐渐走近先生去倾听他心灵的痛苦。

纪念是为了不忘却,不忘却是因为要学习。学习鲁迅是思想者之需,犹如一日三餐不可或缺。

学习鲁迅,学习他解剖别人,同时三省自己;学习鲁迅,学习他"不满",并敢于正视不满;学习鲁迅,学习他"横站"着创作,"总根于爱"。

鲁迅有一把治病救人的解剖刀,他总是善意地奉劝病人赶紧治病,"并非要捺这一群到水底里"。

一个得了不一定是不治之症的病人,只因他听惯了以致听从了外界说他身体特别棒,根本不用医治的声音,对劝告他赶紧治病的人不仅不屑一顾,

"醒"后吐真言

反而认为那些说他有病的人别有用心,他的病却在一片歌唱他万寿无疆的颂词中,一天比一天严重,渐渐病入膏肓。此时病重的他虽不能完全醒悟,但其言也善,还给人们留下了临终警言:那些吹捧我身体棒的人,是真正不愿帮我忙的人。人们啊,对"歌德派"诗人可要警惕呀!否则,有病不治真没救。

展开想像的翅膀,倘若他就是一个国家呢?

他就是旧中国。旧中国通缉鲁迅,乃因先生既是奉劝他赶紧治病的人,又是说他确实有病必须医治的人。

鲁迅"别有用心"啊!鲁迅的用心,总是朝着新生的方向望去。

他亦是处于"文革"时的新中国。不过,总爱"横站"的鲁迅已经长眠地下了。

鲁迅说过:"可惜中国太难改变了。即使搬动一张桌子,改装一个火炉,几乎也要血;而且即使有了血,也未必一定能搬动,能改变。"

中国人素有"剪裁"的本领,从孔子之后剪裁《论语》到鲁迅之后剪裁鲁迅。这也许是一种"改装",但不见有人吸取血的教训。

"敢于正视淋漓的鲜血",也许只有如鲁迅这样的思想家,才将"热话冷说";也只有真的读鲁迅者,才知在横眉冷对中包裹着如鲁迅那颗炽热的大心:渴望民族的改造,人的新生。

跟一位学者谈及目前的腐败,可概括为几种情形:贪污行贿,触目惊心;道德败坏,廉耻丧尽;帮派拉拢,结党营私。

学者说他"敢于正视淋漓的鲜血",曾写完一篇上万字的论文论及"权力剥削",其探讨的问题比"权力寻租"和"资本剥削"严重得多,敢于正视而已。

这位学者在专业研究之外爱读的书籍就是《鲁迅全集》,一套十卷本的,一套十六卷本的。

一阔脸就变,鲁迅深恶痛绝;一阔脸就变,《鲁滨逊漂流记》的作者笛福道出了其人性的原因。

有人认为:衡量权力机制的优劣,不在于一阔脸不变,而在于一阔脸不敢变。

一个明明知道权力不受制衡将会发生悲剧,而不能避免这悲剧发生的国家,恐怕演活的只有真正的悲剧了。说在典型地反映悲剧意识上,西方多为悲剧,中国多为悲诗,也怕纯粹地把悲剧认为是一个戏剧种类了。

从战争史上寻找什么

1858年1月7日,恩格斯在致马克思的信中说:"目前我正在读克劳塞维茨的《战争论》。哲理推究的方法很奇特。但书本身是很好。"克氏三卷本《战争论》,我大概是十年前读过商务印书馆的版本,现在只记得一些主要的观点和书中分析一些战例的轮廓,对作者印象较深,知道他亲身参加过普法战争和法俄战争,其思想受到过德国古典哲学的熏陶。今晚我若给一位远方友人写信,我会在信中模仿恩格斯的口气写道:"目前我正在读杰弗里·帕克主编的《剑桥插图战争史》(以下简称为《战争史》)。尽管偏见不少,但书也算是好书,尤其印刷、版式和装帧都不错。"

在一边阅读《战争史》的过程中,我又一边从书架上拿出《战争论》来温习。我以前以为"战争是政治的继续"这个著名论断是列宁教导我们的,但这一次搞明白了,是列宁同志多次引用过克氏的这句名言,完整句子是"战争不是独立的东西,而是通过另一种不同的手段的继续……战争无非是政治意图通过另一种手段的继续"。关于战争同政治的这种关系,克氏认为

俗客雅谈

"这一观点是整个战略的基础,并且深信,谁不承认这种看法是必要的,谁就是没有看到问题的关键。只有使用这一基本观点,全部战争史才是可以理解的,否则其中的一切就充满矛盾而不可理喻了"。我也正是"使用这一基本观点"来看《战争史》的。这本计50万字,共296幅插图的"画书",我找自己感兴趣的章节研读,颇有收获。

"滑铁卢战役",稍有一点军事常识的人都知道那是拿破仑的"坎儿",是他的"死穴",是其"失败之门"。比利时南部的一个地名"滑铁卢",如今都成了汉语里的"典"。如果某个人在某个地方吃了败仗,不管是做书吃亏了,还是卖电器赔了,或真是打仗输了,就说那个地方是谁的"滑铁卢"。我以前对拿破仑在滑铁卢被英、普联军大破感到惋惜。英雄一世,岂能在一个小地方摔跤?他至少有三句名言,我是耳熟能详的:"中国是一只熟睡的雄狮,一旦醒来,将震撼整个东方大地。""一只羊带领一群狮子,那是一支羊的队伍;一只狮子带领一群羊,那就是一支狮子的队伍。""不想当将军的士兵不是好士兵。"他这些话不仅听起来口气大,有气魄,而且他还能说到做到,令人佩服。但我翻到《战争史》第208页《滑铁卢》这一节,仔细端详着指挥滑铁卢战役取得胜利的托马斯·劳伦斯爵士这幅肖像插图,脑海里突然滚过一句话:"一物降一物,好!"读到第209页,一组数据使我惊呆了!一句诗冲口而出:"一将功成万骨枯。"请看这组数据:

1806—1814年间,在拿破仑军中服役的200万法国人中,已经大约有1.5万名军官伤亡,9万名注册士兵死于战斗,另有30万人住在医院,不少于62.5万人被记做"俘虏"或"失踪",这些是截止到1814年士兵名单结束时的数字。在死者中,8.4万人死于西班牙和葡萄牙,17.1万人死于俄国,18.1万人死于德国。总而言之,拿破仑的战争已经杀死了20%的人。

"醒"后吐真言

在1790—1795年间出生的法国男性,即每5个人中死1个(可比较一下,1891—1895年间出生的法国男性,有20%死于一战,即每4人中死1个)。

真乃"战争是流血的政治"。克氏在《战争论》中写道:"在拿破仑的战争中,通过巨人的胜利和出色的追击而取得辉煌战果的例子是不少的。"这些战果中就凝聚着上述死者的鲜血吧。但《战争史》中翔实的数据和细节让我在其"天头"处写下这样的话:"靠官兵的白骨做成的皇冠,终究会消解拿破仑的'法力'而使他的所谓'战略计划'落空。一人的辉煌绝对不如万人的生命引人歌唱!"

日俄战争,日本和俄国之间的战争,承受战火的战场却是中国的土地。这是中国"永远的痛"。"在所有非西方的文明中,只有日本表现了吸收西式武器并转而将它们用来对付其发明者的能力,很少有人预见到这一点。"这是《日俄战争》这一节开头的两句话。这句话的意思,在主编杰弗里·帕克博士写给中文版序言中也表达过:"在19—20世纪,包括中国在内,以悠久文化著称的几个国家,长期以来一直在坚持不懈地抵抗西方的武器,而像日本那样的少数几个国家却通过谨慎的模仿和适应,则取得成功。"日本呀日本,从民族情感上,从它对人类不负责任的历史上,我记恨它;它在地理位置上明明是一个东方国家,却能"模仿和适应"西方制度,硬是使日本"取得成功",你又不得不佩服它,或许这就是东西交融汇合的力量吧。

百年战争、王朝战争、朝鲜战争,没有看这本《战争史》以前,我略知一二;读了这本《战争史》后,我进一步熟知其详了。这本书"掐头去尾"还剩四大部分,即密集型步兵时代、石堡时代、枪炮和帆船时代、机械化战争的时代;共分十七章;多少节,我就没有数了。从第一章《步兵的起源》编写到第十七章(第二次世界大战)《战后世界》,这一章以《海湾战争》"扫尾"。

　　一部战争史，充满血和泪。被称为军事科学领域中"牛顿"的瑞士军事评论家约米尼将军，在其《战争艺术》一书的序中写道："一切战争艺术的理论，其唯一合理的基础就是战史的研究。"我认为，从生命意识来看，通过对"战史的研究"得到"战争艺术的理论"甚至欣赏到"战争艺术"，要比通过战争本身去得到有看头、有乐趣、有意义，因为只要是战争，就要付出昂贵的代价以至生命。人类应该寻找到消除战争的智慧，哪怕战争的枪声有时也能为正义呐喊，也宁可用更好的"玩具"把枪炮换走，让人世间洋溢和平的福音！

浅议思想解放是改革创新的先导

没有省油的灯。没有便宜的思想。真理永放光芒，只有不断追求。追求真理是一种思想探险。追求真理不一定达到真理，这当然是一种不幸，但若因此放弃追求，就更加不幸。思想是人类文明的光芒，它能通过分析总结过去而预知人类未来。人类思想史，是建立在人类实践史的基础上的，或者说思想史是通过实践书写而成的。先进的思想是由无数优秀的思想者不畏艰险、不知疲倦、不断探索而丰富发展的。

爱中国总要有所本，或从中国历史爱起，或从中国地理爱起，或从中国思想爱起，或从中国人民爱起。诚然最爱共和国。共和国也是从历史中走来的。若说爱历史中国，在历代皇朝中，心仪唐宋两朝，当然不是喜其渐衰渐亡，而是爱其强盛繁华。如唐朝盛时世界第一，胸怀博大，如宋朝前期人才辈出，灿若星河，而且这两朝思想文化开放多元，黎民百姓脸带春风。政权统治上，最不看好明清两代，不是特务统治、东厂西厂，就是"文字狱"、"莫须有"，暗无天日。从思想领域来看，自西汉中期汉武帝实行

"罢黜百家，独尊儒术"之后，传统儒学便成为中国社会占统治地位的思想，从此造成了思想专制。只是到了唐代，其统治者采取了儒、佛、道思想兼收并蓄的策略，尽管儒学仍表现出主流文化的影响力，但其他思想并未被抹杀而葆有生机。唐代社会是一个宽容的社会，不仅表现在政治、经济等方面的开放上，而是体现在思想观念的开放上。唐朝统治者对言论的控制也不是随心所欲，可以说创造了较为宽松的政治环境，不像清朝大兴文字狱，念一句"清风不识字，何必乱翻书"都可招来杀身之祸。唐代君臣之间广开言路，皇帝甚至鼓励臣下进谏，即使在野史中被人诟病的女皇武则天，也很少压制臣下提意见建议。唐朝文化多元、言论自由、思想丰富，是其富强昌盛的巨大推力。唐朝国家的强盛，北宋臣民的幸福，唐宋两朝的发展，依靠言路广开。软实力推动物质力量上升。只要忠言谠论，皇帝基本上能听取采纳。

说起唐朝，有一对君臣不能不被提及，那就是唐太宗李世民和他的谏议大夫魏徵。玄武门之变前，魏徵原是李世民的哥哥、太子李建成手下的核心成员，官职叫太子"洗马"，专门管理东宫图书，跟太子讨论学问文章。在李世民兄弟俩的斗争中，李建成为了巩固太子地位，多次想杀威望、才能都比自己强的弟弟李世民，但又总是犹豫不决，"本是同根生，相煎何太急"？而魏徵却是主张对李世民果断采取极端手段的人。玄武门事变后，魏徵没有逃，留在长安等死。司马光编撰的《资治通鉴》记载得比较详细：李世民一见魏徵就质问道：你为什么离间我们兄弟？魏徵"举止自若"，坦然以对：如果前太子早些听我的话，就一定不会有今天的灾祸。当场的大臣吃惊不小，而李世民的举动却出人意料，不但没有继续追问，反而"改容礼之，引为詹事主簿（官名，掌东宫内外事务）"，礼遇并

"醒"后吐真言

重用魏徵。李世民清楚,各人手下,各为其主,这并没有错,追究他们的责任不应该,因为事变的关键人是"二李"。

用人不疑,疑人不用。政权刚建立,李世民就让魏徵出使最有可能发生危险的魏徵的老家河北,去落实"天下归心"的和解政策。这是大政治家的气魄,胸怀广阔,不计前嫌;这是贞观之治的前兆,人心思"归",一往无前。和解政策,不仅是既往不咎,而是因材录用。引这一段历史,既想强调"和解政策"是一种锐意创新,更想说明一种道理普遍存在:这就是魏徵首先提出的"兼听则明,偏信则暗"。魏徵多次劝唐太宗以隋亡为鉴,那是因先有"李世民"后有"魏徵",只有领导容许部属讲实话真话哪怕是错话,才能掌握实情利于分析判断决策;先有"从谏如流"后有"勇于进谏",只有真诚纳谏推进工作改变面貌,才会引来积极提意见建议的喜人局面;先有"思想解放"后有"思想的盛宴",只有文化多元,敢想敢说能想会说,想法说法才能提炼出普遍的思想方法。

盛唐的历史告诉我们:解放思想是从领导干部开放胸怀开始的。越是领导有威望、能力强、水平高,身边越需要"魏徵",希望"魏徵"泼冷水、唱反调、打清醒剂;越是形势大好、政绩辉煌,事业越需要"魏徵",希望"魏徵"居安思危、保持清醒、献计献策。道理很简单,领导德高望重,群众信赖,说话做事人们习惯从积极方面理解认识,他不是没有失误,而是"一叶障目"不容易立即发现,这时需要"魏徵"站出来直言进谏;政绩辉煌、一切顺利时,不是没有缺失与不足,往往是一俊遮百丑,不容易被看到,这时需要明察秋毫的"魏徵"站出来"亮丑揭弊"。如果一味听赞歌,加之"魏徵"也走了,再辉煌的霸业迟早都要衰落。

历史到了五代十国,不仅"贞观之治"的繁荣不再,而是往昔的盛唐已走向四分五裂。盛极而衰，这是皇权专制主义给历史造成的局限，也是皇权专制主义的历史结局。因为它没有纠错的自组织机制，靠的是明君一时虚怀若谷，而不是一世英明，只有民主制才是一种纠错机制；因为皇权专制终归是皇上说了算，没有民主与法治的制度保证，皇上只不过是孤家寡人。赵匡胤陈桥兵变，黄袍加身，历史到了大宋一统江山。先说说宋代前期时的好：政治清明，一向困扰中国政治的权臣、外戚、女主、宦官等问题几乎不存在，这在中国政治史中可说是少见的现象；言论自由，台谏言事信息畅通，有法可依，章疏廷奏健全完善，反馈有效；贤人涌现，一想想范仲淹、欧阳修、梅尧臣、苏舜钦、王安石、"三苏"（苏洵、苏轼、苏辙）、朱熹、张载、"二程"（程颐、程颢）、司马光、曾巩等等这些耳熟能详的名字，在同一朝代接踵而来，真是为我大宋骄傲。从内政看，宋朝的成就不比其他朝代差，据今人计算，个人幸福指数比唐代还要好。宋代可惜的是富国而没有强兵，安内并不足以抵外，宋朝之亡亡在外患。后人总结历史，说最终宋亡的主要教训是：

重文轻武。宋太祖开国时埋下祸根，"卧榻之侧，岂容他人酣睡"，"杯酒释兵权"，软硬兼施，硬是把当初一起打天下的将领解甲归田，然后用文人掌兵，"先皇立国用文儒，奇士多为笔墨拘"。

强干弱枝。为防止军阀割据，采取高度的中央集权制度，地方州县不仅没有自卫的兵力，而且也没有建设的财力，而兵员以招募为主要来源，素质极差，以致"十不能当一"，养兵虽多却无战力。

外患不断。比宋建国早44年的辽国（契丹），虽非汉族却是十分汉化的强邻，与大宋结"澶渊之盟"达120年，但亡宋之心不死；小邦西夏从偶然犯边到牺牲大宋60万军民的西夏战役，更让辽人趁机欲动；宋辽在和平共

"醒"后吐真言

存中政治日趋腐败，国防日趋松懈，于是金人乘机突起，从灭辽到灭宋前后不到两年。钦宗靖康元年（1126），金兵将钦宗父子掳去，北宋遂亡。

北宋能存延九朝166年历史，主要归因于思想还算解放，言论允许自由，渐渐的，变法创新呼之欲出。每一次变法，总都带来发愤图强的机会和努力。宋代前后有两次变法：一是仁宗庆历三年（1043）范仲淹变法，史称"庆历新政"，此时离宋朝开国已八十多年了；二是神宗熙宁二年（1069）王安石变法，史称"熙宁变法"。变法，用今天的话说，就是改革创新。

先说范仲淹变法。范仲淹，北宋著名政治家、文学家。他原籍河北，后迁居江南；两岁时父范墉病逝，母改嫁，继父为朱文翰，范仲淹改名换姓为——朱说。朱说随做县官的继父到过池州、淄州、澧州安乡，朱文翰出任安乡县令时，带着朱说母子从岳州即岳阳市乘船横穿洞庭湖抵达湖边的安乡。朱说登第后被派到安徽广德军中任司理参军管理狱讼；离开广德到亳州任节度使推官时，又上表请求恢复原姓，叫范仲淹，29岁，已是北宋天禧元年。写过京剧《沙家浜》的著名散文家汪曾祺，在其散文名篇《湘行二记》中写道："他没有到过岳阳，可是比许多久居岳阳的人看到的还要真切……范仲淹虽然可能没有看到过洞庭湖，但是他看到过很多巨浸大泽。"这以讹传讹，许多人都误以为范真的没有到过岳阳，凭空想象就能写出千古佳构！任何人都有知识盲点，即使学识渊博如汪曾祺。今天共产党人常说的名句："先天下之忧而忧，后天下之乐而乐。"就是他在《岳阳楼记》中首创的。他还写有一名篇《灵乌赋》，其中有一句名言，与言论自由有关，胡适曾专门题签，那就是"宁鸣而死，不默而生"。

庆历年间，辽夏交侵，财政吃紧，仁宗决定重用时年55岁的范仲淹任参知政事（副宰相，相当于今天国务院副总理），要他负改革之责。在此之前的范入仕 28 年，在地方曾知睦州、苏州、饶州、润州、越州等，在西北前线握军政大权三年有余，在中央曾任右司谏（监察部长，掌讽谕规谏）、枢密副使（枢密院与中书省号称二府，枢密使为枢密院长官，与中书省的同平章事合称宰执，共同负责军国要政。欧阳修亦曾任此职），一度权知开封府（首都要职，类北京市长）。范仲淹对民政和军政有深入透彻的了解，积累了丰富的从政经验，而且为官清正廉洁，的确"以天下为己任"。庆历三年四月，范从西北前线被召回朝廷；八月，出任参知政事；九月，仁宋开天章阁（类政治局会议与国务院常务会议），诏范等人条陈朝政变革构想。范由此作《答手诏条陈十事》，即改革设想和措施：明黜陟、抑侥幸、精贡举、择官长、均公田、厚农桑、修武备、减徭役、覃恩信、重命令。变革核心围绕两个方面展开：官僚队伍建设和经济生产建设，前五项属于人事改革，旨在建设一支高效廉洁的官僚队伍，从考核升迁到抑制庸滥，从教育培养到科举选拔，从推荐才能突出者到均公田养廉，方法得当，措施详尽。第七项与国防建设有关，最后一项以提高行政效率为目的，其他三项与经济建设有关。除第七项因朝臣反对被否决，仁宋几乎照单全收，全部接受了范的建议。因为范的改革计划与官僚集团的既得利益冲突，于是引来极大反对，仅一年时间，范难以招架只好自动求去。仁宋也打消了变法的念头。

　　但是，变法求新的要求事实上依然存在，范仲淹的尝试虽然失败，26 年后，一代政治家王安石继之而起。其变法不仅规模大，而且时间也长，产生的冲击以及在历史上的地位也远远超过范仲淹。王安石受到神宗赏识，于熙宁二年被任为相，到六年，先后共 5 年，新法次第展开。变法从来不会一帆风顺。七年四月，暂停新法而王安石也随之罢相；八年二月复相，九年十月又去，从此不再起。力主变法的王安石不任相了，但神宗继续推

"醒"后吐真言

行新法,直到元丰八年(1085)神宗驾崩时大部分废止,共计17年之久。新法内容复杂,概而言之可分为三大类:经济政策,如均输、免行、水利等;国防政策,如保甲、保马、置将等;社会政策,青苗、免役、市易等。其中,青苗法在推行过程中,很多问题日益呈现出来,熙宁三年(1070)欧阳修曾连续上《言青苗法钱第一札子》、《言青苗法钱第二札子》,针对青苗法的不完善之处或弊端,明确提出自己的反对意见。

为国家繁荣、百姓福祉,范仲淹、欧阳修、王安石之间只有政见不同,而毫无私怨之分。范仲淹48岁时,与宰相吕夷简矛盾激化,范落职贬知饶州。欧阳修见义勇为,写下著名的《与高司谏书》,痛斥诋毁范仲淹的谏官高若讷。结果,欧阳修贬知夷陵。《古文观止》收录他的名篇《朋党论》,其有一段名言:"臣闻朋党之说,自古有之,惟幸人君辨其君子小人而已。大凡君子与君子,以同道为朋;小人与小人,以同利为朋。此自然之理也。"庆历四年(1044),在《上欧阳舍人书》中,曾巩向欧阳修推荐了一位"文甚古,行甚称文",而且为人自重,不愿知于人的人物,这个人就是王安石。他经欧阳修举荐提拔成长为宰相,史称"拗相公"。欧阳修逝世后,王安石、曾巩、苏轼、苏辙等都有祭文,对欧阳修的道德、文章等予以充分肯定和热情赞颂,尤以王安石所撰最为全面周致、真切动人:"如公器质之深厚,智识之高远,而辅学之精微,而形于文章,见于议论,豪健俊伟,怪巧瑰琦";"世之学者,无问乎识与不识,而读其文则其人可知"。

比较王安石与范仲淹变革,我们得到这样的"印象":王安石"以理财为方今先急",虽提及社会、国防等领域的问题,但也主要是包含在经济制度创新之中,而范仲淹重视人事和行政改革,以整饬吏治为首要,兼及经济、军事等领域;王安石变法重点在变更朝令法规,并不去触动根本性的体制问题，具有相当的可行性，因此历时久，也获得一定成效，而范仲淹"择吏为先"，全面触及既得集团的根本利益，改革寸步难行，仅此一年就夭折了。

"一切历史都是思想史"（柯林武德，英国哲学家）。"一切历史都是当代史"（克罗齐，意大利历史学家）。范仲淹、欧阳修是北宋士风建设的代表人物，也是北宋士风建设最早的倡导者和组织者。北宋能够改革变法，是因为当时有这样的领军人物。唐宋这两个我不算太厌烦的皇朝，不管它们在历史上有过多么辉煌，涌现出多少文杰，但都没有逃脱历史的必然，最后走向衰亡。王安石变法虽持久一些，尽管他只选择了经济体制改革，但他本人最终也是落得一个罢相的结局；范仲淹变法一开始就抓主要矛盾，变革官僚阶层，建设一支高效廉洁的干部队伍，但就是没有办法落实变革措施。回顾历史，不是为了再唱一曲哀歌，而是思考改革创新如何走向成功。历史告诉我们，思想解放是一切改革创新的先导，仅有经济体制改革，而不进行政治体制改革，改革创新终因动力不足而不能取得全面成功。在一个人治的朝代，做不了法治社会要求做到的事业。这就是在皇权专制社会进行变革的结局——"思想解放不彻底，变法创新难动根"。变法虽然失败了，但在变法过程中，总有先行者的思想解放和励精图治，在客观上为推动历史前进的车轮注入一种润滑剂，让人类社会朝着前进的方向迈步。

思想进步建立在科学思维之上

天赐理性怀疑，以此打破教条××只有马克思，才敢说自己不是马克思主义者；只有真正的马克思主义者，才敢打破束缚自己思想和手脚的教条。中国共产党人自诞生起，就具有天赐的理性怀疑精神，不信邪，不畏难，只信科学，只求民主，成功地把马克思主义中国化。这一切是因为进步的思想建立在科学的思维之上。

正常逻辑思维，一般能得到正确常识；加之科学思维，就能得出科学思想。改革开放以来，我们取得一切成绩和进步的根本原因是：开辟了中国特色社会主义道路，形成了中国特色社会主义理论体系——这一科学思想，是因为善于思考，长于实践。这里之所以强调"中国特色"，是因为马克思主义及其一切普世价值可以中国化，亦必须中国化，才能正确指导中国实践，而不是不要普世价值，亦如不要马克思主义一样。

敢于思考，善于思考，是能够解放思想的基础；在思考中运用正确科学的思维方法，是形成科学思想的前提。今天，我们学习研究马克思主义，心态更新了，理解必然随之而更新。我们研究其经典，更要运用其思考分析问题的方法。怀疑，不因盲目，而因理性，于是就有新的科学论断。

物质贫乏不是社会主义，精神空虚也不是社会主义。30年改革开放，尽管我们仍走在生产发展、生活富裕、生态良好的文明发展的路上，但人民生活已从温饱不足发展到总体小康。更可喜的是，"物质贫乏不是社会主义"，不仅是党的意志，而且是人民的共识。谁要人民饿肚子，谁的主义再漂亮都不好使；谁叫人民喝西北风，谁的学说再好听都不中用。

仓廪实知礼节，饱暖后思精神。这只是应然，而不是必然。寻求物质富裕，历经多少次"争论"、"交锋"，总算"还利于民"，还有人要"走回头路"；追求精神满足，不经千淘万漉、吹尽狂沙，哪敢奢望见到一点"金"的影子。精神是内心灵魂的写照。内心有多丰富，精神就有多强大。

精神是怎样炼成的？坚如磐石的风骨，就是一种精神。你有权提名并任我为大法官，我当上了大法官，只要你违宪违法，我就要"对干"你，我就敢"对干"你，这个内心需要有多强大？这就是一种风骨！不由想起南宋人张孝祥。秦桧当宰相时，他考进士第一，当即上疏揭露秦桧，为岳飞平反。朋友劝他收敛锋芒，他说，没有锋芒我考进士干什么？我明明有锋芒把它藏起来我考进士干什么？秦桧是个王八蛋，我不攻击他我考进士干什么？三问，酣畅淋漓，风骨立现。中华民族素有一种为民请命的精神，这种精神值得高扬。请看如今官场上的一些猥琐之徒，就连中华人民共和国最高人民法院副院长这样的大法官，都能为几个臭钱，不惜与人民为敌，与公意"对干"，与民族精神唱反调，践踏着法治的这一底线，这岂不是精神空虚的表现？如果有点敬畏之心，即使不能做到时刻想着人民的利益和法治的要求，他也会循规蹈矩，顶多不作为。他们不缺少知识，也不缺少

"醒"后吐真言

文化，但他们没有信仰，也没有精神追求。——法是一个国家的底线，执法的人连底线都敢踩，可见，精神空虚的人，多么令人可恶可恨。

　　拥有真实的学历，也是一种精神。这一问题看似轻巧，实则沉重，一如"真实"本身一样不能侧身而过、轻松相待。曾几何时，一位高级领导干部的中专学历，因为真实，因为没有虚高，却让人津津乐道，赞不绝口。"赞"中就没有讽喻么？想想中国共产党前辈领导集体，既有"海归"，更有"泥腿"，有哪一个是唯学历当领导的？有哪一个不是靠对党的贡献、对人民的奉献而上来的？唯有一种信仰在胸中点燃，类似于学历的东西才不能成为标签式的点缀。领导着中国向前进的人，首先自己的文化水平要提高，理论修养要加强，思想境界要升华，总不至于靠一纸文凭来包装吧！但一想到一个拥有学士学位的镇党委书记，因为整天忙于日常工作，没有时间系统学习，只好提早花钱买一个更高的学历，以有利于日后晋升的传说，我突然可怜可怕起来。如果说教授治校可行或必须，但没有人说治理政府必须是教授啊！因为学校的主体是单一的学生，而政府的主体却是不同的公民。有带领一个城镇建设发展的能力水平，为什么底气不足，非要一张更高的文凭？这确实缺少一种精神。例子虽只是举了一个镇里的，县里、市里、省里，欢迎各位领导对号入座，你内心的力量能否撑起人民交给你的使命？你的能力水平能否对得起人民的期待？如若不能，请辞职去读一个真实的学历，权当知识充电，但这不一定就是精神充氧。精神充氧，随时都可，不在权高位重，不在忙碌与否。一位领导干部的综合素质，离不开文凭的标榜，但必须真实。因为追求真实，不跟风、不媚俗、不做作，是共产党人的一种美德，精神的基石不可虚空。

　　怎样防止精神空虚呢？走向哲学吧。哲学是时代精神的集中体现，但有时也是超时代的，因为它立足于永恒；有时还是反时代的，因为它还注重批判，批判舍本求末的迷途倾向，批判及时行乐的精神空虚。学习哲学，学会沉思，在静思默想中多问内心，多问问题，多问现实。愿"精神空虚也不是社会主义"早日成为领导人的共识。

发展是硬道理，稳定是硬任务。30年改革开放，我们找到了富民强国的"总钥匙"——发展。"发展是硬道理"，科学发展是更硬的、更加科学的硬道理。科学发展有不同途径，发展社会主义市场经济就是最正确的选择。美国政府在金融海啸中"救市"（市场经济），采取的就有社会主义经济手段。这又应验了邓小平1992年的"南方谈话"："计划多一点还是市场多一点，不是社会主义与资本主义的本质区别。计划经济不等于社会主义，资本主义也有计划；市场经济不等于资本主义，社会主义也有市场。计划和市场都是经济手段。"

只有人类的劳动，才能创造价值。这是马克思在《资本论》中告诉我们的常识——劳动价值论。资本主义是一个时代的存在，马克思用劳动价值论预言了这个时代的终结。美国是资本主义在这个时代最典型和最完整的存在，如果它违背"生产是财富基础"的理论，一味地"印制生产美元"，那么美国必然引发巨大经济危机，以此证明马克思关于资本主义时代终结的预言，并且引申出一个更加惊人的预言——世界大转折时代即将到来。

只要选择并坚信"发展是硬道理"，那么"稳定是硬任务"这个论断才符合实际，这个命题才真正成立。如果预设"稳定压倒一切"这一前提，"发展是硬道理"也就"硬"不起来。稳定是为了发展，发展是动态的过程，稳定也应是动态的，犹如运动是绝对的，静止是相对的。人民群众盼望稳定，是因为好局面来之不易，好生活刚刚尝到甜头，好政策还要等着落实。"稳

"醒"后吐真言

定是硬任务",这一任务完成得如何,需要各级政府创造出一个和谐的社会来"托底",而不是动不动就叫公安来"垫底",造成政府与人民之间的紧张甚至对立。和谐的社会,期盼有作为的政府能够负起责任。

不动摇、不懈怠、不折腾,坚定不移地推进改革开放。不动摇,就是坚定不移地推进改革开放。2008年夏,上海作家协会举办了一次全国征集诗歌活动,其中诗人陈元喜创作的《让我们一起向前》,以其质朴的语言和凝结着哲学韵味的意象,发出了绝不能倒退的呐喊和请求:如果让汽车返回/就是一堆铁//让铁返回/就是石头/就是冰冷和沉默//所以,我们不想返回。

"我们不想返回",不想看那冰冷的石头,不想看那沉默的铁。老百姓说得通俗易懂:"吃饱几天饭,可不能反侧。"

不懈怠,就是对工作竭尽全力,勤勤恳恳。"当岁月即将翻开新的一面,全球经济还未从金融风暴的阵痛中醒来"(《人民日报》任仲平语)。这势必对我国的经济建设带来冲击和影响。因此,政坛官场加倍努力,夙夜奉公,勤政为民;普通百姓兢兢业业,勤俭持家,勤奋劳作。勤能补拙给我们信心,勤政廉政给我们希望。

多难兴邦,中华健壮。2008年,一本名叫《沉思录》的书籍火爆图书市场,我身边的版本却是2002年三联版的。这本书的作者马可·奥勒留,是第一个与中国发生直接联系的罗马皇帝。他黎明即起,从不懈怠;他简朴温和,不乏严峻。我也时常翻阅这本不到170页的"随想录",建议公务人员不妨作为枕边书。在当前世界面对金融海啸,我国经济发展出现诸多困境的情况下,它或许教我们沉静以对,寻找出良策。

不折腾,就是不要斗气使性,就是不要"错有错招"。中国的改革并非一路凯歌。我们需要斗志，而不是斗气，因为斗气斗输了，当然只是输了；斗气即使斗赢了，还是输了，输了时间，输了精力，输了发展机遇，输了社会和谐。斗气因头脑顽固、思想僵化、心胸狭隘而起，纯粹是穷折腾。中国人折腾怕了，谁还喜欢折腾呢？除了那少数靠折腾混饭吃的营生。

30年改革开放，成就伟大，但不否认城乡发展不平衡、地区发展不平衡、经济社会发展不平衡。如果把眼前出现的矛盾和困难归咎于改革开放，以至敌视改革、否定开放，甚至要"走回头路"，这无异于辞掉高薪优职，非要改行到垃圾堆拾荒，冀望有意外之喜，到头来恐怕一无"拾"（是）处。请"错有错招"的人换一种思维，重新思考同一个问题，或许别有洞天。解放了思维，也就解放了思想。

不动摇、不懈怠、不折腾。简练有力，行之不易。

实践永无止境，探索和创新也永无止境。"世界上没有放之四海而皆准的发展道路和发展模式，也没有一成不变的发展道路和发展模式。我们既不能把书本上的个别论断当作束缚自己思想和手脚的教条，也不能把实践中已见成效的东西看成完美无缺的模式。"这既是解放思想的产物，又是解放思想的武器。有了这一武器，前进路上的障碍都不在话下；有了这一武器，思想的天空就会更加丰富多彩；有了这一武器，想干事业的人就可完全放开手脚、大展宏图。

这个世界的发展，到底以什么道路和模式为最好？是"欧洲模式"或"美国模式"？谁争到话语权，就是谁的模式？中国的建设发展，又以什么道路和模式为最好？是否就是"中国模式"？——请注意！"世界上没有放之四海而皆准的发展道路和发展模式，也没有一成不变的发展道路和发展模式"，因为实践永无止境，探索和创新也永无止境，但是，探索和创新决

"醒"后吐真言

不认可"走回头路",是因为历史不能假设,社会实践不像物理实验,做不好重来一遍。

没有了教条,还是让人想起教条主义曾给人带来的恐怖;解放了思想,还是让人想起禁锢思想的年代曾给人留下的伤痛。王小波花剌子模的"信使问题",就是一种恐怖和伤痛的记忆、反省、警醒。学者搞研究,不能按事物的本来面目进行探索,而只能按当权者和公众的"胃口"需要来取舍。当年有一例外,马寅初没有被任何人和任何思想束缚住自己的思想和手脚,所以马寅初的思想,在今天仍成为他最有力量的器官,而"应声虫"的"器官"大多腐烂了。

实践永无止境,探索和创新也永无止境。任何"经典"都没有最好,只有更好。

大国崛起非得依靠战争吗

这个世界舞台，眨眼一看，还真的是变化得让人眼花缭乱；定睛一瞅，主角依然是几个大国，各小国只能忙做变幻莫测的配角。2008年10月16日，联合国安理会选非常任理事国，亚洲的伊朗因核问题只得三十多张票自然落选了，欧洲的冰岛因经不起金融海啸的折腾也落选了。大国，当然是安理会五个常任理事国；再扩大一点，七个工业国。冷战结束好多年了，美俄一会儿暗中较劲，一会儿公开斗法，表现得有点像"热战"。这与意识形态无关，只是攸关国家利益。无论从地缘政治还是从传统文化看，格鲁吉亚算俄罗斯的势力范围吧，但美国从自身战略利益出发，硬是在俄罗斯身边打进一个楔子。俄罗斯那两位"年轻的双雄（'梅普组合'）"咋是好惹的？一边武力开打格鲁吉亚，一边挥师战机巡航美国后院。正当美国跟它北约盟友商讨对付老对头的对策之际，一场金融海啸袭来，也只好先救市场而弃战场罢了。吃饭要紧。一码归一码，美俄利益战没完。

咱们中国在此既不坐山观虎斗，也不争做和事佬。咱们做好自己的事，

"醒"后吐真言

发展中国特色社会主义，建设好社会主义市场经济。中国在建设发展过程中，必须牢牢记住邓小平的一段话："右可以葬送社会主义，'左'也可以葬送社会主义。中国要警惕右，但主要是防止'左'。"环视虎视眈眈的国际舞台，我时常从内心深处冒出一句话，还担心有人听见："中国要警惕×国，但主要是防止×国。"我这样说话的基础是，中国的安全威胁环境出现了新的变化，中国必须注意北约东扩与日美安保体系西扩，同时注意没有一个大国甘愿成为二流国家。

如何防？怎么止？边富国边强军，千万不能先富国后强军，甚至只富国不强军。富国，30年改革开放，我们找到了富国的"总钥匙"——发展，"发展才是硬道理"，科学发展是更硬的、更加科学的硬道理。这都是解放思想的结果。科学发展有不同途径，发展社会主义市场经济就是最正确的选择。美国政府在金融海啸中"救市"（市场经济之市），采取的就有社会主义的经济手段。这又应验了邓小平1992年的"南方谈话"："计划多一点还是市场多一点，不是社会主义与资本主义的本质区别。计划经济不等于社会主义，资本主义也有计划；市场经济不等于资本主义，社会主义也有市场。计划和市场都是经济手段。"

社会主义永不过时，因为社会主义的旗帜上永远大写着社会正义，因为任何一个社会不追求正义就永远谈不上有道义。这是马克思主义的忠告。2008年10月15日，在马克思老家德国开幕的法兰克福书展上，马克思的著作成为热销书籍，其中最畅销的依旧是《资本论》。德国在金融危机中受到的打击严重，一些信奉新自由主义的年轻学者，对当下的经济政治格局产生了怀疑，选择慰藉的方式之一就是阅读马克思著作（见2008年10月18日《新京报》）。读完这条新闻，想起自己曾阅读过的一系列研究马克思主义的理论书籍，比如《马克思主义之后的马克思》（汤姆·洛克曼著，东方出版社）和《马克思以后的马克思主义》（戴维·麦克莱伦著，中国人民大学出版社），我就坚信社会主义只要不是借用马克思名义，而是实践马克思主义，就一定能走出一条人类发展进步的康庄大道。

富国，要选择正确的理论指导，而理论是有包容性的；强军，要从强军事战略开始，军事战略的基本前提是战争观念。不更新战争观念，就根本走不开提高战斗力的新路子。在经济领域，解放思想的目的在于解放生产力；在军事领域，解放思想的目的在于解放战斗力。战斗力就是打仗的能力。战斗力强就是打胜仗的能力强。要有持久和平，就要有在绝对必须的情况下为和平进行战争的能力。要具有"打赢"能力，必须具备"大赢"精神。强大的军队并不见得就是一支人数众多的军队，因为一群羊抵不上一头狮子，宋朝临时凑起来的十个散兵还抵不上一个金兵呢。

强军是和平之母。强军，是为了保证和平发展，但不见得就要打仗。有一名研究台海形势的学者（留美博士，姓名从略），曾预测2008年"3·20"前台海必有军事冲突，"5·20"后只得向全国读者道歉预言不准。预测能够可靠，首先解放思想。研究崛起理论和"权力转移"理论的专家们，要想你的理论靠谱，也只能依靠解放思想。如果因为历史上一个大国在崛起过程中发生过军事冲突或发生过战争，就推导出"大国在崛起过程中完全避免战争或军事冲突是困难的"这样的理论，这种不能审时度势的所谓理论，是落后的，是不能符合时代需要的。这样的学者也只能是绝对的现实主义者，看不到和平崛起的曙光，因为他只记得500年的世界政治周期史上，没有一个国家不是依靠实力，更确切地说是依靠武力成为当时名震寰宇的霸主的。

"醒"后吐真言

　　在强主权制度下大国武装共处竞争的时代里，也就是肇始于"三十年战争"（中世纪以来欧洲第一次大规模的国际战争，发生于1618—1648年，共30年整。战争由德国内战开始，而后西欧、中欧、北欧的主要国家都卷入其中演变成大规模的国际战争。这场战争扩散到其他欧洲国家，但主战场在德国本土上），衰微于第一次世界大战，而终结于第二次世界大战这样一个"大时代"中，大国兴衰、世局转换、秩序初定，每每伴随战争。可以说，没有一次大国崛起不是通过战争手段来实现的，不管战争对象是衰落的霸权国，还是兴起的挑战国。但是，这都是历史，而且还是止于20世纪50年代前的历史。然而20世纪后期，一个超级大国的解体，根本没有要用一点传统战争的影子，就主动"束手就擒"了。也就是说，一个大国解体，在和平中就完成；在新的国际环境中，一个大国崛起，为什么就非得依靠战争呢？和平崛起，或者说和平发展，是完全可以做得到的，这就需要我们解放思想，转变思维，不墨守成规，不固步自封，面向未来，面向世界，又好又快地和平发展，顺利走向和平崛起。

世相杂谈

博士的孝心

谈论历史文化名城杭州一位博士的孝心，我诚信77年前研究《我们现在怎样做父亲》的鲁迅先生也不会讽喻我为"圣人之徒"。先生虽极力反对做儿女的"学于古训"，模仿不能兑现的哭竹、卧冰、尝秽、割股类的"孝经"，但他"也不是说，——如他们攻击者所意想的，——孙子理应终日痛打他的祖父，女儿必须时时咒骂他的亲娘"。我赞赏先生提倡做父母的放儿女们到宽阔光明的地方去，做儿女的本位思想是以"爱"来代替"恩"。其实，先生那九个字的题目亦可以是：我们现在怎样做儿女。尤其是读了博士后的儿子，现在应怎样做儿子。

常有报道以略带夸张的笔法，说如今高校的莘莘学子给父母写信"简练"成"三字经"："爸：钱！儿。"眼没见不为实。我供职于高校，倒是知道有许多学生给父母写信犹如医生开的处方那般潦草简单，始以为"效率就是生命"深得人心，而他们给恋人写的又不亚于一篇短篇小说，才想到了"爱父爱母"这样严肃的问题。近日读到《大河文化报》摘自《钱江

"醒"后吐真言

晚报》的报道《博士，你不该这样》，如鲠在喉，随即写下本文的题目。

那是怎样的一个博士？浙江湖州市南浔镇有一位名叫文芝玲的平凡的母亲，生了一对有出息的双胞胎儿子：小儿子即将出国，大儿子戴上了博士帽。就是这位戴上了博士帽的大儿子，在22岁大学毕业时，仅仅因为母亲提醒儿子泡了三天的衣服再不洗就要发臭这样一件生活小事，从此不再对母亲开口叫"妈"。转述至此，我情不自禁想起老家痛骂知书不识理的人的一句土话：念了那么多书，真是念到狗肚子里去了。迫使文芝玲走进杭州青年法律服务所的事还在后面：母亲不同意在读博士后的儿子与其身患乙肝的对象结合，儿子坚持结了婚，但从此不认亲娘了。怎样才算娶了媳妇不认娘呢？母亲给他写的信，全都原封不动地退回；为避开母亲的"纠缠"，他连住址都不告诉老师和同学；好心的老师告诉她儿子的传呼号码，但打通了电话，那头一听是她的声音，就把电话搁了。——不知这算不算"新世说"。

怎能不让这位母亲绝望！而这位母亲是一位"背着因袭的重担，肩住黑暗的闸门"的可敬的觉醒的母亲，她以擦不干的泪水，请求法律所的同志起草一份诉状，其诉讼要求仅是知道儿子的工作单位和住址，看一眼他的硕士证书和博士证书，让儿子尽一点儿赡养责任。当读到"看一眼他的硕士证书和博士证书"时，我的双眼饱含热泪，不由自主地想起一则寓言：儿子得了病，医生说只有母亲的心才能治好。儿子回家告诉母亲，母亲毫不犹豫地剜出自己的心交给儿子。儿子抱着母亲的心准备去吃，不小心摔到了地上，心说话了："儿子啊！摔痛了吗？"在杭州就读的那位博士，你听到母亲的呼唤了吗？可敬天下父母心！她没有要你尽孝道，而只是让你尽一点儿赡养责任。杭州不是有岳飞墓吗？请博士去一趟，听听解说员是如何讲解岳飞不忘母训，善待父母，成为精忠报国之英雄！我还免费告诉你一首千百年来家喻户晓的《游子吟》："慈母手中线，游子身上衣，临行密密缝，意恐迟迟归。谁言寸草心，报得三春晖？"这首诗你想不起来吧？

谁都不会相信一个连自己的母亲都不认的人，还能爱他的祖国和人民。或许如此博士是独一无二的，但社会舆论和学校呼声有责任让他猛醒，即使他知道自己"也都有做祖宗的希望，所差只在一个时间"的道理，更让他清楚一点法律常识：儿女有赡养父母的义务。所以，我还要说：与其要儿女们长大后对父母如何尽忠尽孝，还不如让他们实实在在爱父母一回。儿女有无孝心可以随他自己，但儿女没有尽自己的义务就由不得他自己。

随心说"放心"

让人不放心之事十常有八九，不知是否言过其实。从未出过远门的少女要去闯荡精彩的外面世界，母亲送行到火车站还在千叮万嘱："一定要小心，别跟人搭腔。"好像路人都是骗子。勒紧裤带过日子的丈夫把家里的积蓄全拿出来，意欲改善一下生存空间，妻子偏不让："你没见楼未封顶就塌下来吗？还是住现在的房子心里踏实。"似乎新居全成危房。平时马马虎虎的儿子去商场买空调，父亲也要跟着去："你嘻嘻哈哈惯了，到时随随便便就挑了一件次品回来。"仿佛商场流行假冒伪劣。看来，"携手追凉风，放心望乾坤"（王维《瓜园》），只是诗人的意境和向往，天地之间虽非时时处处要小心翼翼，但有许多人和事总让老百姓放心不下。

这让老百姓放心不下的人和事，是指过去还是单指现在？"在传统的中国人眼里，不仅'他人'基本上是可以'放心'的；就连山山水水、日月星空也是可以'放心'的。"哲学家叶秀山说这不仅是金岳霖先生的"天人合一"思想，而且也是他"地人合一"的主张。"传统的中国人"并不就

世相杂谈

是过去的中国人，"传统的中国人"过去有，现在也有。过去远点，兵荒马乱，哀鸿遍野，老百姓生命安全都没有保障，或许无放心可言；过去近些，火车站太少，商品房没有，空调轮不到咱老百姓享受，老百姓不用操心也就放心；过去走到阶级斗争年年讲月月讲天天讲时，既残酷无情，又急风暴雨，如果有人放心得很，不是高高在上者，也是故意伪装者。兵荒马乱，我厌恨；没有空调享受，我已不习惯；阶级斗争天天讲，谁讲我咒骂谁。又要"你办事"，又能"我放心"，这是追求，也是悖论。实现开放强国的现代化道路18年来，老百姓的日子越过越红火愈来愈富裕，还管什么放心不放心？或许人类的生机就蕴含在这悖论之中。"……然而怀疑并不是缺点。"（鲁迅语）

　　天太高，我够不着，要合一，还需伸开想象的翅膀；地在脚下，脚踏实地，合二为一，是不是就很放心？还是回到金岳霖先生的"放心"说。在谈论中国山水画对世界文化的贡献时，金先生引用贾岛一首大家熟知的、如画般的山水诗："松下问童子，言师采药去，只在此山中，云深不知处。"他接着说："这位童子对于他所在的山何等放心，何等的亲切呀！"（见《金岳霖的回忆与回忆金岳霖》）叶秀山先生评说金先生用"亲切"来形容童子当时的心情，是大家都会用的，但用"放心"来说童子的心态，则是金先生独特的发现，不但妥切，而且意义很深。深在"地人合一"的"托付"：童子把老师托付给"山"，即使"云深不知处"，也放心得很，安稳得很。倘若童子把老师"托付"给"水"，还能"放心"吗？估摸贾岛时代可以，现在不行。不信？请听听运河边上老百姓中普遍流传的一首有关运河水的民谣：50年代淘米洗菜，60年代水质变坏，70年代鱼虾绝代，80年代洗不净马桶盖，90年代才知破坏了生态。例子举多了没意思，中华环保世纪

"醒"后吐真言

行谈的是这。

曾经白云飘飘的天空烂了个"黑洞",还时不时地漏些酸雨,老百姓不放心天;地呢?青山被剥皮,绿树被砍伐,废料随意倒,污水任意流,泥土进毒汁。老百姓的心又能往何处放?如此说来,老百姓只好对领导、管理老百姓的"公仆"们放心了。假如公仆们全是孔繁森,那该多放心呀!可偏偏从"公仆"中冒出王宝森来,且不止一个两个,郑元盛(原江西省广丰县委书记)卖官鬻爵,胡建学(原山东省泰安市委书记)捣鬼有术,欧阳德(原广东省人大副主任)边腐边升……老百姓能放心得下?"反腐倡廉是一项长期而又艰巨的任务。"不放心是应该的。伏尔泰说:"怀疑不是一种愉快的精神状态,但深信不疑却是一件荒谬的事情。"

教授的水平

"大跃进"的60年代，母亲饥肠辘辘，但仍以不多的乳汁哺育我，为我今日身体之健壮注入厚实的营养；"知识爆炸"的80年代，教授则以渊博的学识培育我，为我今日追求思想之成熟奠定扎实的基础。我感谢教授的培育之情犹如感激父母的养育之爱。自80年代上大学以至毕业分到另一所高校后，十几年来我基本上是在教授堆里成长。所以，没有当上教授的我，倘说鄙视教授，难免不是酸葡萄之讥；因我对教授一直心向往之，哪一天金石为开，得了教授头衔而又要鄙视教授，那未尝不是得了便宜且卖乖之嫌。我似乎容不得别人挖苦教授，不管教授是穷苦得卖馅饼，还是辛苦"下海"去千淘万漉抱金娃娃。我总觉教授的水平是其他五行八作的人不可攀比的。有教授写杂文《说教授》，不是夸咱们教授如何如何出众，而尽捡教授的短往那"花边"里亮，当时读了就憋着气，若不是另一位教授针锋相对地来一篇《教授说……》，我那闷气一年半载还泄不完呢？

教授能随便说么？没有教授的水平能随意说"教授的水平"么？好在

"醒"后吐真言

如今开明,能够"实话实说"。我泥瓦匠佩服你教授高深的学识,说你教授没有我会和稀泥;我是个心甘情愿听你教授使唤的学生,说说你不该将我用尽心血完成的论文抄出发表;我少女十七八岁不懂多少法理,说说你法学教授不该借着醉意诱奸我,总可以吧!

《光明日报》曾刊登一封署名赵一的研究生的短信,谈到自己的论文被导师剽窃,写信点名请北京大学季羡林教授解惑。季老公开作答:"剽窃文章的事,自古已然,于今为烈,而且地无分中外,天下老鸹一般黑。北京某大学最近就发生了类似的事,纷纷扬扬,还牵涉到外国学者,想你必已有所闻。我劝你对自己这一位所谓'导师',心中有数,而虚与委蛇,'有朝一日风雷动',离他而去,以他为反面教员,认真钻研自己的学问。而这位导师将来的前途也不会美妙。俗话说:'若要人不知,除非己莫为。'一旦暴露,必为真正学者所不齿。"季老忿忿然地为赵一同学出招"惹不起还躲不起吗?"三十六计走为上。似乎还不能把那位导师怎么样。当天看过信后就想写文章,意恐别人说我"只取一点,不计其余"。只是像赵一同学那样的剽窃导师,又不止闹得纷纷扬扬的北京某大学一家,《光明日报》从一版到二版曾有连续的报道和讨论。后生实在想不开,打开窗户迎接曙光之时,那苍蝇怎么也敢飞落在一向是免疫力极强的教授头上生出幼虫来?商界出现尔虞我诈,政坛表演勾心斗角,那还不必大惊小怪。素有中国知识分子光荣传统的学苑,怎么盛开的不全是奇葩而偏生异草?

导师剽窃学生论文,教授抄袭国外同行的研究成果,违反的已不仅是学术规范,更不是人情之常,而法学教授诱奸未成年少女,那就不是用"堕落"二字解释得了的。朱正先生在《文汇报》上《论程某命案》,条分缕析,颇见不平。程某何许人也?乃北京某高校法学教授,受聘于深圳蛇口某公司任法律顾问，算得上有学问的人。初中毕业而对有学问的人非常敬重的17岁打工妹张某，在深圳一家舞厅结识程教授的第三天，就被程教授借着醉意强行地发生了性关系，尽管张某一再声明"我不卖身"。当程教授发现她是处女，一下甩给她2 000元（程教授的封建贞洁观有多深！）。两年之后的1996年，程张无意相遇，已沦为娼妓的张还能亲切地叫一声"程老师"，而逢场作戏的程教授既想不起这人，更想不起那事。恶向胆边生的张某被程所说的"小婊子，你想找死，看我不揍死你"这句话所激发，乱棍打死了程教授。朱正先生说程某"死于受害者的复仇，这大约也属天网恢恢吧"。

程某命案，朱先生有论在前。我只想问那些仍躲在阴暗的卡拉OK包厢里与少女们开怀豪饮的教授，你有底气去指斥"两个副县长结伙嫖娼，一个副县长知情不报"吗？我敬爱的教授们，校园里为何清风扑面，实乃因你们满身正气呀！官场中有官员欲把官场搞得乱七八糟，老百姓不愿意不同意；学苑里有教授欲坏其声名，老百姓岂能眼睁睁地看着你教授的水平一个不如一个？他们要把子女送到学苑去接受雨露阳光呀！

诚然，这类教授也是极少数。但没有理由不注视这"极少数的威力"。是教授就该懂得，以性欲和功利为主要内容的生命之波，已表现出异常形态，只能有害于我们社会机能的正常发育。

法律最后面对谁

域外有句老话，早已传到中国，也就成了中国老话：一半是天使，一半是魔鬼。魔鬼吓人又害人，做人似乎不可取魔鬼行径。造鬼高手蒲松龄创造了多个聪明善良、活灵活现、招人喜爱的鬼形象，那也只是借鬼喻人，劝人多为善。因此，做人尽力做天使。医护人员救死扶伤，称其为白衣天使；邮递人员送紧传急，称之为绿衣天使。听说爱的天使有时也能把人爱死。可见，天使亦令人可怕。

"教授包里滚出个女人头"，假如教授本是恶魔一个，观者或许早有心理准备，见着那女人头也不至于吓昏；偏偏教授一半是天使，人们看见天使的包里滚出个女人头来，真不知有何感受？从1997年3月17日和18日《羊城晚报》读完《教授包里滚出个女人头》的连续报道，如果不是报道里最后一句："安子元，天使与恶魔共处一体。该不该留他一命？"我也不会有本篇的饶舌，而只觉毛骨悚然。

安子元何许人也？据报道，他是恶魔，恶在他从背后一刀将一个30岁女子置于死地，随后把尸体肢解。从报道看，安杀人虽事出有因，但毫不属于正当自卫。杀人是否偿命？按律当诛则诛。

且慢！他是天使，"我想为他争一条命！"（安妻所聘律师言）请看报道：安子元是山西一流的消化道疾病专家，是受学生爱戴甚至崇拜的教授，是"一个见义勇为的好医生"，还有一个温馨和美的小家庭……他在国内外发表学术论著108篇，四十多篇是别人不曾涉猎的领域；他爱好历史，正在写《周恩来在"文革"中的历史地位与作用》……该不该留他一命？

报道者只是疑问，而还没有判定：该留他一命！但仍能让人听到弦外之音："'天使'犯罪特殊处理"。如此报道以及议论已不是第一次听说了。前不久不是有消息说某大城市杀人教授在待毙期间，发明价值多少的重大科研成果后正等待轻判出狱吗？近的不细说了，反正是有论者在呼吁能人犯法不与庶民同罪。举一个远一点的例子：

晚清时期出尽风头的青年国学大师刘师培，后来背叛革命信仰，助纣为虐，随其主子到四川去镇压保路运动，结果半路上遭逮捕，要被枪毙。就在此时，国学大师章太炎站出来说话了："今者文化陵迟，宿学凋丧，一二通博之材，如刘光汉辈，虽负小疵，不应深论。若拘执党见，思复前仇，杀一人无益于中国，而文学自此扫地，使禹域沦为夷裔者，谁之责耶？"结果刘大师被释放了，章也赢得不计私怨的光彩一笔。真是法律面对大师，大师得胜回朝，法律一纸成空。真搞不明白，满腹经纶的国学章大师难道真不懂得：才情与人情并非是虚妄的，它应有所附丽，附丽的实质乃人性的光辉与人格的魅力！

昨天的大师学富五车，缺德不计较了；今天的医生医术高超，犯罪无所谓了。威严的法律面对天使、能人、专家，竟打起颤来。谁说中国人的

"醒"后吐真言

法律意识淡薄不是自昨日始!

借用房连水先生在《人都是人》中的两句诘问:中国是少能人还是少法的威严?能人在法律面前是不是"人"?中国能人多的是。倘若唱歌的、跳舞的、作诗的、搞科研的、吹喇叭的、抬轿子的……犯罪后都求法律网开一面,那么"有功的"罪人、"做过贡献的"巨贪、"做过不少好事的"变节者可不可以要法律留情?

请问,如此一来,法律最后面对谁?

一种逻辑"常有理"

周国平先生说有个人叫无赖,自有一套逻辑理论,简称为"无赖的逻辑"。其理论指导实践,总能使他稳操胜券多多。有没有输的时候,至今尚未见公开报道。不妨将这无赖的行状揭露出来,供读者诸君一哂。

无赖向朋友借了一笔钱。三天后,朋友催他还钱,他义愤填膺地叫喊起来:"你怎么这样计较?才几天,就来讨债?"朋友尴尬一笑,按下不提。三年后再催还,无赖依然振振有词:"你怎么这样计较?多久了,还念念不忘?"无赖终于没有还钱,并且逢人便说他的这位朋友多么吝啬,不够朋友;愈说愈气愤,最后庄严宣告,他业已和如此不配做他的朋友的人断交。

别以为这只是一则"人生寓言"。现实中现成的或"变形的"例子俯拾即是。软的怕硬的,硬的怕不要命的,则一;通情达理的怕胡搅蛮缠的,胡搅蛮缠的怕没米没盐的,则二……一旦"无赖的逻辑"被人广泛应用,无赖成了有理,恐怕真正的有理就难以走遍天下。自古至今,我们推崇"诚实是最好的政策",亦有很多诚实者竭诚奉行。这一"政策"在历史长河中

"醒"后吐真言

虽未半途而废,但总有人想出"对策",设置障碍,以阻顺畅,因为常有人信服"无赖是最能赢的手段"。如好死不如赖活,既是有人怀抱长命百岁的目的,更是其益寿延年的手段。他才不管康德在那里说什么"我们要以人为目的,不以为手段"。

无赖宣告与朋友断交,对诚实而有信义的人说,无赖不仅永无朋友,而且会输得一败涂地。不过无赖才不那么认为。他又一次赢了,赢得朋友三年前借给他的钱和他自有的"庄严"。他干嘛叫无赖呢?因为他赖得再巧,赖得再狠,赖得再绝,总会有人识破。在没有识破前,他变本加厉地赖,以其逻辑处世,他将一本万利地赢。以这"常有理"逻辑过活的,又岂止今日区区一个无赖?

真乃"人生可问,命运不可问"!吴禾先生想,假若当时(1939年元旦)周作人死于刺杀,盖棺论定,他在中华民族史和文化史上将占据一个什么样的位置?其时他所有的重要作品都已完成了。以今日捧之者论,意恐他是又一座"文化昆仑"吧。毫不讳言,周作人的文才,是今日之某些所谓"大家"亦难以比肩的,不仅因有鲁迅先生将他列为中国最优秀的杂文家的第一位,而是有他的作品作证。但我对周作人的"赖活"一点也不敢恭维。说一个也曾忍受人生苦难而活到81岁的老人赖活,实在失敬。但谁让他的逻辑也是"常有理"呢?他沦为汉奸,应该自省自责,然而正相反,最终仍不承认自己附逆是一种叛国行为,反而自我辩解:以为学校可伪学生不伪,政府虽伪,教育不可使伪,参加伪组织之动机完全在于维持教育,抵抗奴化……这种"常有理"的逻辑基础就是"总要为自己找到一个堂堂正正的理由,才能既做坏事又能心安理得地生存下去"。

"常有理"逻辑盛行于世,人的生命力必然枯萎。倘若这逻辑的应用,

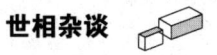

仅限于嘴上逗闷而不付诸行动，或许不失为一种斗智、取乐、开玩笑的好方式，至多称之为"诡辩"。可怕的是"常有理"一旦演绎成说一行二，不仅理屈词富，而且强词夺理，理胜回朝，社会正义就只好甘拜下风，得好处的就仅是那么几个无赖了！您能答应让那么几个无赖好起来吗？

"偷吃"爱心

　　"偷吃"任何东西都是不道德的,因为偷是人所不齿的且令人厌恶的一种行为,无论是偷人偷物还是偷生偷情,而"偷吃"爱心就更是罪恶了。偏偏在我们呼唤爱心回归,渴望善良善行的时候,有人却在光天化日之下肆无忌惮地"偷吃"起爱心来。

　　是如何"偷吃"呢?分个别"偷吃"和普遍"偷吃"。

　　先说个别"偷吃"。据《中国青年报》南宁1997年11月17日电:1995年12月,广西博白县人民政府决定发行600万元的社会福利有奖募捐彩票,设奖330万元。奖品分别为汽车、彩电、摩托车和自行车等。在开展这项活动时还有一句响亮的募捐宣传口号:"购一张彩票,献一份爱心。"募捐活动由县民政局承办,朱辉爵和朱其伟二人共同负责奖品的组织购买工作。在我的思想中,民政局为民承办的事,不管是从"德政"还是从"民政"的哪一方面来看,都完全要合乎民情民意,不能有丝毫的走样。可是,"爱心,天下多少人假借你的美名行恶"。博白县民政局的二朱就是其中之二,不但自己不献爱心，还把他人献的"爱心"给弄得大大地走了样。二朱得到购买奖品的美差后，不是认真去市场挑选购买奖品，而是到 OK 包厢与一些公司经理"讨论"起回扣的多少来，结果当然是买回来的彩电有电无彩、摩托车部件脱落、自行车推也推不动……用记者的话说，广西博白县130万人民的这份爱心献给了一桩桩肮脏的交易。到了1996年，举报信自然寄到了县检察院。从报道看，二朱"偷吃"的"爱心"也就是"好处费"共8.6万多元，比起一些动辄贪污受贿上百万千万的汪洋大盗，那真是小巫见大巫。让人恶心的是二朱竟敢对"爱心"动起这邪恶的"偷吃"念头并付诸实施。我要问的是，二朱胆敢冒天下之大不韪，"偷吃"130万人民的"爱心"，是因为人们献的这份"爱心"不够真实和真诚，二朱在购买奖品时也就忘乎所以地打起折扣和索要回扣来？还是因为这份"爱心"太丰厚，挑逗起二朱的利欲，竟使利欲熏"爱心"熏得不成体统？这就轮到说普遍"偷吃"的问题了。

说普遍"偷吃"，那就不只一个人两个人的事情了。这才真正是让我忧虑的。600万元的社会福利彩票，居然用一半以上（330万）设奖，用于社会福利的竟然比用于设奖的还要少，这自然使人心生疑窦：县政府发行彩票的目的是真正想让人献爱心还是聚众赌博？而那样一句宣传口号："购一张彩票，献一份爱心。"同样使人疑窦丛生：彩票是用来获奖的，爱心是体现社会正义的，硬要用彩票兑换爱心，并且"一对一"，是公开鼓吹谁出的钱多谁的正义就多，还是明目张胆地号召谁买的彩票多谁得的彩头就大？

我不怀疑，在"轰轰烈烈的彩票抢购风潮"之中，真诚献爱心的大有人在，但也有趁哄献"爱心"的，即摸到奖是运气好，摸不上算顺手献了爱心；还有借献"爱心"想大发其财的（不敢说大发横财），也就是借献"爱

"醒"后吐真言

心""偷吃"爱心的,有这样动机的人还不是少数,当然这动机也是政府预设的彩头引诱产生的。只不过这种"偷吃"的味道与二朱的"偷吃"不一样:一个是光明正大,一个是偷偷摸摸;一个是冒"偷吃"的风险不一定有结果,一个是下了赌注必有成倍成倍的收获。二朱的"偷吃"可恶,普遍的"偷吃"可悲。可恶的结果必然绳之以法,伴之以人类正义之声的拷问;可悲的结果是对意外之财喜不胜收,并且可以十分得意地公开表露自己的"爱心"。人类的正义和爱心在一个漂亮的口号下,在一个错误的前提下,就这样在光天化日之下被为数不少的人肢解了,能不让人忧心吗?

而让我忧心忡忡的是这样普遍"偷吃"爱心的事不时地传入我的耳鼓。又一个大牌歌星在镁光灯的照耀下,向他的歌迷们大声呼唤:你们都来听我唱吧,你们全来买我的带呀,我尽情唱呀跳呀全是为了给"希望工程"献爱心呀。歌星演唱会的借口和招牌也的确冠冕堂皇,掏腰包真诚献爱心的确实多善可陈,而这名歌星却从不给"希望工程"交一个子儿,人们献的爱心就这样被他偷偷地独吞了。如果只一个歌星这样还可认为是恶作剧,而现在是一个又一个大牌歌星、三流影星常常如此恶作剧,一切善良且赋有正义感的人们的爱心如此被人戏弄和亵渎了,却没有听见有谁来管一管!我真不知人类的美德如何去发展和巩固。

矛和盾

甲：你知道"洁尔阴"是什么吗？

乙：知道，广告天天做呀。专供女性使用的一种液体，至于用后效果如何，吾非裙钗，不敢妄言。

甲：内子房内言，"洁尔阴"名副其实。你听说过"祝尔康"吗？

乙：哪来这么多洋叫法！没有没有。

甲："祝尔康"，系某一烟厂生产的一种香烟的名称。不是据广告，而是我亲眼所见。"吸烟有害健康"六字早已从洋烟盒上"克隆"于吾土自产的香烟盒上，亦见吸收外来技术之迅雷。今又知自产香烟明明白白地告诉吸烟者——"祝尔康"——"祝你吸烟健康"，可见吾同胞发明创造之快捷。明明吸烟有害健康，偏偏"祝你吸烟健康"，谁持矛？谁执盾？欣然？愤然？

甲：平原，心似平原，很顺畅！你气什么？不是说香烟不准作广告吗？竖香烟广告牌的城市还少吗？有电视台播放关于酒的专题片云：醉酒误事，酗酒伤身，造酒费粮，酒厂太多……上下两集专题片之间有6个广告，竟

"醒"后吐真言

有4个乃"喝了咱的酒,上下通气不咳嗽"之类的酒广告。矛是电视台播放的劝人少喝酒的专题片,盾是专题片之间插播的酒广告。矛和盾都厉害,你服不服?

乙(频频点头):服,服!你那是务实的例子,我还告诉你一个务虚的例子:某报理论版,准确地说是理论·广告版,因"理论"占半版,广告占半版。"理论"版的内容是精神文明,广告版的内容全是"要致富,买××"之类,真是精神物质一版抓呀!

第三者插话:"公仆"在台上热血沸腾,振臂高呼:"不管涉及到谁,一定坚决查处!"话音刚落,警车开道,手铐侍候此公。刚才台上他说人,现在台下人说他,原来"公仆"巨贪乃一人,活脱脱地一个"廉"官嘴脸。陈四益先生在《官廉》里写的那个官,就是以"廉"标榜,嘴上冠冕堂皇,心和手却不老实。如何不老实呢?有"好事者"作歌榜于市曰:"口称廉,手捞钱;发官财,起新房。"古今贪官从来是"两手"都抓,"一手"持矛——口称廉,"一手"执盾——心贪钱。所以说,世间任何矛盾现象,也没有贪官污吏自相矛盾那么突出。"洁尔阴"的广泛使用,仅仅说明妇女生活的日益改善;"祝尔康"商标的有恃无恐,仅仅证明某种规则的失范。而"公仆"巨贪系一人,若不是价虚的"公仆"与货真价实的巨贪互惠互利,配合默契,那么反贪的任务何需非得艰巨而又长久呢?

124

"这话"很耳熟

是哪句话呢？

"吃了吗？""吃过吃过！"——从"饥饿"一直讲到"温饱"，估计从"发展"还要讲到"发达"。这话太熟。我说的"这话"非这话。

"个人有事找我！""谢谢谢谢！"——私事公办，私事好办，私事能办。这话太馊，我说的"这话"也非这话。

到底是哪一句呀？一句人人都听过的话，一句非常讨厌的话，一句令人愤怒的话，一句高高在上，不负责任，逃避责任，也负不起责任的话。

且听我从一件不久前发生的具体事件说起。

"中（国）卡（塔尔）之（亚洲十强赛足球）战终场哨声响起时，整个金州体育场被一种悲愤的情绪所笼罩。"球赛完后举行例行的记者招待会。"'戚指导，您是否认为应该对今天的比赛结果承担责任？您是否有辞职打算？'未等戚务生坐定，一位记者便急切地开始了提问。'作为球队的主教练，我当然应该对比赛的失利承担我应该承担的那一部分责任。'戚务生回避了

"醒"后吐真言

第二个问题。"（1997年11月1日《解放军报》）

我看不需要再引文了，耳熟的"这话"已一目（听）了然：我承担应该承担的那部分责任，我负主要责任，我担当领导责任……这样的话的确让人听得十分腻味了。有几个说承担责任的人最后又真的承担了责任呢？有哪一个不是说过承担责任后一拍屁股就去承担新的责任了呢？又有谁确实去追究过那些应当承担责任的人了呢？"又有消息说，戚务生将会出自传，但不是由他来执笔。"（1997年11月29日《文汇报》体坛风云专版）似乎没有必要再对戚务生说三道四了。不过我对责任、辞职等字眼感到很沉重，有时听到一些极不负责任的人口口声声承诺负担什么责任时，我就悲观得像知道20世纪中国足球冲击世界杯无望一样"泣无声"了。除了曾听到过陈希同因负王宝森自杀的主要责任而（主动？）辞职的消息外，我还没有听说过有谁负某一件事的主要责任而主动引咎辞职的报道，外邦的例子不包括在内。但总是说自己时时刻刻都在为现代化作贡献的人应当有点现代意识，那意识我看用不着启蒙，就是不要等到自己履行的职责被强行给革了，才灰溜溜地去钓鱼养花，而应该对自己司不了司不好的职主动辞掉。主动辞职也是负责任的一种姿态，比占着茅坑硬挤要光彩得多。如今回忆录和名人自传卖得红红火火，主动辞职后去写写回忆录之类的奋斗史或者成功史，也还是挺风光的，何必硬要自己去承担一分根本承担不了的责任呢？

民俗学家钟叔河先生"在病床上打吊针"时，还念念不忘江总书记强调要保证大江大河安全度汛时讲的一番话："哪个地方出问题，由哪个地方党政主要领导负责。"（1997年8月6日《文汇报》）心系苍生的民俗学家根据放在枕旁的《清稗类钞》中的一则173年前的江苏《高家堰决河案》有感而发："原来那时溃堤成灾，'主要领导'也是要负政治、法律责任，不

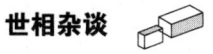

能换上茄克便装，到灾民中走一转，拍几个电视镜头，便可以上来开总结会，宣布抗灾胜利的。"今虽非昔比，但事有同理。球输了以后，"主要领导"总不能换上茄克便装，到球迷和观众中走一转，说几句"我完全理解球迷现在的心情"之类的官话，便可以上来开总结会，宣布我们这次冲刺还是积累了不少经验和教训的。那么桥塌了以后呢？"主要领导"总不该换上茄克便装，到伤亡者中走一转，拍几个电视镜头，……那么楼坍了以后呢？那么企业破产了以后呢？……"主要领导"总不该……

说"拔高"

"拔高"一词,《辞源》没有收录,《辞海》亦不见踪影,而《现代汉语词典》能见其详,意思有二:1. 提高;2. 有意抬高某些人物或作品等的地位。可是古人的见识还只停留在对物的拔高上,如拔苗助长之类,只有现代人进一步懂得了对人的拔高,如在常人中拔出英雄,矮子里拔出将军,以至逐渐将这种心理积淀形成一种自觉的拔高意识。有些"宣传家"更是只顾宣传的需要,只顾妙笔如何生花,也就全然不顾客观事实,一味地去为拔高他的主人公,衬托他的主人公,吹捧他的主人公,而不惜笔墨有意无意去贬低与主人公有亲密联系紧密联系的人物,如主人公的父母兄弟妻儿,如主人公的亲朋好友故人。他们不是思想落后,就是在具体事上拖主人公的后腿。这些"宣传家"们一个劲儿地只感觉他的本意是好好好,他的汗水在淌淌淌,他的墨水在流流流,当然不顾亦当然不知读者观者只送其三个字:不真实。"宣传家"们为了一个宣传"高度",以为可用润色——生花——完美等不同手段和步子,就能攀援而上,结果恰恰不能达到那个高度。苦恼乎？遗憾乎？

　　拔高的对象，必是"宣传家"要宣传的重要人物，高拔到了，或许还能讨一杯羹，安能想到羹没讨到竟兜头迎来一盆冷水？有一个写作小组，是专门寻找、挖掘、宣传先进典型的。有一天，他们意外发现常年工作在一个山旮旯里的麻风村的医护人员，一没名，二没利，三没社交，四没安全，五没希望……这里几十年先后分配来大中专毕业生近千名，留下的仅这几十人。这几十人不用拔高也一定很崇高了。写作组发现了，千方百计地启发，挖空心思地发掘，以为能挖出一个惊人的闪光点，结果大失所望。他们回答说："谁崇高了？只不过我们比不上人家能干，没本事又没靠山，走不了罢了。"有人还补充一个特例：一位干部为了想调走，挨了处分仍走不成，是死了那份心之后，才好好干下去的。我对这几十个先是"躲避崇高"、继而"拒绝崇高"的医护人员心生敬意，因为他们在不想崇高之后做到了崇高，好好为那个麻风村干下去了。那个"拔高"的写作组，原本只要将麻风村里的医护人员的酸甜苦辣真实记录下来，也就不会失望。只讲崇高，不讲道理，只重拔高，不重常理，真是没意思。

　　凡人平凡，平地平坦，如实的记载同样让人对生活充满信心和希望，不去拔高，反而不失那份实实在在的真。

　　伟人伟大，泰山巍峨，真实的描写都让人高山仰止，若去拔高，反而是一种亵渎，一种失敬。而有人因宣传的需要，描写的需要，对普通人"挖掘"习惯了，形成了一种自然的心理意识，对伟人一类题材进行创作、发挥时也不用心去"注意把握人物本质和政治尺度"，使读者感到不真实，让知情者觉得太失实。据1997年6月26日《报刊文摘》转载，邓榕日前致函《作家文摘》，指出目前流传甚广的一些有关邓小平的传记中存在着不少失实之

"醒"后吐真言

处。除此以外，她还指出一个问题，即"在传记体小说中，编写人物对话是可以的，但有些对话编得不好或不恰当，就会违背人物的本质"，并且举例指出在《邓小平的历程》一书中，作者"为了描写邓小平的需要而不实地描写了卓琳"。

一个伟大的男人背后必然有一个贤慧的女人，一位伟大的政治家身边肯定有一个志同道合的伴侣。"卓琳与邓小平不仅是夫妻，更是政治上志同道合的典范。"伟人的丰功伟绩，原本惊天动地；伟人的日常生活，只要如实地叙述就能感动读者。对伟人，如果作者为了自己的某种需要去"描写"，这是对伟人对读者同时不负责任。先进人物产生于大众之间，他们爱岗敬业做出了奉献，可以去歌颂，但他们同样有一份割舍不了的亲情，他们跟别人一样同食人间烟火，而我们常常读到看到的先进人物，无论在新闻报道里，还是小说里，总是让人高不可攀，不能亲近，那还谈什么如何学他们呢？这种适得其反的结果恐怕归"功"于创作者和宣传者对英雄一味的"拔高"。

对一切伟人，对一切先进分子的描写如果离开其本来面目去"演义"，去"拔高"，去"神化"，无论作者本意如何，都是在"浮夸"，犹如对反映事物发展变化的数字从一百拔高到一千一万一样。"浮夸"要不得，因为我们这个民族吃"浮夸"的亏吃得太多了。"不要让虚夸／挥霍了热情……不要为了／摘取富裕的金苹果／浮躁到抓住气球升空……"（苏叔阳《世纪之歌》）

蝎子与棍子

蝎子是五毒动物之一，人们寻常碰见，都有些畏惧。而王彬彬博士竟然为一只有毒的蝎子喝彩,不免使人心生疑窦：王博士是不是有点太"黑"？值得王博士喝彩的那只蝎子究竟是怎样的一只蝎子呢？王彬彬在《为一只蝎子喝彩》的长文中描述道：前几天在报纸上读到一则消息，说是某地一男子受友人邀请，到饭店吃饭，友人要了一盘醉蝎，当他将一只蝎子送进嘴里时没想到该蝎子酒量特大，并未醉得失去反抗力，他上下牙一合，蝎子也就十分正当地实施了防卫——反咬了他正在咬的口一口。这一咬，令他当场半身偏瘫，被送进医院，花费了许多钱，也未能治好……

怪我孤陋，平常虽爱翻阅报纸，还是没有读到这则消息。我就权当"寓言"读。也同样让人受到启发，并且引发我想到一则"新编寓言"，保证是独家所有，没人听说。

在太平盛世，也有叫花子，但他们乞讨的东西再不仅仅只有残羹冷炙。有一个老叫花子，叫唤的经验老辣丰富。为显示他乞讨的本领和成绩，每

"醒"后吐真言

月总在自己的背上贴出一期告示：上个月东家舀给我一盘子肥肉，油得很，西家送给我一杯美酒，真够劲。张中行先生老家"乔各庄"附近一个庄，有户人家总是乐善好施，隔三岔五就给那老叫花子一点甜头。有一天，老叫花子左手拿着棍子，右手拿着盘子，也不知他在哪里喝得醉醺醺的，叫到了这家门前，忘乎所以，忘了平时规矩——放下左手的棍子，双手端着盘子，一脸的可怜和哀求。正当这家人给他右手的盘子放下半条鱼时，他左手的棍子不愿意地"梆！""梆梆！"连给施主几下，并且念念有词："一条鱼还不愿意给，你这不是小气问题，明显有导向问题！你今天只给半条，明天人家看你的来，就只给半半条，后天我还吃什么？明明知道我不吃辣的，还在鱼里放辣椒，怎么鼓舞我下次再来？"施主又痛又气，差点缓不过气来。如此嚣张的左棍子，引来路人见义勇为，伸张正义："现在太平盛世，你不学无术，慵懒无比，只好沿街行乞，就怎么不能放下你的左棍呢？"

前不久的一天，当我洋洋得意地告诉朋友这则"新编寓言"时，朋友说：你真寡闻，这哪里是寓言，明明是新闻嘛！

新闻也好，寓言也罢，反正都能使人警惕，令人深思。王彬彬对那个被口中美味一口咬得偏瘫了的人，深深地怀有同情，并且衷心希望他最终能康复。然而，"博士毕竟是博士"。博士深爱着他的民族和人民，他感到在中国"吃文化"里，有着一种精致的残酷，他害怕"把大量的时间和聪明才智花在美味的享受上的民族，总难免被别的民族当作美味来享受"，于是，他愤怒而又动情地说："如果把他（被蝎子咬得偏瘫了的人）作为中国人的代表，而让那只蝎子代表动物界，我便要说：咬得好！"有感于这只咬人的醉蝎，我自然想起那根"醉棍"。我深深地同情那位被棍子打得差点缓不过气来的"施主"，并且衷心地希望他再也不要怜悯那些死抱棍子随时打人的人。如果把他作为中国人的代表，而让那根棍子代表棍子界，我也便要说：打得好！这一打，或许也能打出八个大字："时代巨变，棍子不变。"做成镜子，高悬在好了伤疤忘了痛的人们面前，让人知道该防什么为正着。

时代巨变而棍子不变，为什么呢？章明先生说原因很简单：只有真理才能不断前进发展进步，而棍子不掌握真理，所以千百年来耍来耍去总是那么几个老套路，从周兴、来俊臣直到现代一脉相承而毫无长进（1997年12月2日《贵阳晚报》言路专刊）。正因为棍子还是那老样，其特征依然不外是无中生有，无限上纲，无聊生非。鱼只给了半条，本来是"技术问题"，非要强词夺理，说是"导向问题"，妄加罪名。对于一切棍子，我们不应忘记那位世纪伟人的告诫："中国要警惕右，但主要是防止'左'。"不要以为今天是法治时代，棍子就不会乱舞；不要以为棍子已歇息了二三十年，完全"醉"了，就不会打人。醉棍打人跟醉蝎咬人一样，只有一个招——放毒。

官瘾与官腻

邵燕祥先生基于对国与国之间的关系叫国际关系、人与人之间的关系叫人际关系的思考，称官与官之间的关系为官际关系。于是，他写就一篇十分精彩的杂文《官际关系论》。日后有谁研究撰写一本《官际关系学》，无论如何博大精深，"官际关系"这个发明权应归邵先生才是。

邵先生认为，有些地方官际关系出现向两极分化的迹象："情同手足"的，可以"金兰结义"，举了曾闹得沸沸扬扬的河北宁晋县包括县委常委、县公安局副局长、检察院副检察长、县法院副院长等掌握实权的"十八罗汉"的例子；誓不两立、不共戴天的，就只有你死我活、置对手于死地了，举了福建省环保局副局长、局党组成员杨锦生花钱雇杀手把浓硫酸泼在一把手（局长、党组书记）杨明奕脸上的例子。

抽鸦片是能上瘾的，官虽不是鸦片，但当官是能上瘾的；赌钱是能上瘾的，只要权钱可以交易，当官是能上瘾的；享"乐"是能够上瘾的，只要当官可以享受许许多多草民们难得一顾的"乐趣"，当官是能够上瘾的。

否则，怎么会有那么多副职欲置一把手于死地呢？怎么会有那么多官竟把当官作为一项终生事业，千方百计把这事业弄得"蒸蒸日上"，而难得有一个官主动退下呢？怎么会有港人竟在内地犯官瘾被"惯骗"骗成一个"副部级"干部当当呢？血管里流的不愧是华夏儿女的血啊！所以，从古至今，鲜有几个做官做腻了的角儿。"采菊东篱下，悠然见南山"的陶潜，"枯叶恋高枝，自觉无颜色"的袁枚不知算不算得是"官腻"——官做腻了？

有论者认为中国饮食文化一个积弊甚深的现象就是吃得过饱，谓之"吃腻"，而导致吃腻有两种情况：一种是被动的，如客人已吃饱，主人仍加饭添菜忙个不停，越偏远处越如此，倘还饮酒，先"劝"后"遏"，其结果也就只能是"吃腻"；另一种是主动的，说旧时糕点作坊的老板对新来的伙计总是慷慨以飨，将刚出炉的热腾腾的糕点尽数端出，伙计多是穷苦子弟，于是尽情饕餮，结果自然吃腻，以至于吃伤。这样，老板的目的也就达到了：日后绝无偷吃之虞。这位老板可谓精于中国饮食文化之妙谛也。由此看来，"吃腻"易于做到，无论主动还是被动。若以此法做官，恐怕是"主人"的愿望能实现，"老板"的目的达不到，官不是越做越腻，而是越做越迷。"食色，性也"。正因为吃乃人的本性，就有腻的时候。若说，"官"因后天所为，也就有上瘾一说，那么，为什么中国多有官迷，而国外却多有"官腻"呢？我的朋友答曰：原因之一，中国的官除了只会做官外，"副业"多不愿做也没有时间做，当然也不会做，如果老在一个官位不上升就感到腻味了。而国外的官倘是卸了官阶还会当教授，还能种花生，还愿做木匠，真的备感无官一身轻。原因之二，中国的官场不仅好处多多，而且随着官愈做愈大好处愈多，并且即使有一天卸任了，那卸任后的待遇亦随着在位时的官阶成正比，若说这官做得不上瘾，那才有违人性呢！外国的官即使总统在

"醒"后吐真言

位时都任由选民点着他的鼻子说你这官当得不行当得不称职当得胡作非为，还要点头哈腰对选民说我道歉我改正我努力，哪有不腻之理。原因之三，……

我赶紧制止他：不要以偏概全，不要想当然，不要讲了！他却像有理让三分：千万不要说我"觉悟不高"，若是我们的官场没有好处，怎么跑官、要官、买官的人络绎不绝，一年更比一年忙呢？

我硬是被他的话给噎住了。

"失败的英雄"及其他

  陈平原教授在学术研究之余,信手写就的"学者散文",私心颇独钟。又读1998年第5期《书屋》上他所写的《失败的英雄》,让我为一位异邦的理想主义者心生敬意。那位"失败的英雄"是谁呢?是"出师未捷身先死"的中国古人诸葛亮,也是好几年没有跟陈教授"谈哲学"的今人高筒。

  古人孔明谈的人很多,只说今人高筒。高筒是一位日本的小企业家,略有盈余,就开始"想入非非",想做点有意义的事情。九年前,因一项重要专利的成功,高筒突发奇想,希望帮助"心有余而力不足"的中国学者。后来,高筒的奇想兑现在陈平原主编的《学人》集刊上;再后来,高筒的企业破产,大概怕中国学者过意不去,特托人带话:这几年我过得很愉快,不必挂念我的未来。

  我读过近十集《学人》集刊,没想到那背后凝聚着一位日本友人的热血。谁说日本人是"理念的动物"?热血换来真情,陈教授深深想念着他的日本朋友,赞美高筒是一位理想主义者,很容易失败。"可这种失败,当得起

"醒"后吐真言

'凄美'二字"。在这"凄美"二字背后，我亦分明读出一位中国学者身上洋溢着的青春和热血。但就是这样一位助人为乐、值得敬佩的"失败的英雄"，在一种"冰冷的理念"驱使下，说不定还被人视为不"成熟"呢！

说这话是有根据的。梁晓声一篇充满着正义与激情的真善"美文"，引起一些人抬出人的权利与尊严，抬出工具理性与价值理性，抬出值得与不值得的大道理对他诘难，这不就是根据的基础吗？我要说，讨论虽不是可耻的，但对一个说四七二十七的人，也要面红耳赤去跟他争辩四七二十八是可笑的。

梁晓声提到了一个还没有"正确"答案的古老的人性拷问：老爷与稚子同时沉浮于波涛，或老母与爱妻同处生死倏忽之际，做儿子，做父亲，做丈夫的男人究竟先救哪一个？

哲学家周国平给了一个符合逻辑的应该算标准的答案，他说那是一则"人生寓言"：一个农民从洪水中救起他的妻子，他的孩子却被淹死了。事后，人们议论纷纷……我也感到疑惑难决：如果只能救一人，究竟应该救谁？于是拜访农民，他答道："我什么也没想。洪水袭来，妻子在我身边，我抓住她就往附近的山坡游。当我返回时，孩子已经被洪水冲走了。"

从寓言回到现实，不也常常听到"救人时什么也没想，一想就来不及了"的声音吗？人性之光，正是在"救人时什么也没想"的前提下，变得最美最神圣，而那些非要救人者想一想的人是何方"神圣"呢？恐怕他自以为举起教鞭就是教师了吧，我又想起了一则传说：

一个自认为善良和谦卑的人，看到一个男人坐在河边，旁边是一个女人，面前还有一个酒罐，就想：那是一个多么堕落的男人啊，我如果能使他变得像我一样该多好！正在这时，河中有一条船突然下沉，那个男人见

138

状立即跳下水，救出6个人以后，走过来对这人说："如果你比我好，就救救剩下的那一个吧。"这人吓得直打哆嗦，眼看着水里的人沉了下去。那个男人就对这人说："让我告诉你，我身边的女人是我母亲，酒罐里装的只是水。"这人闻言扑在男人的脚下哭道："你已经救起了6个人，也救救我吧，不要叫我淹死在骄傲和虚假里还自以为谦卑和善良。"

从传说回到现实，生活里多了见义不为的人，有哪一个不自以为谦卑和善良？生活里少了助人为乐的人，又有哪一个不在那里自以为乐！从寓言、传说回到《冰冷的理念》和《失败的英雄》。梁晓声说，在现实中，一般情况下，人总是先救离自己最近的亲人，不太会舍近求远。而那名硕士生舍命所救的，却是与自己毫无血缘亲情，毫无爱恋关系的陌生人。依我想来，值得与不值得的讨论、辩证，盖基于此。倘若他所救的是他的老父，他的幼弟，世人还会在他的死后喋喋不休评论值得与不值得么？

一位日本人，未受任何人派遣，不远千里，来到中国，毫无利己的动机，把中国学者的事业当作自己的事业，这是什么精神？这是理想主义精神，这是英雄主义精神。或许，我在这里故作"精神"时，有人要说，在现实中，一般情况下，人总是先救离自己最近的近邻，不太会舍近求远。于是，在日本，也就不会有日本一位小企业家救中国学者值得不值得的讨论。这个说法很好。

在中国朋友的眼中，高简君是位值得敬佩的"失败的英雄"；而在我的眼中，一切救人于危难之中的人，不管是救成了，还是失败了，都是值得可歌可泣可敬可爱的英雄。但愿不会引发"恶人也是人，救恶人亦英雄吗"的讨论。

什么都有化肥味

　　什么都有化肥味。这是从哪里闻到的？别以为我刚从田间地头归来。不是的。我是农民的儿子，但很幸运，我已跳出"农门"。倘若您天生就选择了城市，也别说我觉悟低。现今的农民不正想方设法逃离耕地吗？据一位叫赵立军的农民兄弟讲，1998年晚稻灌浆时节，他见偌大一片"希望的田野"杂草丛生，稗多谷少，感叹此情此景，真是"天苍苍，野茫茫，风吹稗草心里凉"。这个村里一位老农说："怪不得农民啊！"

　　"怪不得农民啊！"我在朋友的晚宴上，闻到什么菜都有化肥味时也发出这样的感慨。友人的那次宴请十分丰富，但赴宴者却说菜的味道差不多一个味。我干脆给挑明了："什么味？不就化肥味么？"有一同饮者不悦："就怪农民，牛饲料里掺尿素，鱼饲料里兑激素，永远的小农意识！"我有点气愤："怪不得农民啊！你当初不也是想着办法不愿在农村吃喝拉撒吗？如今在农村拉撒的人一年比一年少，哪来那么多的农家肥！"我坚持己见：若不是城里人疯狂地海吃，农村人也不会逮着蝎子养蝎子，逮着老鼠养老鼠。

那多危险啊！

　　蒋子龙先生不无忧虑地问："城里人吃什么？"大腹便便的先生们和想减肥的女士们都不敢吃猪肉了，那就改口味吃鱼吧！因为据最新健康资料报道，鱼虽有肉但人吃了不长肉。你以为鱼就敢随便吃吗？蒋子龙的文章写道，南方有一种廉价的春药，几块钱就可以买一盒，掺到饲料里喂鱼，鱼就红得稀奇古怪了，一个个摇头摆尾，兴奋得像"红灯区"里的红男绿女……

　　这下似乎又给爱揭农民短的先生小姐们提供了一个佐证：鱼不就是农民养的吗？然而，我还是愿意提醒一声：这么养鱼真是缺德透顶，但别忘了，现在在农村大面积承包鱼塘的不少是从城里下去的大款爷，此其一；教给养鱼人妙方的，恰恰又是在城里油印的科技"富民"小报上提供的，此其二。有此两点，责任岂能全搁在农民肩上？

　　什么都有化肥味，这不能只怨种菜养鱼的。因为市场供不应求，也就只有靠催生了。你知道"咱国人不吃什么"吗？陈小川先生最新发现："我的同胞们只有几样不吃：妖精不吃，龙不吃，鬼不吃，神仙不吃，不是忌口，是逮不着。"这样的"同胞们"，我以为绝大多数是开着超级车住着豪华楼的城里人。据说农村人温饱已不成问题，但至少还有这几样不吃："鳖精"不吃，龙虾不吃，龟不吃，城里人愈想吃的愈不吃，不是忌口，是吃不着，因为吃不起。农民在饮食上总是要求不高，"适莽苍者，三餐而反，腹犹果然"，也就知足了。咱还是纳闷：我的另一些同胞们，好不容易果了三顿腹，那腹就贱起来，非得挖空心思地把"心肠"吃坏也不为止。只要那心肠一坏，损人利己的事一干上瘾，损人不利己的事也同样干得上瘾。我找不出那"瘾患"的确切理由，但可用来搪塞的有一条：那些人因嫉恨"大老鼠"和"小

"醒"后吐真言

狼狗"而导致心理失衡甚至变态。这话还要靠王了一先生一篇谈《食》的文章来说明一下。结尾是这样写的:"比我们吃得更好的,除了某几种人外,乃是垄断者谷仓里的大老鼠,和过分利得者家里的小狼狗。"

细　节

我不知道别人是如何认识这纷繁复杂的社会的，我喜欢从一些小小的细节开始品析。这些细节有动人的，有温暖的，有值得回味的，也有不堪回首的。你可能从大开大阖的巨变中发现历史的走向，我愿意从举手投足间捕捉人情的冷暖，从细枝末节处端详社会的真相，从看起来不起眼的地方寻找事物的本质。宏观看社会万象，一滴水也见太阳。

偶然间，我听到一位美丽的少妇说："我时时都担心自己受骗上当。"再回首看见她一脸的忧郁，我想她曾被骗子骗过是可以肯定的。接着，一位矍铄的老妪说："只有当一天我们反过去担心自己欺骗别人时，社会就达到了完美的程度。"我想这时我不仅遇到了一位社会学家，而且更是一位哲学家。但我分明从她那灿烂的笑靥中读到了真诚和善良。原来，收获信任并不容易，那要时时担心自己是否欺骗别人。正因为不容易，彼此信任才显得珍贵。

"醒"后吐真言

在五月阳光灿烂的日子里，大洋彼岸的铁汉施瓦辛格来到长城脚下。男儿有泪不轻弹，铁汉自然柔情在。施瓦辛格的柔情不是"真实的谎言"，而是一双温情有力的大手。我在《北京青年报》"生活写真"专版上阅读"施瓦辛格的柔情时刻"，发现这双为中国慈善事业一下捧出15万美元的手，不仅是那么慷慨大方，而且是那么情意绵绵。你看："参观路上，施瓦辛格夫妇悄然牵手。"悄然，轻轻的，静静的，无声胜有声，无意因真情。从这一温馨的细节中，我品读着西方伉俪情也深。让我们从对克林顿"拉链门"的偏见中走出来，热眼向洋看世界，慈祥、善良、真诚、爱情，没有东西之别，它们都是人类家园里永远生长的常青树。

就在我注视施瓦辛格那双柔情蜜意的大手时，我更注意到了一双推开世纪之门的黄金般的手——那是世纪老人巴金的手。于2000年5月23日正式开馆的中国现代文学馆玻璃大门的把手是一个令人感到温暖的细节。握住巴金先生的手，进入现代文学的殿堂，自然回想起他为现代文学馆奔走呼吁的身影。现代文学馆的负责人舒乙先生说："我觉得博物馆一定要在细节上感动人，所谓精品就是要注意细节，它给人以非常大的震撼，让人带着一种虔诚的心态去接近大师和他们的作品。"只要摸了这"手"的人，就有责任记住她的分量：巴金先生捐赠的书籍有7 700册，稿费总共大约25万元，那是差不多20年前的钱。同样是为了人世间的真，这位致力于说真话的人，用他的善心滋养着渴望美的人们，奉献着他全部的爱。

创造这个社会的美好，需要一双双情投意合的手，奉献爱心的手，勤

世相杂谈

劳灵巧的手。中国有十年磨一剑的故事，荷兰有一生磨一镜的传说，一样的动人，一样的美丽。初中毕业的青年列文虎克来到镇政府看大门，一看就是60年。在60年的光阴中，他不是磨洋工，而是锲而不舍地磨一种镜片。他磨啊磨啊，靠着一双灵巧的手，专注于每一个平淡无奇的细节。"铁杵磨成针"，他用自己研磨的镜片，发现了当时科技尚未知晓的另一个广阔的世界——微生物世界。不是细节在他磨的镜片中放大了，而是镜片在他日复一日的细节中发光了，他被巴黎科学院授予院士的头衔。科学的天地更加宽广，原来要靠那些不起眼的细节。

只见树木，不见森林，那是"只缘身在此山中"；只知细节，不知经络，那是不懂"一叶"也"知秋"。反正我是从那些温暖人心的细节中看见了人性的良善、社会的顺畅，从一些灭绝人性的情节中也窥见到社会病的征候。恶和病都不可怕，怕的是视而不见。

"公事公办"可知时

鉴于贪污腐败、行贿受贿的官员愈来愈多，而这样的官员很少不是共产党员的，于是有人撰文说："共产党员也是人。"这样的文章可以作出面目不同的两样来。一是诚心为共产党风更清月愈白而支真招：共产党员也是人，是人就有优点、缺点、弱点，为了让优点优长，缺点缺失，弱点弱化，就必须加强对共产党员的监督。一是分明不存好心乱支招：共产党员也是人，是人就有七情六欲八念，何况贪官污吏只是少数，不碍事的。我情愿顺着好的思路去度"有人"之心：共产党员只有时时处处受监督，才能更好地按当初宣誓的誓言严格要求自己，全心全意为人民服务。

顺着这样的思路，我想到：警察也是人。当人是个体的人时，人有心情好的时候和坏的时候，好的时候可以尽情使好，坏的时候坚决制止使坏，警察也是人，警察也就如此；当人作整体的人时，人有好、坏、不好不坏之分，警察也是人，所以警察"也有"好、坏、不好不坏之别。现在，我要追问"也有"是应然还是实然？设是应然，即"也应该有"，看看结果吧：咱们老百姓有千百个好警察围着转,心中哪有不踏实的!即使面对的只能是千万个不好不坏的警察,咱老百姓也照样可以"今日个真高兴"。假若隔三岔五一睁开眼睛,就会看见一两个坏警察握着枪拿咱平头百姓当靶子练,不说今日个不高兴,就是明日个也高兴不起来。因此,应然不应成立。而实然呢?实际情况的确是坏警察跟好警察一样似雨后春笋,这可不是危言耸听。我手头就有一个"好警察"和"坏警察"同时被报道的例子。请跟我一起温故2000年7月25日《北京晚报》第2版和第3版:

先挑好的说。第3版是《北京晚报》的追踪报道,报道了"好警察"——英雄民警袁时光英勇牺牲后,他的年迈双亲、痴情女友、所里同事"痛忆昨天好时光"——父亲说他是全家的骄傲,女友说他"傻"是事情临头肯定往前冲,群众说他细心、廉洁、随和。这一版的报道,我是抱着同情、痛惜、感动的心情读完的。一个"好时光"走了,但愿有千万个"好警察"跟来,因为警察的职责就是除暴安良,想方设法"使好"。其实,好事不说,好事也依然在;好事必说,好事也不见得就能生出更好的事来。所以,我主张平时好事还是默默无闻地做好。

在我们老家,原来有一句俗语:"好事不出门,坏事传千里。"如今是信息社会,坏事传千里,好事也出门。好事已说过,轮到讲讲坏事了,坏事不讲真是不得了。2000年6月4日,河北霸州警察杜书贵枪杀无辜青年工人,激起全社会愤怒;7月4日,河南禹州警察刘德周枪杀房东一家三口,更是举国震惊。《北京晚报》第2版"今日关注"的正是:"民警刘德周枪杀无辜被判死刑"——大黑体通栏标题。"一些警察为何从社会治安的维护者变成治安犯罪的主角?所有社会良知都有理由为此忧心忡忡。"素有民间情怀的《南方周末》特约司法部司法研究所刘武俊先生撰写了评论文章《不

"醒"后吐真言

让警察乱开枪》，观点十分鲜明。警察手中有枪，那枪是用来办公事的。如果警察动不动就用枪来"私事公办"，那么，警察杀平民，诛灭如反掌。有一国家的警察大概也喜胡作非为，于是它那个社会有一句谚语流行："千万别同警察交朋友，因为你不晓得他什么时候'公事公办'。"无论哪一个国家，非要有一种力量，使警察清楚他手中的枪不是用来他随时翻脸无情的，而是用来制止包括他自己在内的人违法犯罪的，老百姓才会感到有安全感。对此，刘武俊先生充满信心："通过制度化的理性力量，完全可以让'我是警察我怕谁'式的特权神话成为自欺欺人的谎言。"

对手与朋友

只要有共同的利益存在，对手是可以成为朋友的，两个人之间如此，两个政党之间如此，两个国家之间亦如此。

不打不相识。冤家常开打，对手不少打。不是冤家不聚头，对手理应更握手。握手是朋友。这是历史的回光返照，也是现实的真实写照。

20世纪一开头，中美两国就开打。中国主要是挨打，谁叫中国只剩穷？先是美国佬与七国合伙成八国联军欺我中华好欺，随后在国共相争中坐收渔利，进入50年代就直接与我短兵相接打起了朝鲜战争。上半叶是相打，打打坐坐谈谈；转眼到了70年代，相识了，相交（建交）了，握手了，渐渐发展成为"建设性的战略伙伴"。是朋友，但还是对手，因为美国当选总统小布什准备将中美关系"改写"成"战略竞赛"关系。只要有"关系"，有共同的利益，就不是你吃掉我，我吃掉你。还是朋友，至少还可做朋友。

国与国之间举今例，人与人之间列古人。人说惠施是庄周的契友，庄子说惠子是他的对手。濠水桥上庄惠之间一段"气"话可以证明对手戏演

"醒"后吐真言

得不错——惠子问:"你不是鱼,怎么知道是快乐的?"庄子答:"你不是我,怎么知道我不晓得鱼的快乐?"综合有关鱼的快乐的庄惠之辩,陈鼓应教授有如下"浅说":无论从"认知活动"方面还是从观赏一件事物的美、悦、情方面来看,庄惠所说都相对立。庄偏于美学上的观赏,(小白鱼是多么快乐啊!)惠着重知识论的判断(你不是鱼,你就不知道鱼的快乐);庄具有艺术家的风貌,惠有逻辑家的个性。庄惠两人在学术观念上相对立,在现实生活上也有距离,但在情谊上,惠子是庄子生平唯一的挚友。咱们敲字成文的,知有"斧削""郢正"的客套话,来自于"郢斤削垩"的典故,而这典故却演绎着"不是对手,就难成契友"的正确结论。那故事是以庄子最拿手的寓言来表达的——惠子死后,庄子送葬,经惠子墓时,对跟随他的人说:楚国郢人捏白垩土,不小心鼻尖上溅到一滴如蝇翼般大的污泥,就请匠石替他削掉。匠石挥斤成风,随手劈下,泥点削去,鼻子丝毫未损,而郢人站着也面不改色。宋元君听说了,就把匠石找来说:"替我试试看。"匠石不买账:"我以前能削,但我的对手已经死了!"寓言讲完了,庄子不无诗人的忧伤、哲人的深邃,表述着与惠子不打不相识的真挚之情:"自从先生去世后,我就没有对手了,没有谈论的对象了。"

很少有人真的不在乎对手。一个杰出的人不在乎对手有两种情况:一是他没有遇到他自认为应该有资格做他对手的人,他对"比上不足比下有余"者总是无所谓;一是他周围都是跟自己"半斤对八两"式的强劲的对手,习以为常了也就不重视。对手可以成朋友,成不了朋友,还可以成为很好的合作伙伴。庄子惠子是对手,在彼此互不服气中成了密不可分、情意相投的朋友。在20世纪末,美国两位总统候选人戈尔和小布什是对手,"当两方势均力敌达到顶点的时候,我们猛烈地交战",而当竞赛结束以后,"我

世相杂谈

们又靠近双方的阵营走到一起来",共同的责任让"猛烈地交战"的对手握手言和。面对小布什的竞选胜利,戈尔除了不会再收回祝贺外,就是"无条件地承担自己的责任:尊敬下届新总统,并尽力协助他共建《独立宣言》和《宪法》所描绘的祖国蓝图。"(引自戈尔宣布退选的讲话)美国的总统选举,不仅是两个人之间的角逐,更是两个政党之间的较量。不管对美国总统选举是嘲笑、抨击还是赞赏、羡慕,有一点不得不承认:竞选者除了对政党的忠诚之外,的确也做到了"党派感情必须让位于爱国热情"。在有了同一爱国热情——这应是最大的共同利益——面前,一切对手都是朋友——真正的爱国者。

愚人说梦：核心国家靠核武称霸世界

"为什么天这么黑？因为牛在天上飞；为什么牛在天上飞？因为你在地上吹。"这是同事告诉我，他今天收到的第一条短信息。那位发短信息的人，我也认识，因为他富有鲜明的"时代特征"——最爱吹牛也最善吹牛。这真是最具讽刺意味的一条短信息，"自吹吹人"。

我想好了并且准备写这篇"愚人说梦"的文章，已是4月1日的晚上了。正想着敲着，却"情不自禁地、油然而生地"想起王小波写的《愚人节有感》来。在我印象中，那篇文章一开头就引用了一个"吹牛"式的愚人新闻：有一个外国科学家把牛的基因和西红柿的基因融合在一起，培育出一种牛西红柿。这种西红柿当然是番茄牛腩的味道。西红柿的皮扒下来可以做成牛皮鞋，有些母的西红柿会滴下白色的液体可以当牛奶来喝。王小波在一番插科打诨之后，自然是一段有意义的随感：要编故事不妨胡编乱造——愚人节的新闻看起来也蛮有意思；要讲真事就不能胡编乱造：虽然没意思，但是有价值。把两样事混在一起就一定不好：既没有意思，又没有价值。

世相杂谈

我今天要讲的是一件"真事",也是"正事":如果谁说核心国家要靠核武器称霸世界,加速"全球化",我就认为那只是他4月1日发出的一条手机短信息,牛虽吹破天了,但没有意思。我想让我说的"真事"有点价值,愚人节里不想谈了,哪怕推迟约稿,也要等到明天正经八百地去写。

一天过去了,又到了晚上。我现在正襟危坐,但反对文字无趣。"称霸"事大,想起来没边,但也不搞"无主题变奏"。弯子绕了半天,再不进入正题,那就有点惹人急。先说说核心国家。这是一个地缘政治学中概念,相对于边缘国家而言,说白了,也就是指欧美七国。核心国家往往拥有利益圈,由此形成区域的力量梯度。可以肯定地说,核心国家就是核国家,虽不是"家家"都有,但美国的大气和霸气,胜似"家家"都有。请想想,哪一天世上的事闹大了,日本、德国、加拿大、意大利要个把核武器去对其不够哥们的国家玩玩,美国那个盟主不给,英国这个跟屁虫也要急着送呢。这话可不是空穴来风。3月24日英国国防大臣杰夫·胡恩"恨你没商量"地说,一旦萨达姆·侯赛因使用大规模杀伤性武器,英国则有权不经联合国授权就对伊使用核武器(2002年3月28日《参考消息》第一版转载消息)。我担心萨达姆硬是不动声响制造出一大堆杀伤性强的武器来,而且还要大动声响地使用起来,那伊拉克的老百姓可就是倒了八辈子霉了。耶稣的后代拥有核武器,穆罕默德的子孙也不甘示弱,巴基斯坦已是核国家了,但它不是核心国家。写到这里,我有一种担忧:假若一个个非核心国家也像巴基斯坦一样纷纷拥有核武器,那个核魔就那么容易被掌握、控制在理智的人手中,或者最多只用来进行核威慑、核恫吓?所以,对这个魔盒,谁该拥有谁不该有,还是保守一点为好。坚持反对核扩散的立场,在全球化声浪一浪高过一浪之际,那不失为一种有益于世界和平安宁的声音。

"醒"后吐真言

话又说回来，如果未来只有核心国家才有资格和能力把核武器当作奇货囤居，人类社会的前景又将如何呢？历史不能假设，未来却可预测。韩德强博士在其著作《碰撞——全球化陷阱与中国现实选择》一书中有这样的预测：在俄罗斯的核力量尚存的情况下，英、法、德、日甚至中国均可成为美国的合作伙伴。一旦俄罗斯的核力量被消灭，俄罗斯被进一步肢解，则中国可能成为美国的下一个战略目标；而如果中国也被收服，则兔死狐悲，西欧和日本将成为美国的新战略目标。这个预测说明核心国家并非铁板一块，盟主与盟员原本就是靠利益圈起来的，利来利往是常态，来而不往也不是不可能。预测不妨继续假设下去：倘若核心国家已不是"集体领导"，而成了只有"一国化领导"的美国这个孤家寡人，加之俄罗斯的核武库已被摘除了，中国也被收服了，制衡力量没有了，山姆大叔就敢举起原子弹肆无忌惮？非也！它是不会使自己掉进"全球化"陷阱的。只要它想称霸全球，它就不可能拿着核武器像放炮一样东放一个西放一个。要想称雄世界，靠的是非核文明，而不是"武器先进者胜"。只要这个世界上还存在"核武器"，讨论全球化要么扯淡吹牛，要么愚人说梦。

焦点放谈

"别让他下台"

他或许是一位超群卓绝的演员，在台上说学逗唱引得观众"两眼秋波意潾潾"。突然，他要下台，于是观众异口同声："别让他下台！"

他或许是一名口若悬河的演讲者，在台上"舌战群儒"，滔滔不绝，听众心花怒放掌声急。他戛然而止，听众齐声大喊："别让他下台！"

对于这两种表演者所受到的欢迎，人们还是能够信以为真的。下面的情况，信吗？

某老区有个不愿摘掉"扶贫"帽子县的副县长，在"铁交椅"上稳坐了上十年的江山，也谓权倾一方，当然也不止"造福一家"，除自己的"直系"都安插于本县不同的"肥缺"上肥沃起来外，"旁系"甚至"旁系的直系"也大腹便便，一个个"肥胖"起来。副县长大人不顾自己"行走不便"继续追逐着金钱的光芒，连救济款都不放过，却不知监狱和死亡跟在他背后。事发东窗日，哪知素来是眼睛雪亮的老百姓这回又说了一句惊人之语："最好别让他下台！"

"醒"后吐真言

这是我亲耳从一位研究党史的同志那里听到的。始以为是昏话、笑话、胡话，焉知这位助理研究员对我分析道：第一，假若让他继续在台上表演，因为他已经是"饱肚子"，说不定家里"十万雪花银"只有得多不会少，他不会再贪了，说不定他还想静下心来真的为老百姓办几件实事求得心理平衡，说不定他在命归黄泉时想落一个勤政为民的好官名，这样老百姓希望他在台上实实在在好好干几年；第二，换一个新领导来，如果比他还有"本事"，肚子又饿得慌，结果只是"官帑民财一扫空"，老虎吃人不吐骨头不留痕迹，我们县岂不是愈穷愈苦愈吃救济了。与其换一个"饿头鬼"变"大饱汉"，还不如让原来的"饱肚子"凑合着干。

我虽听到了老百姓的无奈叹息，还是义正辞严地批评了那位党史助理研究员："贪官们不都没有好下场吗？你应相信我们的党和政府，对这些满脑子坏水，满肚子油水，满身子脏水的'饕餮之官'，岂容他在台上表演！"随即，我又跟那助理研究员讲起坚决"让他快快下台"的理由。

一部《贪官传》让人看得心惊肉跳。无论是贪财害民的宦官王甫，或是卖法索贿的城狐社鼠和士开，还是徇情卖官纵子贿赂的宰相元载，所有的贪官都是"井边人"：一个坐在井边的人有一枚铜板掉入井里后小声哭泣，一路人相见，听清原由，"拔币相助"；"井边人"哭声响起——要是那枚铜板没掉井里，我就有两枚铜板了；路人再给一枚，"井边人"号啕大哭——要是……就有三枚了……"蜗牛升壁，涎不干不止；贪人求利，身不死不休"。只要此官贪心不死，就休想他能有为百姓办事之心。

中国有句谚语，偷针的会变成偷牛的。他现在是一县之长且为副，既有贪财之心，必有贪权之意，何况如今权钱关系被一些官们演绎成鸡生蛋蛋生鸡的关系。只要是贪官，贪财、贪权必贪色，既爱江山又爱美人，"钱

焦点放谈

我所欲也，权色亦我所欲也，三者均可得兼"。古代贪官公开蓄妾纳姬，后房美女如云，妻妾成群；现代贪官只不过对自己拥有的野姬改了个隐蔽的说法。有一个副市长嫖娼还开假发票报销，这是好几家文摘报摘出来的新闻。贪官一旦贪色，那可是真正填不满的"无底洞"，比食道狠得多。如此贪官在台上岂不是养虎为患，引狼入室！

生物界有"生物链"一词，贪官层有"关系网"一说，所有的贪官都是从网里爬上纲的。马克·吐温说："你向富裕的山上攀登的时候，希望你不会遇到一个朋友。"怪不得一个网点有毛病，整个网就作废了。如此县长不下台，该县只有永远吃救济了，还吃得津津有味，不愿摘掉"扶贫"的帽子。吃了救济了，老百姓还感激县里有能耐，又让我们吃上了救济。即使"县大人"贪一点，比没有救济好呀。这或许是阿Q的又一次胜利，或许是哀莫大于心死。

贪官与公仆是两个概念，贪官与公仆是两类性质完全不同的人，但也有关系：贪官永远不会变成公仆，公仆可能一不留神成了贪官。公仆是人民的儿子，就像"9·18大案"破案组组长、现开封市副市长武和平说的一样：只有做人民的儿子、孙子，任何事情才能成功。贪官不是公仆，岂听"父母"的话？还是一位老共产党员说得好：一提到贪官，我就想起《国际歌》——我们要做天下的主人！

159

另一种垃圾

一座现代化的工厂拔地而起,而那不加处理的污水哗哗地流进城郊郁郁葱葱的田园;一艘巨大的油轮满载一件件集装箱开进中国的码头,而那坚固美观的集装箱里装的却是从洋人那里"引进"的垃圾;一列由外省开来的列车,在宁夏人还来不及反应的时候,却卸下了好几十节车厢的垃圾,让全国人民不知这世道咋的了。不必再说那位已经很劳累的外国少年,边爬山边拾拣着一群中国文化人游览长白山时沿路乱扔的废纸、果皮、空罐,也不必重讲参加中日友好联欢的日本青年在考察中国自然保护区时,对中国的穿山甲、娃娃鱼等珍稀动物宴拒不就餐。倘若青山绿地我们指望不了,而在水泥伴钢筋的森林里,也不让我们有一块休憩的净土吗?帮着他人把外国、外地的垃圾"引进"本国本地的人,视同汉奸或内奸,也不算过分。今日"制造"垃圾或"引进"垃圾的人,跟当年把日本鬼子引进我村庄实行"三光"的汉奸,有什么两样?一个是把美丽的村庄烧成废墟,一个是把繁华的都市变成垃圾场。

焦点放谈

中国历代哲人窥测宇宙奥秘，探索人生真谛，至今仍闪耀着真理的光辉。他们强调人与自然的统一，追求天人和谐。逮至今日，或许哲人已远去，我们只好开始与自然作另一种形式的"统一"，于是结局不是满目青山，而是满目疮痍，昨日是北京"浙江村"垃圾常年无人清扫，今天是南方湖水大面积受污染。自然被破坏了，大自然的风景也被砍伐了，破坏自然的，有天灾，更多的是人祸。人与自然不是要统一吗？于是人也被破坏了。"人是人的历史"（黑格尔语），而破坏人的正是人自己。茅盾曾说人是风景中的最伟大者，而现在有些人只配得上金漆马桶，要么充其量也只是"金玉其外，败絮其中"，尽管有许多人是"芙蓉好颜色，可惜不禁霜"，"纵然生得好皮囊，腹内原来草莽"。首都师范大学毛志成教授在校园中上下班总遇见的那位风姿绰约且每每莞尔的女人，在与人争吵时叉腰顿足作河东狮吼而出的各种生殖器官语言，说她是"美丽的垃圾"倒也恰如其分。还有那"专在街上撒泼、行凶、撞闹"的"京师有名的破落户泼皮"牛二式的人物，还有那"在台上他说人，在台下人说他"之类的父母官，都可说是"人类的垃圾"。

当然，还有一种"精装的垃圾"。北京市纪委主办的《是与非》月刊第5期第25页上，有一幅陈希同紧握拳头高高举起的半身照，那是原北京市委书记在北京第四批特约监察员聘任大会上的"掠影"（时间是1995年3月27日）。"铲除腐败"，陈希同振振有词。4月27日，陈希同因负王宝森自杀的责任引咎辞职了。

事隔半年，现在我还有事没事地翻翻那期《是与非》，想想：陈希同3月27日还在号召全市"共同努力，铲除腐败"，一个月后就引咎辞职，似乎他的腐败是在这一个月造成的、完成的，总觉得有悖常理。如果承认一

161

"醒"后吐真言

个党的高级干部不会在一个月里能被人拖下水,那么就要承认陈希同在3月27日也就是在"号召"的那一天前就有问题。陈希同很早就有问题而不能被人发现,是因为有一层豪华的精装,群众不知那豪华精装究竟包装了什么?

总不能是说垃圾吧。这似乎又有点文不对题。但我不禁要问:是哪一类垃圾更阻碍我们国家的文明进程?精装的垃圾还有没有打扫干净?

公款在诉说

敝姓公，孙中山先生倡导的"天下为公"的公，共产党员是人民公仆的公，公而忘私、大公无私、大道公行、克己奉公中所说的那个公；鄙名款，小名钱，雅名孔方兄，还有人说是人人喜爱而又装作鄙视继而嗤之以鼻的"货"。

我这姓名俗气且又尽人皆知，《辞海》里不愿收留，就像《××名人辞典》对真正的名人一概不录，而记录在案的尽是无人知晓但只要我出面说情即可露脸的有名有姓之人；或许就像许多人都知晓钱锺书是优秀的东方之子而他有意无意让中央电视台无奈拒当"东方之子"一样，我就是世人皆知的"东方之物"，也拒绝《辞海》收录。我是一个在20世纪90年代渐渐红火起来的角儿，犹如一颗埋没在地底下几十年终于被人看重的《丑石》。白天或黑夜，大街或小巷，人们都在没大没小地呼唤我：啊！公款——

办公事，出公差，分公房，公事公办，正大公平，必须我出面。爱公物，积公德，讲公理，公道正派，忧国奉公，何须我出面？我不愿出面，而无奈出面，强行出面，我就只有悲哀，我就只能气愤，我就只好诉说。

"醒"后吐真言

我正悲哀。有许多以"公"打头的事，如开公馆，办公司，搞公演，都在玩弄我，忘了我姓公，不顾我姓公，而引诱我一五一十排着队去中饱私囊，以公害公，仿佛贼喊捉贼。

我在气愤。有许多事是由我的敌人——私钱去办的，譬如自家改善伙食，个人观赏风景，洗个热水澡或蒸汽浴洋名桑拿什么的，也在捉弄我，非要我出马，拿我开涮，用我大吃大喝，出国观光，观看外国女郎脱衣表演，甚至有些公家人还用我去交换他老婆需要的"舒而乐"、"洁尔阴"，光明正大一目了然地把我列在那报销的发票上，你说不气愤吗？气不打一处来，最使我气愤的是，我的大哥"公仆"兄，不顾我的高贵和尊严，让我去和娼妓做买卖，一手交钱（在前），一手交"货"（在后），不是先欺侮我，后才践踏弱女子吗？娼妓醒悟后才知哭泣，有人同情；我是被凌辱前就知反抗，有谁同情我，不是我姓公的错？

我要诉说！精神不苗壮的国民，病死多少不必以为不幸；一心只为自己的"公仆"，枪毙多少不必以为不好。其实，我的行为应该是至高无上的！只有人民利益高于一切，要我出面，取之于民用之于民，纵使粉身碎骨，甚至花费殆尽，我也无上光荣。只是，现在还有很多公家人以我的名义，为自己红光满面，大腹便便，屋宇豪华，存款添位，儿女享福，亲信沾光……进行一切肮脏的勾当而没有受到非难和惩罚。因此，逐渐造成了假借我名义的人比忠诚我名义的人多，粗暴糟蹋我的人比精打细算我的人多，强迫我做"仆人"的垫脚石的人比分配我为"主人"的铺路石的人多。

有句至理名言：自己营垒的破坏和杀戮，比来自于敌人的明枪阴狠毒辣得多。鬼鬼祟祟，偷偷摸摸，慌慌张张，邀我穿上礼服去跟他们跳贴面舞的人，都是公家人，跟我同姓公，共一个战壕，而损我最厉害的人正是我兄长，公家人的头，大姓小名曰"公仆"。因我与那掏粪拣棉花的手，割麦掰玉米的手，黄土高原黑土地上那结满厚茧的手无缘，因我与那清洗机床的能工巧手，焊接生命与科学的巧匠之手，描红画绿浇花灌叶之手无缘，因我与那普通老百姓，有权支配我使用我占有我的主人翁无缘。

一个人既能做他不应该做的事，也就能掩饰他该做而未做的事情。一个县长既能"爬在地上"啃一个大款（他竟跟我同名，肯定沾了我不少光）扔过来的价值千万元的"骨头"，也就能口口声声说他是为了全县人民早日实现小康，而不惜牺牲用我去换那块"骨头"。一种利益既能使人许下诺言，则更大的利益就使人违反诺言。一个县长年初在全县×级干部大会上发誓今年一定改变落后面貌向上缴利税××万元。有人说话了，倘若突破百万你就可以去某厅当厅长。于是县长不顾全县人民的叹息、哀怨和怒骂而在年终改写我出卖我硬把我凑齐100万元。这一回我这"东方之物"可明白了厅长比县长大，我比权又小。这一回也就让人相信下面这个传说不是人们编造的。

一个作家与他当副县长的同学兼好友深夜谈心，作家笑问副县长：若是有三样不可兼得的东西任你挑一样，譬如金钱、美女、县长，你打算选择谁？"傻帽，还要挑吗，当然是县长喽。"然后是理由一二三……呜呼，在权力面前，我和美女轮番飘落遗风尘，能有"更大的利益"可图的是县长的位置。我不再诉说，只剩一点正告：请那位即将走马上任县长岗位的副县长，把那理由一二三想透，尤其是第一条，因为我公款是不好惹的，因为党和人民正加紧打击像你那样卖弄我、玩弄我、捉弄我的人，因为任何一个挪用、霸占、侵吞我的人都被叫做腐败者而永远钉在历史的耻辱柱上。

乱花公款的人，悠着点。

"情愿坐牢"

前不久从报上读到一篇文章,题曰《感谢腐败?》(见1996年5月16日《羊城晚报》)。为什么"感谢腐败"?其中一系"清水衙门"的具体事例成了最佳注释:某单位十多年来无正规办公地点,前几任领导为此呼吁奔走,无济于事。新任领导就职后,带着成车贡品去朝拜各级主管部门,如此往返两年,由上级拨款建成价值百万元的办公楼终于横空出世。于是下属钦佩这位上级有魄力,给职工带来实惠;上级亦欣赏这位下属有才干,能办事。作者发问:眼见办公楼巍然屹立于光天化日之下,谁还去追究那筹建的过程以及中饱私囊的大量公款。

近日读《求是》杂志朱铁志惠赠的大著《固守家园》杂文集,其中一篇《官之辩证》首句即:"我时常有一种奇特的想法,觉得廉吏庸官都应该'感谢'贪官。""感谢贪官",为何?铁志分析道:贪官使庸官有了比上不足比下有余的平衡感,使清官有了出类拔萃的优越感。

一曰"感谢腐败",一要"感谢贪官",这是两位作者惯于逆向思维?

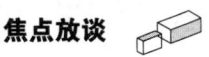

还是社会的逻辑原本如此？抑或人同此心，心同此理？

一场声势浩大的"严打"风暴正在神州大地掀起空前巨浪之时，写下"情愿坐牢"这样的题目，既不是我敢"顶风作案"，亦非我善于逆向思维，而是出于有感即发。"世间的东西，专门为了厌恶它的人而存在的不多，监狱该算一种。"（黄一龙语）吾乃良民，监狱从未殷勤请我入瓮，因此谈不出"感谢"的理由，但请看我为何说"情愿"。

一日晚，至友人家。刚坐片刻，朋友问当晚新闻联播是否看过。新闻联播虽多是会议与剪彩的联欢，每晚还是愿意花半个小时的。那晚有事没看成。友人复述"新闻"：某市委书记"边腐边升"为省人大副主任，贪污受贿50余万，"雪亮的眼睛"看着了，副主任大人不好意思，就交了出来。政府素来坦白从宽，副主任大人认罪态度较好，从轻发落，于是判了15年有期徒刑，而不是从重"发落"。复述至此，我和友人异口同声："情愿坐牢？"

"情愿坐牢！"友人妻亦同时帮腔。

我笑不出声：别，别，别当"同案犯"，到时狱外无人联络，不好减刑的。

谁不"情愿坐牢"？

你说我受贿50余万，要我赶紧交出来，否则就死了死了的，我立马能交出50余万。哪里来这么多钱？贪污受贿的！平日不用不花？不可能！花了用了，还能交出50余万？我骂你："傻帽，何止50余万？"

一年拿正常工资，30万元像我省人大副主任一级总要10多年吧，倘若我贪污受贿100万，主动认账交出50万元，我罪不该死吧，我戴罪立功呀，我用不了10年又是一条好汉哟。

你们想想，我深谙其位，既谋其"政"，更谋其"网"。不是人缘好，官源深，吏情浓，谁给送"礼"？我在位时有八方宾客，即使坐牢了还是

"醒"后吐真言

少不了四方佳朋的。进了监狱,我再从头做起,好好"做人",狱外有亲朋好友暗送秋"补",打通关节。如此里应外合,若不弄个保外就医,至少也会一年给个奖励,三年评个"积极分子",五年也就劳改释放了。你没听说过某地招聘"临时警察"的基本条件是坐牢8年以上的劳改释放人员吗?到时我再疏通关系从"临时警察"干起,革命工作不分临时固定嘛!你没看报道,某市委书记引咎辞职后,想吃啥就吃啥,愿玩什么就玩什么吗?那真是无官一身轻呀!哈哈,只要把钱贪到手,坐几年牢没什么的。哼哼,讲政治,我人都不正直还讲什么为人民服务的政治。我以为去了人大就更大人了,哪知这一回给栽了,大聪明变成了大愚蠢了。

彼我非此我也。我不情愿坐牢,不仅仅是因为我手中无权无钱,没坐牢的资产。我只是想说:对贪官的宽容,便是对百姓的嘲弄;只有对贪官严惩,才是对百姓施善。

也是一种谴责

原贵州省"第一夫人"阎健宏"慷慨"赴死,尸骨未寒,她的继任者向明序,于1996年2月29日下午,又由两名干警铐住双手上了警车,锒铛入狱。看了8月9日《南方周末》的长篇报道《"前车"不远"后车"又覆》,初始是气愤,人民多年培养的又一位有才干的正厅级干部(曾获中国社科院财政金融专业硕士学位,是贵州省正厅级干部中专业学历最高的一位),逐渐在"拉拢"与"反拉拢"、"腐蚀"与"反腐蚀"的斗争中被贪心、权欲和虚荣弄得痛苦不堪而走上了事业的"断头台";继而是谴责,谴责费尽心机拖向明序下污水之徒,更谴责向明序辜负党的信任和人民的重托,受命于"贵信"危难之际却视权力为"有人办大事求他"的法宝;心情平静后,再看一遍内容,又读读那标题,除想起要把杜牧《阿房宫赋》最后一句中"秦"字改为"黔"字,即"黔人不暇自哀而后人哀之,后人哀之而不鉴,亦使后人复哀后人也"外,就是无形中对47岁赴任贵州省国际信托投资公司党组书记、董事长、总经理的"黔人"向明序生出一些同情来。

"醒"后吐真言

请先不要说我无是非标准。

"同情"是什么意思？这个时候我费心思翻阅《辞海》（上海辞书出版社1989年版），找到"同情"，曰：对于别人的遭遇或行为在感情上发生共鸣。这个"别人"倘若是指"向明序此事一出"几周后他的头发竟变灰白的妻子，或者他的一个正要结婚的女儿，我的同情似乎更有理由些，但这个"别人"恰恰是指向明序。

人间喜剧大师巴尔扎克说："当权的人犯错误，可以得到大家原谅，下台以后就要受到谴责。"这是现实主义作家的一种高明的讽刺手法。当权的人犯错误，如果立即得到大家的批评、谴责、制止，不就可以少犯错误以至渐渐不犯错误吗？可惜得很，当权者听到的美言蜜语、谀词颂调总比批评之声多。报道中有一个他人"走险招"已把向明序拖下污泥的情节：向明序在床上得意地跟妓女吴小丽炫耀："你知道他们为什么这么巴结我，因为他们有大事求我，只有我才能解决。"

此时，我想到的是《断头台》里一句台词："权力，权力，哪怕只有两个人的地方，那儿就有支配人的权力。"既然权力如此浸透到人们的社会生活中，那么又怎能让一个集公司党政大权于一身的老总的权力失控呢？权力一旦失控，它就一味地诱惑着当权者，甚至不惜在自己孩子身上来体验权欲，谁又能不让向明序在妓女面前炫耀权力呢？

殷鉴不远呀！原海南省计划厅长姜巍受贿，于1991年11月"被抓了"，在《中国监察》上冠以醒目的标题就是"失控了的权力"。何况向明序不仅是"贵信"总经理，而且还是党组书记、董事长，独揽党政大权！毫无疑问，让向明序权力失控的不是向明序自己。这个时候仅仅又写几句向明序见钱眼开、利欲熏心，以致有钱就捞、见色就贪，甚至为所欲为、不顾党纪国

焦点放谈

法之类的"公文",既有害于改革开放的总体进程,更无益于"后人"的"哀之鉴之"。对一个拥有很大权力的人,靠道德自律是不够的,也不行的。正如贵州省委常委、纪委书记夏国华强调的,失去监督的权力必然导致腐败,向明序一人独揽"贵信"大权,对其滥用职权缺乏有力的监督。

向明序腐败的直接结果,是给国家造成经济损失近170万元,而腐败的一大原因是他独揽的大权失去了监督。

请问,是哪一位人士,哪一个部门,哪一级组织在监督向明序使用手中的权力?又是如何监督并且又是如何失去的?还是压根儿就没有过监督?一个"在反腐败斗争中被提拔"后使"贵信"公司的资产总额从2 300万元上升到5.6 810亿元,利润总额从236万元上升到3 013万元的正厅级干部,接任因滥用权力而被处死的前任不到一年,竟步其后尘走上犯罪道路,不仅仅令人震惊,更让人深思吧!除了向明序咎由自取外,有关人士,有关部门,有关组织是否也该深刻反省,承担责任呢?是否更该建立完善一套行之有效的监督权力失控的机制呢?我们在一味地谴责让人失望的向明序的同时,就不该谴责一些别的什么吗?

叹"×××没有车"

虚构情节，借用思想，对一个善于写作的人而言，是很容易做到的。但要以华美或者素朴的文字表达真实的感觉，既不去虚构，又不去借用，这是困难的,亦是沉重的。然我还是遵循一位哲人所言写作的"第一原理"：追求感觉的真实，也就是有感而发。不去虚构情节，可以阅读报刊书籍里的情节；不去借用思想，可以引用事实和数据。夜读《抱朴子·广譬》，一个"情节"留下的印象殊深：灵凤早晨从丹穴起飞，日头还没有下山就飞到了万里以外的轩丘，之所以能如此凌风蹈云，翱翔不息，是因为灵凤有一副强有力的翅膀。

陈景润或许也有一副强有力的翅膀吧。否则，他在攀摘数学大树上那颗硕果"哥德巴赫猜想"的比赛中，不会在国际上处于遥遥领先的地位。但"陈景润没有车"，早已是公开的旧闻了，从他在6平方米的小屋子里演算到成了大学教授给博士生演讲，一直没有。他后来"飞"不动了，有人列举事实说他不仅是"飞"不动，而是不能"飞"，就是因为他没有车犹如翅膀上

焦点放谈

没有羽毛——他骑自行车被汽车撞伤,尚未痊愈,又在挤公共汽车时被挤翻在地,从此卧床不起。唉,陈景润没有车!给他带来了"停飞"的痛苦和无奈,不会给其他"家"们带来吞声的议论和怨气吧?

至少干熄焦专家李肇中不会叹息"李肇中没有车",因为他于1995年11月24日时年63岁因公殉职时,家里连新中国制造的写字台也没有,尽管他被誉为"中国干熄焦技术泰斗",名字赛过"广告"和"信誉卡"。1996年7月5日《工人日报》头版头条报道,享受国家级政府津贴的教授级高级工程师李肇中,"家里仅有的大件家具是母亲留下的四十年代的老式柜台、写字台和双人床,电视机也是14英寸的国产金星牌,用了近二十年的旧布兜和安全帽一直伴他走到生命尽头"。我不知李肇中的工资和津贴作何用了,没有报道,不敢妄猜;我知道李肇中仅焦化方面引进项目的一项谈判与设计修改,就为国家节省外汇八百多万美元,人民币一千多万元。科学技术是第一生产力,真理永远光芒万丈。只是创造科学技术的人,戴的安全帽是20世纪70年代的,用的写字台是20世纪40年代的,似乎离"科学技术是第一生产力"的年代远了点。李肇中一生清贫,无论他是否"安于",这是他的光荣和骄傲,却使我感到痛心和遗憾。既然科学技术已使国家经济开始腾飞,为什么不能给创造科学技术的人多一点雪中送炭?

稍一心急,可能"急中生智",竟忆起两年前《中国青年报》的一则报道,也就觉得李肇中用20世纪40年代的写字台撰写设计方案很是"进步"了。那报道说,拥有博士生导师8人,中科院院士2人,国务院学科评议组成员1人,科学家几十名的南京紫金山天文台,1994年7月17日晚为何无法观看彗木相撞这一自然景观,乃因其主要观察星际的工具,还是1934年天文台建台时用2万元从德国购置来的60毫米反光望远镜,天文学家张家祥

"醒"后吐真言

和他的伙伴推断彗木相撞时间使用的一台386电脑，并非天文台所有，而是从外单位借来的。你说张家祥还有"资格"叹"张家祥没有车"吗？不知时隔两年后，张家祥和他的伙伴处理天文数据的电脑，是否还要从外单位借486？

著名数学家、天文学家、高级工程师都不会叹息自己没有车，普通工程师更不会叹息吧。或许逻辑上站不住脚，但现实中例子俯拾即是。一篇论文该值多少钱？武汉后湖泵站一位60岁的普通工程师告诉你，"十四寒暑，三万积蓄，效益二百万"的论文，得到的稿酬只有265元！若有兴趣知详情，我免费提供信息：1996年7月9日《长江日报》头版头条有详细报道，7月18日《报刊文摘》头版头条又全文刊登。我以小人之心度这位普通工程师之腹：不指望谁给配大车小车的，承受不起，也不会开，只要尽快改变知识价值原有的评价体系，使其得到应有的认可，让我的稿酬丰厚些，足矣。

举的几个例子都是科技专家的事情，并非其他"家"们在车的拥有上境况就好些。不用想也能知道情况。历史学家夏家骏坐出租车参加全国人代会被门卫挡于人民大会堂外，漫画家丁聪挤公共汽车害怕自己被人挤成了"相片"，学者张中行前几年还是坐公共汽车往返于家和办公室之间。"家"们不跟"星"们比阔，"星"们的车是靠"勤捞"致富的；"家"们也不跟"长"们计较，"长"们一日三"转"（早上围着轮子转，中午围着盘子转，晚上围着裙子转）要理万机。何况中国知识分子，中国的"家"们的传统美德就是任劳任怨，鞠躬尽瘁，吃苦在先，志在国家。"把向空中捎一声，良马有心日驰千"（高适《咏马鞭》）。良马有心，这是美德，但总得要"捎一声"；晨起丹穴，夕萃轩丘，这是灵凤的美德，但要他不缀不阕，总得有"六翮之劲"。试想：不给马儿草，只要马儿跑，马儿能跑吗？又能跑多远？灵凤翮无劲，

174

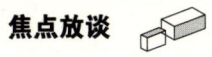

还嫌灵凤笨，这合理吗？倘若"家"们能够有大车小车，"长"们少一点肥马轻车，对科研单位多一点实际投入，对知识分子少一点政策落空，我们的经济不会更加如虎添翼么？那叹不就不成哀叹了么！

"底气"与"义气"

宋朝大哲张载，在对佛老的强烈批判中建立了其哲学体系，谓之精深扼要，用一字即可概之，曰"气"也。仅此一股"气"，却处处闪耀着横渠先生哲学智慧的光彩。如今有骨气之人，对那些刮歪风邪气之徒大喝一声的依然是："人活一口气！"这口"气"又何尝不是张载那股"气"之延续？

我之所以想起九百多年前这位哲学家的"气之本体"，乃因近日读《"反贪勇士"公丕汉的自述》（1996年11月22日《解放军报》）所致。有关检察官公丕汉如何斗智斗勇擒贪婪凶顽胡建学的新闻，报章早有披露，而公丕汉之所以敢把贪官拉下马，盖因他"底气"十足，而结成网的贪官们则"哥们义气"太浓。物极必反，"底气"成实力，太浓变太虚，"底气"大胜"义气"，贪官就完蛋了。

且看公丕汉的"底气"——"养猫就是要抓老鼠，封官许愿也休想让我上你们（胡建学之流）的'贼船'。"公丕汉如是说。说及封官许愿，我突然想起汉灵帝时的荆州刺史徐璆。董太后侄子张忠为南阳太守，仗势贪资，赃贿多多。徐氏临当赴任，太后立马派中常侍去见徐，嘱咐他关照张忠，日后也必将得到"关照"。哪知徐氏却宣称："我只知报效国家，其他不敢奉命。"太后大怒，旋召张忠回朝，擢升为司隶校尉，负责纠察京师百官及附近各郡官吏不法之事，以威胁徐璆。徐可谓一意孤行，不仅暴露张扬了张忠罪行，而且弹劾五郡太守及属县有赃污劣迹者。结果喜人，贪者诏下有司定罪，州境风化大行（《后汉书·杨李翟应霍爰徐列传》）。人类社会的进步是螺旋式上升的，有些环节不免投下历史的影子。当胡建学的"神经"阎克争的罪证被公丕汉掌握后，胡坐不住了，一边把所有情况通报给阎，一边多次派其心腹卢胶青向公丕汉封官许愿：只要赶快把案子结了，便可进市委班子。历史是多么惊人的相似！但其进步性在公丕汉形成的世界观已是全心全意为人民服务，因此他"一身光溜溜"，弄得胡建学连一点把柄也抓不到。打铁需要自身硬。"假如我有一点问题，我想我就没有'底气'来和他们斗到底了。"公丕汉没有半途而废，缘于他"底气"过硬。敢于较真地进行反腐倡廉的人，那底下只能是"气"，而不是屎。倘若"台上你说人，台下人说你"，你有什么"底气"跟腐败分子斗到底？又何谈增强反腐的力度？

再看胡建学的"义气"。——拔出萝卜带出泥。阎一看在胡这棵树下乘不了凉了，快速缴械投降，供出市委副书记孙庆祥、市委秘书长卢胶青、市公安局长李惠民的受贿问题。前面说过，"义气"太浓变太虚，也就怪不得胡的铁杆卢胶青不"争气"，原本就没"气"，仅那点邪气还能管用一辈子？于是一抓卢他就瘫在沙发上，当天晚上便供出了胡的罪行。

一看"底气"姓"公"，再看"义气"因"私"。在张载看来，"气"之哲学，只有"幽明之分"，并没"有无之别"。而在我看来，"气"之胜利，不在"气"之"有无"，而在"气"之"公私"。

悖论一说

英国哲学家罗素在《西方哲学史》中，提及一典型悖论，一个西西里人说，"所有的西西里人都撒谎"。罗素在1902年时还无法判断这个西西里人说的话是真是伪。这个西西里人是否撒谎呢？如果他不撒谎，那么他说的"所有的西西里人都撒谎"是真，他也就撒谎；如果他撒谎，那么"所有的西西里人都撒谎"这话是伪，他也就不撒谎。或许当初这个西西里人只不过强调只有他不撒谎，结果让哲学家钻了一个牛角尖。这个属于逻辑学上的悖论问题，在20世纪初的一二十年内，数理逻辑学家们用公理方法已经解决了，而对社会学意义上的一些"悖论问题"，恐怕会延绵无期，从20世纪初拖延到20世纪末也无法解决，或许变化的只是那个西西里人不在西西里，要么让人轰到英国去了，要么让人轰到中国来了。

被轰到中国来的那个西西里人，在什么时候爱说"所有的西西里人都撒谎"呢？以我的观察看，在汇报工作时。予谓不信，先举一例（**注**：此例是电视台一位朋友对我说的，始不敢信以为真，阅1997年1月6日《报

焦点放谈

刊文摘》头版，赫然印着"安徽省贫困县临泉冒出19个电视台、3个有线台、6个差转台、12个电台"，不敢不信下例的真实）：

某省广电厅一纸通知下发全省地市广电局，要求通报所属地市广电事业如何"盛况空前"。有一地区广电局长在这邀功请赏之时岂甘示弱，亲自撰写报告云：我区广电局在省广电厅的英明领导和大力支持下，全区电视台、有线台、差转台、电台，无论有雨无雨皆似春笋般蓬勃矗立起来，有的县是超额又超前发展，有的县不仅乡乡都有电视台，而且村村都有差转台。报告写得条分缕析，数据确凿，滴水不漏。

没多久，该省广电厅针对全省电视台、有线台胡乱地"盛框空间"，严重地扰乱宣传秩序，甚至传播封建迷信以及色情作品等实际状况，开始整顿、规范全省广播电视市场，于是召集全省地市广电局局长云集省会共商大计。在与厅长座谈时，那位亲自撰写报告的局长仍然不甘示弱，惊人地一鸣：上次"所有局长都撒谎"，说所属地市广电事业如何如何发展迅速，我区电视台、有线台、差转台都是严格审批后准许建成的，有的县电视事业的发展严重地滞后于其经济发展，电视台不是多了，而是少了！

我不再钻"一个局长说，'所有局长都撒谎'"这类牛角尖了，而是问：要求下属单位报告同一事情，一会儿是多，一会儿是少，这是否也属"悖论问题"？逻辑学上的悖论问题还能益发心智，锻炼思维，社会学上的悖论问题，恐怕使人只有摇头和挠头的份了。这摇头和挠头的事有一两件就够了，千万不能多得让人摇头不止，挠得心烦。据说谎言重复一千次就成了真理，靠谎言构成的真理，怎能把人们引向希望之巅？

某县向上报一年的什么产值什么成绩时，除了那一年比一年上扬的数字外，还少不了一段旁白，"今年又创历史上最高纪录"，从不害怕上头怀疑，

"醒"后吐真言

年年创历史上最高纪录，上不封顶，岂非"人有多大胆，地有多大产"？这还不算怪，奇的是一旦上头要这个"年年创历史上最高纪录"的县交应交的税供该供的粮时，这类县又神通广大地立即申请一顶贫困县的帽子，居然赢得上头"问寒问暖"地送到这个县的头上。我纳闷，那上头倘若不仅仅是吃白干饭的官僚，不单单善听人家撒谎，还能由着这样的下头一而再再而三地一会儿是富得创纪录，一会儿是穷得要贫困帽？当然，我更不懂，一会儿是"吾盾之坚，物莫能陷也"，一会儿是"吾矛之利，于物无不陷也"的下头究竟想卖矛还是卖盾？究竟对谁有好处？长此以往，这样的上头怎能让人看到向上的希望？这样的下头又如何不会愈发下作？

以上社会学范畴的悖论问题，有待社会学家们探微发幽，剔污去垢，是否也会引起衣食靠父母的所谓"父母官"们的兴趣和重视？有的谎言不攻自破，有的谎言若不用点功去攻一攻，它还真不破呢。一旦这重复百遍千遍的谎言成了真理，用来指引人们前行的方向，前途不是深渊，也不会见曙光呈现。

因是"我们的"

已过古稀之年的老作家王大海先生，总是以慧觉的目光洞察世相，将一些看似浅显的道理，集纳升华成一盏盏暗夜中的明灯，让读者也为之一亮。他今年"春日偶寄"《文汇报》的一组"关于"（1997年3月18日《笔会》副刊），就是一排警世明人之灯。其中《关于狗娘养的》，更令我沉思不已。好在不长，妙在惊心，兹全录于下：

  对待坏人坏事，如果此人和自己有某种关系，那么在判断是非时会产生一定的难度。聂绀弩曾举一例说："当年美国参议员有过一句名言：某某虽然是个'狗娘养的'，但他是'我们的'狗娘养的……"
  明乎此，便可知道在某些地方进行打假、扫黄特别是反腐倡廉之种种不易了！

美国的狗娘养的，任其养去，养不好，美国自有办法判他有期徒刑5 000年的。"我们的"狗娘养的，实在再也不能任其养下去了。这总不该

"醒"后吐真言

是我等的一厢情愿吧！

中国有句老话："打狗要看主人面。"也就是说，狗是不必一律都打的，因为要看"我们的"可能和需要。由此推之，狗娘养的亦是不必一律都打的，倘若是"我们的"狗娘养的，就可以不必真动干戈了。

譬如关于打假。"拿了回扣，忘了医德，襄城县医院卖假药无法无天"（1997年3月18日《中国青年报》），药虽人命关天，可偏偏有人制假卖假，因为有人就是法就是天。河南孟津县两个农民没费多少周折，就把一个制假贩假的风湿门诊在襄城县人民医院安家了，而靠中医行医起家的院长张焕臣明知假药的危害，却授意这假药使用起他掌管的医院的西药袋装，当然，售药款的32%由医院提留。多行不义必自毙，张焕臣仅被县人民政府免去院长之职，当地人心怎能服？因为走马上任院长之前的张焕臣是县卫生局主管药品管理的副局长，至今仍是县卫生局副局长。案已结，而副局长照当，理由不因他是"我们的"，还能是什么？如此"假打"，假能打得干净、彻底吗？

譬如关于扫黄。河北查处一嫖娼案，"两个副县长结伙嫖娼，一个副县长知情不报"（1997年2月27日《报刊文摘》）原河北香河县的王新副县长接到他的两个"哥们儿"副县长魏敬贤和岳辉在北京某宾馆嫖娼被公安干警抓获的电话后，签字领人去的前后就是不向组织报告。为什么？"打虎亲兄弟，上阵父子兵"嘛，王副县长是"我们的"人嘛。10年前，邵燕祥先生在《说"哥儿们"》一文中就曾发出警告："如果我们不能通过深化经济体制改革和着手政治体制改革，防止并杜绝各种非无产阶级的行帮观念、山头意识、裙带风、以人划线、小团体习气以及'文革'中拉帮结派遗风的残余影响，那么即使在'桃园'撤掉香案，又怎么能拦住某些人在别处'三结义'呢？！"不幸而言中。这不仅仅是杂文家的悲哀吧！香案从

"桃园"搬到宾馆,反正都能见"桃色"。

  制一物之假,与官员腐败言,微不足道也,于是打假成"假打";贩一地之黄,与官员腐化比,不足为道也,于是扫黄变"谎扫"。假之泛滥,黄之汹涌,根源何在?皆溯源于腐败难反,官风作浪也。有何证据?一言以蔽之:"反腐败形势仍然严峻大案要案呈上升趋势"(1997年3月13日《报刊文摘》头版头条转摘第10期《瞭望》周刊)而这"上升趋势",恐怕与"我们的"学者公开制造理论,为腐败辩护不无关系吧!"事实上,政治腐败各国都有,历代历朝都有。有限度的腐败只是一趾之疾或数趾之疾,只要不伴随全身性的疾病,即不伴随政治路线、经济方面的重大失误,就不致于亡党亡国。""如果下决心连根拔除,恐怕打击株连面太广。"中华复兴就靠此种良策?有此理论,钱入私囊、败坏官风的刁吏岂不更加为虎作伥?中央虽三令五申严禁卖官买官,又怎能抵挡"沉渣借势随潮起",卖官鬻爵又行时?倘若这理论不是"我们的"理论,请问,出书困难的今天,装有腐败不必连根拔除理论的书籍又为何行销大街小巷的书摊书亭和大小新华书店呢?

  我主张,只要是狗娘养的,无论是"我们的",还是别人的,一律断粮。姑息只能养奸。

舆论监督一说

舆论监督与监督舆论，孰轻孰重，哪一个得民心哪一个失民意，不言而喻。谁有疑惑，欲言而喻，请读何满子先生的《舆论监督与监督舆论》。满子先生认为，舆论是必须导向的，有关国家大计国际关系社会风尚文化倾向等等，下面看得不全面不透彻，要盱衡全局的上面来掌舵，这不成问题，无可非议。熟谙历史的满子先生也是从全局来看待事物的，所以他有关舆论的"认为"颇周正。但"打招呼"的常常不是这类有关宏旨的事，而是一些正需要舆论监督却往往被监督舆论的上面煞住了。"而且层层的在上者都要在自己的权限范围内监督舆论；使舆论监督成了一句空话，至少舆论监督的范围极窄，只能施之于社会新闻，监督监督张老汉、李大娘等市民小人物了。"（《四川文学》1995年第10期）

满子先生的这篇文章写于1995年，估摸在此以前舆论监督可以施之于社会新闻，因此有此成论。时间之矢搭载着舆论在1997年拐了一个弯，社会新闻也不那么雅驯地听凭着舆论监督了，张老汉、李大娘等市民小人物也不是那么好惹了。惹急了，张老汉、李大娘可让你那舆论吃不了兜着走。空口无凭，在下给您举一个具体的例子：《福州晚报》有位记者名叫顾伟，面对害人不浅、却屡禁不绝的"赌博机"（又叫"老虎机"），"下定决心，置压力于不顾，接二连三发稿，笔诛'赌博机'。"这些"诛笔"有《"老虎机"害人不浅》、《赌机必须禁绝》、《市有关部门与新闻单位穷追猛打，我市赌机开始撤离》等，已是十足的社会新闻（1997年12月4日《光明日报》）。搞"赌博机"的人有那么多，总不可能人人有后台，大部分恐怕是些张老汉、李大娘外加他们的王大哥和赵小姐。这些"市民小人物"面对着要断了他们财路的强大的舆论攻势，开始坐不住了。于是在月黑之夜举起一支装满了罪恶的砂枪，对着《福州晚报》宿舍院内顾伟的家，对着监督他们一举一动的舆论，对着一位新闻从业人员的良知和正义，疯狂地扣动了扳机。好在苍天有眼，顾伟在枪击案件发生时正好不在家。

顶天立地的顾伟并不恐惧，他表示"他将用手中之笔去回击歹徒的子弹"。但是，从《福州晚报》宿舍院内传出的两声巨响重重地震动了我手中之笔：从此后，舆论监督的范围是不是更窄了呢？贪污受贿的局长、腐败变质的县长是不敢随便用笔去戳了，违法乱纪的张老汉、李大娘也不随便让你用笔去"捣鼓"他了，不是人人都受舆论监督却是人人都可监督舆论了，甚至有人还要枪毙舆论了。在有些国家，人们把舆论称之为"世界的女王"，并且认为它是最巨大的道德力量，只要它明确表态，人间的其他一切力量都得让步。我国有自己的国情，我们虽不必把舆论娇惯成"女王"，但总得有办法或者干脆不用"办"而是有法，保障舆论监督畅通无阻吧。舆论虽有缺陷，但舆论的一切缺陷，恰恰可以由舆论自身来纠正。任何"置压力于不顾"的舆论，都可把事情的真相大白于天下；只有受人操纵的舆

"醒"后吐真言

论，才会制造谎言，才会取消可纠正的偏差而代之以不可纠正的专断。因此，我认为舆论既要监督无关宏旨的小事，更要监督关乎国计民生的大事。这也是我受到的震撼之一。

还有之二：舆论并不是随着时间的前进而使监督的范围愈来愈宽，反之从受监督"前进"到了受枪毙，简直让舆论没法活了。"建立社会主义市场经济体制的进程中，舆论监督比以往任何时候都重要。一些不法之徒对舆论监督的仇视，恰恰证明了这一点。"（1997年12月4日《光明日报》编者按）言之极是。但我还认为，一些不法之徒枪毙舆论时倘若仅仅只有张老汉和李大娘使用的那种有声的砂枪，反倒只会使倾听舆论呼声的人注目愤怒，群起而攻之，就如这次恐吓顾伟的歹徒已遭全国人民口诛笔伐并在公安机关的追捕侦破之中，仅为个案；真正使舆论监督不能大行其道的恐怕是使用一种高级的或高妙的无声手枪，扣动扳机时一般人没法知道。不过让人欣慰的是，不是谁都有权扣动扳机，也不是谁都愿意去扣那一下的。

青山如何不流泪

1999年5月7日,我头顶上的那片天空是否湛蓝,阳光是否灿烂,现在还真是想不起来,反正那天心情不错。在轻松舒畅之中,我难得有心地读完当天《人民日报》头版转第二版的"中国加入世贸组织大势述评"《青山遮不住 毕竟东流去》。随着近5 000字的述评看到结尾,心之湖渐渐荡漾起兴奋的涟漪:中国终于在20世纪的最后一年迎来了"黎明的曙光",13年唇枪舌剑的谈判又一次使西方人知道"13"对西方不利却对东方没事。但就在这篇让人充满希望和信心的述评读完不过十几个小时,以美国为首的北约悍然袭击我驻南斯拉夫联盟大使馆并造成人员伤亡的血腥暴行,一下子又让我的兴奋变成了怒吼:美国佬,你的算盘打错了!

尽管自己一时还处于激愤之中,但仍清楚地记得那篇述评中引述的一个比喻,那个比喻是国务院副总理李岚清会见欧盟领导人谈到"入世"时所做的:中国的传统是请客之前,先把房间打扫干净。有些朋友提出自带吸尘器,我们认为,如果客人带清洁纸还可以,但大功率的吸尘器我们吃

"醒"后吐真言

不消,尤其是索罗斯那样的吸尘器最叫人头疼。等我们日后有办法对付大功率吸尘器时,可以对索罗斯开放,但不是今天。今天,我们拒绝了"索罗斯的吸尘器","索罗斯"的弟兄们却气喘吁吁、气急败坏、气焰嚣张地对准代表我们的地方投下制导导弹,这种无法无天的霸权行径的确"更叫人头疼"!

要让今后头不疼,只有一剂药,名称是"强我中华"。一个"强"字,多少华夏儿女心甘情愿地奉献出自己的心血和汗水!若光有心血和汗水还不行,那就用心血与汗水糅合着理性、智慧、成熟、激情,锻打成一块块坚硬的砖石,筑起一个强大的中国!说到理性、智慧、成熟、激情,东京《时报》5月17日有一篇《美国的失算与中国的机遇》述评!在中国发生大规模示威的过程中,人们惊奇地发现中国青年成熟了,示威的学生在接受媒体采访时,一方面表达愤怒,另一方面又强调要顾全大局(1999年5月20日《参考消息》第8版)。观看5月9日后各个媒体上的报道,尽管偶尔有几条大学生的横幅上写着"抵制美货"的字样,但在中国各地游行队伍中从未听到有人提出将中美"入世"谈判也要打入冷宫的口号。这的确是理智和成熟的表现。市场经济不是美国的专利。强我中华,建设市场经济是题中之义。中国要走市场经济之路,并非因为是美国等西方国家也搞市场经济,而是因为我们已经认识到市场经济对于发展中国、建设中国乃是最有效率的经济制度。

在六亿神州尽舜尧的年代里,我们曾普遍地认同这样一种逻辑:凡敌人反对的,我们坚决拥护;凡敌人坚持的,我们坚决反对。随着这种"逻辑学说"的"深入发展",于是宁要社会主义的草,不要资本主义的苗——敌人要吃饭,我们要吃屎——这类混账逻辑也行销于市。"吃饭,还是吃屎?"

邵燕祥先生针对今天的汉姆莱特所面对的这一问题作了精辟论述:"吃饭与吃屎之辩,古今中外,莫不如此。吃屎的也还能说出一套吃屎的道理来。然而,占人口大多数的普通公民,在一般情况下则是只知吃饭,不会吃屎的,让我们在有保障的民主选举中投票,压倒多数是会投吃饭票,而不会投吃屎票的。此所以我们要相信人民民主,相信大多数也。"

中国人要吃饭,中国人的理智和成熟要求中国走市场经济之路!倘若让普通公民在有保障的民主选举中投票,"压倒多数是投这吃饭票,而不会投吃屎票的"。美国佬打着人权的幌子,去图它的霸权之实,吹着人道的喇叭,去推销它的霸道之货,理所当然要揭穿、反对、制止,倒不是因为"凡敌人坚持的",而是真理和正义在召唤。霸权和霸道是人类社会不可容忍的。美国愈来愈显示的权力傲慢,反映了冷战后单一强国的国际格局,因权力没有制衡,有把世界推向非常危险的深渊的可能。一个军事强国,可以肆无忌惮地横行霸道,而这恰恰是违反民主和人权的原则。然而,有一点我仍清醒地告诉自己:坚决地把脏水倒掉,但不可以倒掉婴儿;毫不含糊地剔除硌牙的沙子,但决不能倒掉整碗的大米饭;正义凛然地制止霸道和霸权,但决不可以借机反对人权和人道。因为人权和人道就像市场经济一样,是人类共同的追求和法则,它们属于任何社会中的每一个人。

或许有人谓我这是愚人的杞忧。面对有人讽喻人权是一个极其美妙又极其抽象的概念的时候,面对有人误解人道是"高尚住宅区"里的"高尚地球公民"唱出来的赞美诗的时候,面对有人试图又将人权和人道划归为资产阶级生活方式的时候,谁敢说这一点愚人的清醒仅仅是杞忧?倘若在"挨炸"之前,只见从打开的窗户里进来的全是清风和阳光,那是只见茂盛的森林而不见林里还有朽木;倘若在"挨炸"之后,突然来一个180度的

"醒"后吐真言

大转变，误以为窗户一打开必然飞进满眼的苍蝇和臭虫，那是"一朝被蛇咬十年怕井绳"的怕事心态。有这两样"倘若"存在，就难以发展"中国机遇论"，就不能保证青山不会再流泪。中国大使馆遭袭击，青山流泪，江河呜咽，我愈加痛感唯有增强综合国力才能真正维护自己民族的尊严；而增强中国的实力，除了加快开放的步伐，加快市场经济建设的步伐，加快经济体制和政治体制改革的步伐，还有什么更好的选择吗？只有中国的实力真正增强了，才说得上在变幻莫测的国际风云中"任凭风浪起，稳坐钓鱼船"。

春宵与晚会

能用28字形象地概括良辰、美景、赏心、乐事"四美具",恐怕再也没有比得上苏东坡的诗了:"春宵一刻值千金(良辰),花有清香月有阴(美景)。歌管楼台声细细(赏心),秋千院落夜沉沉(乐事)。"这首诗倘若借来描写农历一九九九年的除夕夜,倒真是十分妥帖,因为这一天是公元2000年2月4日,节候上已是立春之日。除夕逢立春,据说要三千年才一遇。三千年才一遇的春宵里,收看着中央电视台联欢晚会,那"一刻"又何止"千金";不过,假若不是感情用事,还得要看那"一刻"是对谁而言。对中央电视台"黄金"时段的广告,登台比唱歌重要、露脸比表演重要的歌唱演员,对靠精神长力气、轰轰烈烈的场面撑脸面、喜洋洋的气氛鼓勇气的"乐"观主义者,那一刻的确美不胜收。但对没有"秋千"的院落,那"歌管楼台"里却升不起农家的炊烟。所以,春节过后不几天,中央电视台新闻联播就要立马播报各地春耕时的忙碌景象。只有从这忙碌的景象里才有可能飘出"清香"啊。

"醒"后吐真言

说起"春节联欢晚会"这六个字，许多直接参与者定会回忆起"昔夜"在晚会即将落幕时依依不舍地唱起"难忘今宵"的情景。或许是因我从未身临其境，一年一次的春节联欢晚会对我而言，只不过在我生命之树上刻下一道又一道年轮，提醒我明白"年光似鸟翩翩过，世事如棋局局新"。

世事如棋局局新，而春节联欢晚会从1983年和1984年那两届确立了其法则后，正如有人认为的那样，"恰似一部没有结局的长篇电视剧，每年依循着固定的格式（室内情景剧）和语言风格（追求宏大叙事），讲述着中国人守岁的故事"，就连节目主持人都熏陶不出一副新面孔，我也就不再等待晚会还有什么新招新内容了。从2000年第4期《中国电视报》上看到，今年晚会分成了五大块，那也只不过是原来一斤酒一瓶装变成了用五个小瓶去装了，所装之酒但愿不是"假酒"就心满意足了。

年年春节联欢晚会都看了，到现在还没有说上一句好话，就像老爷子年年到儿子家吃年夜饭，临走前还要说一句"那肉太肥了，不如排骨嚼得有味"。把观众当不当上帝，那却不是十分要紧的事。即使当，我看观众也只能图个虚名。但办晚会的人要有让人从鸡蛋里挑骨头的襟怀，不妨这样一想：挑的人愈多，说明看的人愈多；看的人愈多，岂不正合吾意。今年第一期《名人》杂志就刊登了一篇魏明伦对春节晚会挑刺的文章，对牛群的相声创作更是前讽后刺。但我读后总觉批牛群是其二，批晚会则是其一，似乎还有其三。特摘抄两段以正视听：

> 春节晚会年年难办年年办，近几年来总有牛群老弟一段相声节目，在歌舞升平之间登场搞笑，在一刻千金之夜老生常谈。……（引者省略，此处专损牛群编造套话、废话、刻薄笑话、矫情大话）

焦点放谈

牛群老弟出山代表作《领导，冒号》、《小偷公司》、《假话世家》亦有几分锐气，因此受到大众欢迎。可惜，鸡公拉屎头节硬，为什么后劲不足，讽刺无力？别装瞎了，转型时期，世态奇特，可讽可刺之事与可歌可泣之事美丑交集，同样层出不穷。单说反腐败，讽贪官的素材，俯拾皆是，够你选用。再听民谣民谚民间笑话，遍地零珠散玉，够你提炼。说到这里，我替你们脸红。无刺的相声，愧对辛辣的民谣。

魏先生的文章若是"相声"二字换成"小品"，牛群改成小品演员的姓名，其嘲讽依然真确。春节晚会已是相声、小品和歌舞三分天下，如果说可歌可泣之美靠歌之舞之去表现，那么可讽可刺之丑就只有靠相声、小品来揭露了。因为相声、小品有其天然的讽刺功能。是否因我们的社会可歌可泣之美比可讽可刺之丑要多得多，所以中央电视台在除夕之夜除了一台联欢晚会外，还又专门办一台歌舞晚会，以歌美颂德？说实话，假如筹办这些晚会不用花一分钱，就是把晚会办成"日会"，夜夜笙歌唱到笙歌达旦唱成日日笙歌，我也举双手赞成，即使它有我十分不满意的形式和内容，我也喜欢观赏那镁（美？）光灯下的俊男靓女——尽管也许有演员说"我很丑"，但"我不但很温柔，而且有特色"。既然一台晚会要花销上百万甚至上千万，而展现歌舞升平的欢乐景象只能是生活而不能是舞台，我看晚会还是少点为好，因为要花钱的地方多着呢。

不是皇帝的皇帝意识

辛亥革命推翻帝制已整整 90 年了，袁世凯称帝的丑剧和张勋复辟的风波也过去八十多年，如今黄袍显然加不了身。欲做皇帝的美梦也只能是一枕黄粱，但从《雍正王朝》和《还珠格格》左一个奖右一个奖来看，有些人头脑中的皇帝意识潜得还真不浅。许纪霖先生对此很后怕。他说："皇帝并不可怕，在当今地球上，保留皇帝的国家有的是，但人家是虚君共和，在体制安排上早就断了皇帝制度的种。怕就怕在没有了皇帝，却还存在隐性的皇帝制度残余。"这"隐性的皇帝制度残余"不就是"皇帝意识"么？

皇帝，即使是"好皇帝"，如果你不是以一个封建社会的臣民而是以一个社会主义初级阶段的公民的眼光去看待他，你会觉得他不是一个好东西！20 年前，当有人指出："既然唐太宗能使国家富强，百姓安生，我们'巴望'有一个现代的'唐太宗'有什么不可呢？"邵燕祥先生在大是大非面前挺身而出，只有"公论"："论不宜巴望皇帝，即使是'好皇帝'。"理由是姑且不说你巴望的是唐太宗，而来的也许是宋徽宗，就算我们以"乐游原上

焦点放谈

望昭陵"的拳拳忠心,迎来了百分之百的"唐太宗";那随之而来的,当然就是百分之百的封建主义。我认识到皇帝即使是"好皇帝"也不好,除了从先贤们鞭辟入里的高论中明白外,就是从不同的史籍中翻阅出皇帝的可恶的面目:一个个和尚打伞,无法无天——寡人嘛,当然呀,老子天下第一!请想想,读史书,无论正史野史,读着读着,一个个寡人一会要"弭谤",一会要"禁偶语",一会要"触逆鳞",一句话,只许朕"乱说乱动",不准你进谏一词,你恶不恶心他?再看看,阅报刊,不管日报晚报,读着读着,一个个名人一会咒骂你是"消灭不绝的一群苍蝇"(指中央电视台主持人赵忠祥),一会要打掉你嘴里的牙还让你找不到主(指电影导演冯小刚),一会用英语来"×"人(指演员王姬)。一句话,他是"文化界的名人",可以使"文字不是东西",并且"没完没了",就不准你们"把精力放在对我们的批驳上",你说他们是不是有点像皇帝一样牛×?!

他们不是皇帝,但都有那么一点皇帝意识。就说赵忠祥吧,做节目主持人,在那个行业里是"金话筒",有"老子天下第一"的美感,也可因名符其实沾沾自喜。你串行出书,没人说你不该。但你要听书界的"高调",也是"正调":"文字乃人之衣冠"(刘绍铭语)。可你偏偏"喜欢衣冠不整",西装革履,就是爱佩戴一顶"三块瓦"棉帽,有人善意地告诉你别戴棉帽好吗?你就嘲讽人家的屁股坐错了地方,并且想"禁偶语"。这恐怕只有秦始皇做得出也做得到,老赵同志看错了时代。

王姬就不说了。粉黛之辈,爱面子,爷们愿意给人家面子。还说说冯小刚。演员演得好,有"影帝"一说,据说葛优就是"影帝"。葛优再怎么演,也是冯导导得好,冯导该评为"影祖"吧?但2000年1月5日《北京日报》"独家采访"称之为"贺岁王"。"贺岁王真情披露"之一——"我公

195

"醒"后吐真言

开向袁始人表示歉意"。袁始人是《科学时报》一位惹得"贺岁王""压不住火儿",差点被打掉牙的责任编辑。新世纪就是新,她能给一名老导演带来新观念:正常的文艺批评是应该的,于是"我不想让观众觉得他们喜欢的导演是粗野的。"仅从这一点看,老赵同志还要向小刚同志学习看齐。但小刚同志说"观众对《没完没了》的热情拥戴,令我感动"却令我感觉"拥戴"一词多了几许皇帝意识。可以理解的是,"名人的话并不都是名言,许多名言,倒出自田夫野老之口"(鲁迅语),因此,曾经"愤怒"的赵忠祥若真是见贤思齐,诚心向被他称之为"消灭不绝的一群苍蝇"的批评者道歉,就应该这么说:"读者对《岁月情缘》如此喜爱,令我感动,我不想让读者觉得他们喜欢的作者是粗野的。所以我愿在这里,为我曾说得很难听的话,向被我侮辱的批评者们表示公开的歉意。"这么说,没有居高临下,体现平易近人,显出道歉者的诚意,又不损老赵同志一根毫毛,这比先要读者买高级皮鞋,然后才签名售书要光彩。诚然,要这么做,老赵同志首先要知道政治家不是皇帝,但一旦有了皇帝意识,就只能是一个自欺欺人的政客;名人更不是皇帝,但一旦有了皇帝意识,就可能成为一个损人不利己的无赖。

只要你讨厌专制,你就反对巴望"好皇帝",同样唾弃皇帝意识,因为皇帝和有皇帝意识的人都喜欢专制。

强扭的瓜不甜

婚姻和家庭,是人们建立幸福生活的重要"温床"——温馨的摇篮。白头偕老是一种幸福的婚姻。年轻夫妻老来伴,一对老夫老妻常常在床上躺着,聊着过去的事情,一直到天明,的确羡煞人也。假若一条道走不到亮,那就要转弯,世间的事就喜欢"但是"。如果无法白头偕老,甚至"中途"就开了岔,怎么办?是非要凑合,等着悲愁到白头,还是让不幸的婚姻尽快离异,为寻求新的幸福创造必要的条件?

没得说,强扭的瓜不甜。离婚,应当和结婚一样,都是当事者个人的事,不仅不应当把自主自愿的离婚看成是不道德的行为,而且更不应该加大离婚的难度,设置离婚的障碍。要想真正保障婚姻自由,就要像保障结婚自由一样也要保障离婚自由,因为"如果说只有以爱情力量为基础的婚姻才是合乎道德的,那么也只有继续保持爱情的婚姻才合乎道德。……如果感情确实已经消失或者已经被新的热烈的爱情所排挤,那就会使离婚无论对于双方或对于社会都成为幸事。"恩格斯的这段话,我认为说得好极了,放

"醒"后吐真言

之四海亦对极了,完全可以指导各国《婚姻法》的制定和修订,尤其是关于离婚条件的认定。但有人不这么认为,他认为新的《婚姻法》将"感情确已破裂"修改为"婚姻关系破裂",——这才是离婚的条件。我对这种"认为"不以为然,——非要逼得两口子成冤家对头了,才想到发给人家"签证":喂,你俩可以各过各的了!真是损人不利已。

想到说离婚这个话题,缘于近期南北媒体纷纷报道即将出台的新《婚姻法》中一些焦点问题的不一致。广州的《羊城晚报》在 8 月 3 日国内新闻版头条位置用大黑体字作标题一目了然地告诉读者:"分居一年半 法院判拜拜。"这条消息说:现行《婚姻法》对夫妻分居时间的限定过长,不利于保护当事人的权益,新《婚姻法》将把夫妻的分居时间限定在 18 个月,也就是说,当你与不再相爱的人分居一年半之后,如果你提出分手,法院没理由不准。并且有专家建议,如果夫妻某一方提出离婚请求,法院将不再像过去那样进行调解。新《婚姻法》果真如此,必成良法也,因为它既尊重公民的合法权益,又不忤当事人的意愿。但来自 8 月 8 日《北京青年报》的报道与此大相径庭,而且报道的内容不是空穴来风,而是有根有据——杨大文(何许人也?乃中国人民大学法学院教授,参加了 1980 年《婚姻法》的修订,被委托为新《婚姻法》"试拟稿起草小组"召集人)认为,将"感情已经破裂"修改为"婚姻关系破裂",还建议新《婚姻法》规定有同居生活条件而分居达三年以上,经调解无效准予离婚。"目前来自社会学家的观点认为这样规定使'离婚变难了'",由分居 2 年增加到 3 年,这显然是难度大了。然而,杨大文教授非要说社会学家的观点"是对老百姓的一种误导"。又是然而,我这老百姓要说:杨教授要么是不识数,要么是强词夺理,要么是他的话大而无文不对题。

焦点放谈

　　哲学家罗素在《婚姻与道德》一书中专门列出一节来论述"离婚"。他说："最容易允许人离婚的法律不见得就产生最多数目的离婚案子。"道德学家们总是担心离婚率高就意味着我们的社会道德水平在下降，所以他就希望新《婚姻法》能扼制近几年居高不下的离婚率，貌似公允地两全其美起来："既要保证离婚自由，又要防止轻率离婚"。法学家在制定法律时，与道德学家不说划清界限也应有所区别，不妨时不时地听听社会学家的意见。社会学家费孝通曾在回答《民主与法制》记者提出的"离婚率高是否就意味着我们的社会道德水平下降"时说："如果单纯用离婚率高低来衡量社会道德水平，是极不科学的。试问：在封建社会中，离婚率很低，难道是说明道德水平很高吗？"(《中国当代性文化（精华本）》) 倘若婚姻既"先天不足"，又"后天失调"，不得已而为之的事就只有离婚了。社会学家李银河博士经过一系列实证后得出结论：越来越多的人有离婚经历；越来越多的人看到别人离婚；越来越多的人能够理解和同情离婚；越来越多的人以离婚来解除过去难以解除的失败的婚姻；越来越多的当事人和旁观者把离婚当做好事看待。"这是传统社会走向现代化过程中不可避免的现象"(《中国女性的感情与性》)。离婚过程中有许多痛苦和伤害，但法律要做的应是使感情确已破裂的婚姻迅速解体，而不是让离婚又成了当事人的另一种痛苦和伤害。

眼泪为谁流

人来到这个世界后，没有哪一个敢拍着胸脯信誓旦旦：我这个人从不流泪。只是每个人流泪的形状、对象、心情、程度不一样而已。有热泪盈眶，有潸然泪下；有独自伤悲时泪只好往肚里吞，有长久期盼终结果时喜极而泣；有幸福的泪水像清澈的山泉哗哗地流过不停，有受委屈的泪珠只敢躲在眼眶里泪光儿闪闪……沙叶新先生说他的泪"大多是感动的泪，是因为心灵的高洁、情感的美好、人性的善良、世间的温暖而流的，是那种有温度的'热'泪"。正因为他"相信眼泪"，所以，他不为自己如今的多泪善感而羞愧，反而喟叹如今能令人流泪的真情与美好太少，能为真情与美好一掬同情之泪的人也太少。读沙叶新的著作，完全可以读出文如其人的诠注，——沙先生是性情中人。

性情中人就是当哭则哭，有泪就流。有人说写杂文是由性格决定的，我以为言之极是。杂文作家在看到不平时敢于怒目金刚，听到又一个腐败分子"栽"了时拍手相庆，遇到真情与美好时立马捧一把同情的泪花。我

焦点放谈

的朋友焦博士在读朱学勤先生《书斋里的革命》时就"眼热鼻酸泪流",只因《书斋里的革命》是一本难得的充满了理性与激情、智慧与亲情的好书。男儿有泪也愿流,只是要到动情时。焦博士看到书中的动情处是"噫,这不是学勤吗!"这句话。其出处是这样的——朱学勤回到当年下乡的故地河南兰考县,当他内心悄悄地生出许多"说不出的热望,说不出的悲凉"时,远远地看到一个人的背影像当年的"假妞",就轻轻地走上去试着拍他的肩膀——"猛回头,一张像老树根一样的老脸,几乎贴着我的眼镜喊出一声'噫,这不是学勤吗!'将近30年过去了,他就跟昨天才分手一样,刹那间就喊出了我的名字。"读到这里,焦博士说他的眼泪不由自主地流下来。我想,这不仅因为他的家乡与兰考相邻,而是因为他的精神就像他说朱学勤一样"今生今世与那块土地再也分不开"。虽然他早已离开了那块土地,竖着裤管进城了,但因他的血管里涌动着的依旧是那块土地的土汁,所以,他的心一往情深地为包括那块土地上的农民在内的中国农民呼唤,呼唤他们应得而又不易得到的权利和尊严。

　　世上没有无缘无故的爱,也没有无缘无故的恨;人间没有平白无故的笑,也没有平白无故的泪。泪有喜极而泫然,也有怒极而涟涟。2000年7月31日,当我坐在电视机前收看中央电视台《新闻联播》中,我的心为什么突然一沉,眼里为什么悄然涌出一股清泪?当时我收看到的内容是成克杰收受巨额贿赂被一审判处死刑。这是大快人心的事啊,赶紧拍手称快吧,可不要犯原则性的错误!是啊,在听到"内容提要"时,我心理想到的也是额手称庆。曾经,我一听到哪里一个贪污腐败分子给抓起来了,就喊好啊,好得很;就前不久,原江西省副省长胡长清被判处死刑,成为新中国成立以来被处死刑的级别最高的领导干部,我也是喊杀得好啊。现在要杀成克

201

"醒"后吐真言

杰了，那我为何清泪满眶？

有一种观点我早就申述过。原贵州省"第一夫人"阎健宏"慷慨"赴死，尸骨未寒，她的继任者向明序于1996年2月29日下午又锒铛入狱。看了当年8月9日《南方周末》的长篇报道《"前车"不远，"后车"又覆》后我写下了杂文《也是一种谴责》，除谴责向明序辜负党的信任和人民的重托，受命于"贵信"危难之际却视权力为"有人办大事求他"的法宝外，就是在文章最后一段6个"请问"：

是哪一位人士，哪一个部门，哪一级组织在监督向明序使用手中的权力？又是如何监督并且又是如何失去的？还是压根儿就没有过监督？……除了向明序咎由自取外，有关人士，有关部门，有关组织是否也该深刻反省，承担责任呢？是否更应该建立完善一套行之有效的监督权力失控的机制呢？我们在一味地谴责让人失望的向明序的同时，就不该谴责一些别的什么吗？

今天我要说的是成克杰无赦，理当诛。但我要问的是制止腐败，靠杀人管用吗？成克杰原是全国人大常委会副委员长，判处最高权力机关一个领导人的死刑，这可不是敲山震虎、杀鸡儆猴，而是擒贼擒王、刑上大夫了。惩腐用了重典，杀猴能儆鸡吗？谁也不敢说杀了成克杰，将后就不会有权力者以权谋私。惩腐只是制止腐败的一种手段，而要使一个掌权者不愿去腐败，不会去腐败，不敢去腐败，靠的不仅是"重典"的威吓，而应是民主之光的普照。民主与法制并举，才是制止腐败的高招。

写到这里，似乎还回答不了我的心为何沉痛的原因。我当时一边在看成克杰接受审判，一边在想"发展社会主义民主，健全社会主义法制"这一宪法原则不断实现的今天，成克杰为什么成为"边腐边升"中最大的官？"发展社会主义民主，健全社会主义法制"究竟是叫得响，还是做得实？！想着想着，我就觉得杀成克杰如果仅仅只是一则新闻就没有意思了。

变节的李登辉

冯英子在《警惕日本》这本杂文集中收录的第一篇杂文是 2000 年 4 月所写的《"台独"即汉奸》，是针对台湾当时新当选的"副头目"吕秀莲大放"台独"厥词有感而发的。2001 年 4 月，我猜想冯先生若挥毫写就同题文章，必是怒对用"奶水"喂养了"台独"势力的"两国论"炮制者李登辉。因为变节的李登辉是不折不扣的汉奸，因为不管无条件还是有条件去日本医"心病"的李登辉早就是不三不四的汉奸。

大节不亏，小节有变者还算不上变节者。变节者变的就是大节。李登辉所变的节节节都大。他的"变节路线"可说是"兵分两路"，一变为"党奸"，一变为"汉奸"。我给画一下，大致是这样的：

一、共产党——国民党——民进党。年轻的共产党员李登辉"出卖同志"，一步一步投靠曾是共产党的蒋经国，行年 50 突然脱颖而出，终于当上国民党的第一把手；晚年的国民党主席李登辉出卖整个国民党，一步一步投奔国民党围剿的民进党，成为民进党的后台老总，为把中国分成各自"享

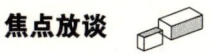

有自主权"的七块区域而喧嚣狂噪。

二、"岩里正男"——李登辉——"心病幌子"。日本殖民统治台湾地区时，1944年1月，青年李登辉从日本京都帝大入伍，在军中所用的名字是"岩里正男"，服役期间投考日本"千叶高射炮学校"；日本在1945年8月15日投降，8月19日"岩里正男"晋升陆军少尉，并在高雄退伍成为李登辉；老年李登辉退而不休，满腹心事凭谁问？回到老家治"心病"。李登辉的祖籍本是福建，血管里流动的应是汉人的血，但他偏不承认，因为他的脑子已被洗成了日本人的脑。日本人名中有这幌子那幌子，所以，我愿免费送老年李登辉一个贴切的日本名字——"心病幌子"。

李登辉的"变节路线"不是我一个人的发现。发现者有1988年3月香港《广角镜》月刊刊出的文章《李登辉是中共地下党员》的作者，应有根据这篇纪实接二连三写出多篇评论《共产党员李登辉出卖同志的官方证据》、《李登辉并无共党背景吗？》、《共产党李登辉种种》等等的台湾作家李敖，应有穷追不舍、实事求是明察暗访李登辉过去秘史并写出《泰山与李登辉》、《再谈泰山与李登辉》的李敖的好友谢聪敏，还有当年侦破"匪谍"案有恩于李登辉而在其为李登辉辩护失望后准备揭露李登辉真面目，却遭李登辉迫害的国民党老特务谷正文。

2000年9月中国友谊出版公司出版了李敖的《李登辉的真面目》。为写这篇文章，我通读了这本书。平时读李敖的高谈阔论，有拍案赞同的，也有嗤之以鼻的，但对李敖有一分证据说一分话的实证方法还是认同的。上面我所写的李登辉的"变节路线"的根据，一部分就取自于李敖的这本书。这本书除让我看到了李登辉变节的歪嘴，还让我看清了李登辉丑恶的嘴脸。这本书中，《李登辉学蒋介石》、《李登辉比蒋介石还蒋介石》值得一读。李

"醒"后吐真言

登辉学蒋介石什么呢？第一招便是搞总统兼主席的党政一元、党政不分；第二招便是搞起立法一致同意来强奸党意；第三招便是搞家长式领导来误尽苍生。一切专制者都想方设法玩这"三招鲜"，蒋介石不是始作俑者，李登辉也绝不是断其后者。这更要深恶痛绝之，就像对变节者深恶痛绝之一样。

警惕"皇国史观"

2000年12月,河南人民出版社出版发行了一套由牧惠先生主编的"野蒺藜"丛书。在其《总序》中,牧惠先生专门提到对日本军国主义有深仇大恨的冯英子先生,并且说及自己在打算编这套丛书时就"指定"冯先生围绕"警惕日本"这个主题编出一本杂文集来。理由是,"因为日本军国主义对咱们中国每一个家庭都有过程度不同的直接或间接的伤害,因为他们总是赖账,总是拒绝忏悔。还因为——真是不好意思,我们当中有些人出于各种不同原因产生了一种以德报怨的健忘症,一种装聋作哑病和软骨症。"天真的牧惠先生希望冯先生的文章,包括那封致日本首相的公开信,能对"健忘症"、"装聋作哑病"和"软骨症"有些疗效。

冯先生写的是一本怎样的书呢?书名干脆有力——《警惕日本》。至2001年4月1日,我阅读了书中冯先生自1985年7月到2000年4月所写的共94篇痛击日本军国主义的战斗檄文。只要看看一些文章的题目,内容就能"一目了然"——《日本的模拟演习》、《日本的二石》、《日本在"无

"醒"后吐真言

条件投降"的背后》、《重申：防止日本军国主义的复活》、《不许日本政府偷天换日》、《警惕日本军国主义》、《打倒日本军国主义》等等，这是正告那些不仅仅是妄想的日本军国主义分子，而且同时也规劝我们一些麻木不仁的同胞，日本军国主义者可不是闹着玩的——《历史的判决》、《把历史说清楚》、《历史认识的异同》、《不要愧对历史》、《以史为鉴》、《记住历史不是空话》、《不许日本篡改历史》等等，这是告诉当年的日本鬼子和今天的日本右翼，"中国人没有健忘"，历史是用血泪和着事实书写的——《写于七月七日》、《今天是"八一三"》、《"九一八"的沉思》、《五月九日是什么日子？》（这是中国的"国耻日"，因为这一天正是日本帝国主义在1915年强迫袁世凯接受"二十一条"之日。1979年出版的《辞海》收有"五九国耻"这一条。就在1998年的这一天，日本推出了一个为东条英机翻案的电影《自尊——命运的瞬间》，而东条英机是第二次世界大战结束时的甲级战犯，后经远东国际军事法庭判处绞刑）等等，这一个个具体、耻辱、悲怆的日子，是每一个中华儿女都应时刻不忘的日子；只有永远记住这些日子，才谈得上"以史为鉴，面向未来"。

"日本军国主义正在卷土重来。"这是1997年1月，冯先生写的《警惕日本军国主义》这篇文章的第一句话。狼又一次来了！感谢冯先生，《警惕日本》这本同样"疗救"着像我这样时时眼盯（或许用"钉"字更准确）日本狼的年轻报人。只是来得太快了。4月1日，我刚刚掩卷《警惕日本》这本书，还未来得及沉思，4月3日，在经过日本文部科学省的审定之后，说是日本右翼学者炮制的否认和美化侵略历史的反动教科书正式出台了。"研究历史"的英国历史学家汤因比在《历史研究》一书的开头就写道："历史学家在社会里生活和工作，他们的职责一般只说明这些社会的思想，而

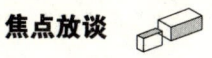

不是纠正这些思想。"日本的右翼文人可不愿这样,他们脑子里"历史只是一种情趣读物"(2001年4月6日《中国青年报》国际版报道),很自然地,只要他们不高兴,只要他们一有"情趣",只要他们大东亚梦不死,历史就成了婊子,他们想怎么着就怎么着。这些所谓的右翼学者,不仅要歪曲篡改历史事实,而且还想继续他们"先辈的事业",不断向其后人灌输宣扬早该扔进历史垃圾堆里的"皇国史观"。充满了血腥气味和扩张意识的"皇国史观",无论我将是这些右翼学者及其后人的"友好邻邦",还是他们不共戴天的生死大敌,我都一如既往、一往恨深地唾弃它。像我这样恶心"皇国史观"的中国公民,绝不会像有人说的否认和美化侵略历史的日本右翼势力只有"一小撮"。"皇国史观"在日本的流布,当然也不会因"一大撮"中国公民的恶心、反对、抗议就停止流布,因为如今的"皇国史观"不只是一种好看又中看的"观"了,而是被做成了中看又中用的产品——歪曲史实的教科书了;因为歪曲史实的教科书是由文部科学省——日本政府审定而出台的,所以说津津乐道于"皇国史观"和"侵略有功论"不只是那么"一小撮"右翼学者,先前还能羞羞答答的政府现在可是急不可耐地走上前台了。

  明明"观者"如潮,为什么我们总是有人跟着日本政府鹦鹉学舌,附和日方的表示,说其右翼学者的历史观在日本国内是"极少数"?否认和美化侵略历史的右翼势力只存在"一小撮"?2000年《中国青年报》发表陈铁源的国际随笔《和盘托出日本右翼》一文,认为日本右翼势力已经全方位地扩大到了政治、经济、历史、文化等各个领域,并且引用了一句"话粗理不粗"的大实话:"那种认为日本右翼仍是一小撮的说法完全是自欺欺人的鬼话。"作者最后分析预测道:"由于日本国民的保守化倾向与日本

"醒"后吐真言

右翼的猖狂活动有着极其密切的联系，因此，如果日本政府再进一步对右翼放纵下去，那么，整个日本的右倾也就为期不远了。"1999年2月，冯英子在《东史郎的败诉和田中正明的得奖》一文也写到："我们过去说过，日本军国主义是一小撮，不对了，他们人多得很，如自民党的靖国三团体，就有'报答英灵议员协会'、'遗族议员协会'、'大家参拜靖国神社国会议员协会'等，而中曾根、桥本参拜靖国神社，就是以首相身份，为军国主义开了绿灯。"说起参拜靖国神社，每年到8月15日这一天，如果仅仅只有一个首相不去，其他政府阁僚、议员、民众却一脸悲情前往，这不去的首相就只有象征意义，说明日本政府还没有彻底撕破脸皮，注意了周边各国人民的情绪，而这象征意义对和平而言是毫无意义的。因为问题的关键在于日本从政府到民间追求和平的力量和诚意，而不在于一次表态和一个姿态。

前不久，新加坡《联合早报》和世界第一家中英文双语种网站"木子"分别对中日关系做过网上调查，结果令人吃惊——"日本有诚意反省二战侵略历史吗？"回答"有"的只有1.4%，回答"没有"的则高达97.6%，另有1%的人"不知道"。这从侧面反映出对日本的警惕性居高不下，就是因为日本战后56年里的行为始终没有被中国和亚洲绝大多数人所认可。我从不怀疑有不少日本人发自内心地对中国友好，就像我从不怀疑永远有日本人出自膏肓地对中国觊觎一样；我能够相信参与侵华战争对中国人造成罪孽的日本老兵有幡然悔悟、自省自新之人，就像我一直相信执迷不悟、意欲卷土重来的军国主义者不是"一小撮"一样。让人欣慰的是，参加侵华战争的日本老兵中，总还有像东史郎这样的反省者，尽管他在揭露、控诉、声讨日本侵略者的司法诉讼中一输再输；使人可怕的是，

焦点放谈

没有参加过侵略战争的石原慎太郎们，无论在人数上还是在地位上，要比知道侵略战争惨无人道的东史郎多而高；令人不可思议的是，我们有些闭着眼睛胡说八道的人总爱讨中国人的巧、卖日本人的乖——这同样是要警惕的！

只要日本的"皇国史观"不灭，日本篡改教科书的事就不息。因此，与其说要警惕篡改教科书的日本，不如说更应警惕死抱"皇国史观"不放的日本；而要让一个血管里流动的都是"皇国因子"的民族，一下子把血彻底换一遍，这也好像痴人说梦。那就慢慢来？日本周边国家都愿以情动人、以理服人，讲老生常谈的道理：军国主义不仅输出"野蛮的炮火和强盗的逻辑"，而且同样也给本国人民挖掘坟墓。结果呢？改写教科书还是如打扮少女那么随意。而这些教科书进一步用来将血管里流动的"皇国因子"灌输给他们的少男少女。亚洲人民，警惕啊！在警惕中，我也分明听到了在日本民族血管里响动的叛逆的声音——你听，诺贝尔文学奖获得者大江健三郎2000年9月27日在清华大学的演讲——"我所写作的时事性的随笔、评论，始终是把经历了从奉天皇为神明的国家主义的社会，向以独立的个人横向连接为基础的社会大转变，最后自觉地选择了民主主义——这样一条轨迹作为一贯的主题。现在，在日本的传媒上，所谓公大于个人，并且，把这个公等于国家的公，诸如此类的国家主义意识形态再次成为一种强势，在这样的时候，我必须坚定地坚持贯穿自己人生经验的思想。"我不是故意要让文章有一个光明的结尾，而是因为在我的心中此刻响起了这样的稀声"大音"。只愿有朝一日如此"大音"能在日本汇聚起渴望和平的巨响，压倒当前处于强势的国家主义意识形态的恶声怪叫，彼时，亚洲人民的天空才能真正风和日丽。

"醒"后吐真言

穿和服的日本朋友们,要想有和睦相处的邻邦,要想呼吸和风吹拂的空气,要想仰望和美的星空,那就众志成城,齐心协力,手把手地教会日本右翼学者学写"和平"二字。

人物品谈

曹亚瑟："道"在书山有路

接河南省杂文界元老王大海先生来信，示我写一篇记述他的忘年交曹亚瑟的文章，其理由是他认为此文由我来写"比较合适，因你们相交相知多年，写来一定能够比较生动且有深度"。这活要承担下来，不是件容易事。写得既"生动"又"有深度"，这不仅要字字有典，而且要有"煮字"之功。我哪有那样的金刚钻？但有一点不妄，就是背着亚瑟，我亦可谬称其知已。在1998年6月黄河出版社出版的拙著自序中，我就写道："亚瑟，与我同龄的朋友，却比我出'道'更早。我从他那里学到了不少为人为文之道。"

亚瑟的"道"在哪里？恕我做一回故意绕道走的出租车司机。吴方先生是亚瑟十分推崇的一位很早就关注近现代思想史、文化史和学术史的学者，帮辽宁教育出版社策划《书趣文丛》的脉望先生在第四辑"小引"中说"吴方先生英年早逝，最为可惜"，《读书》杂志的吴彬在编完吴方远行后的第一本集子《尚在旅途》的跋中写到"那个内蕴丰富深厚、思绪摇曳多姿的吴方已存于他的文字中"。亚瑟是一位读书人，不管"狂来舞剑"还

"醒"后吐真言

是"怨去吹箫",他都不忘他那床上半边明月半边书(你要说他一到家就是一边女人一边娃,我不抬杠)。读书人推崇写书人的当然是书。有一年夏天,我在亚瑟家"小住"一星期,置身于他"家徒四壁书"中,秉灯夜读,倦时共品茗,兴起评时局,不亦乐乎!在乐中,他向我推荐吴方的《世纪风铃》。读过几篇吴方"素描"的几位"世纪文化人",从此我就陆续捧读了这位因病魔缠身年仅47岁就弃世的乡人的五本著作《世纪风铃》、《末世苍茫》、《斜阳系缆》、《尚在旅途》、《仁智的山水·张元济传》,只可惜他最早的一本著作《中国文化史图鉴》恐怕难以寻觅。其中《世纪风铃》的扉页上赫然写着"友人亚瑟寻而赠之 一九九六年十月"。这不是在扬亚瑟而抑自己,而是在讲述实事,因为我在此前读过的不少书中没有读到吴方,是亚瑟打开了我读书的视野。当年我偏居中原一小城,要是想读的书买不到,亚瑟就会及时援手相助,解我望(书)海兴叹之苦。亚瑟的"道"在书中,在友人的记忆中,在一种文化的熏陶中。

亚瑟出"道"比我早在哪里?当我在大学里为求索工具理性的理时,他就评判价值理性的理该在何处放射思想的光芒。那年他20岁,在《读书》杂志上发表第一篇文章。那时吴方先生也常在《读书》上显山露水,引人入胜的山水吸引亚瑟去倾听世纪的"风铃"声。30岁时,亚瑟出版了第一本杂文集《白开水集》。序是王大海先生所写,写了这一老一少是如何不打不成忘年交的(欲知内情,请向亚瑟索要《白开水集》)。亚瑟的杂文好不好,读了才知道。集十年中原杂文之精华的《中原杂文选》选了他的杂文五篇(最多选五篇),在克西和耿法两位先生所作的序中,对河南省中青年一代杂文作家十分肯定,称"他们思想活跃,勇于探索,见微知著,富有生气",由"面"到"点",具体就点了亚瑟的名,"如曹亚瑟的杂文,语言

人物品谈

精致,涉笔成趣"。杂文要有趣。一个写杂文涉笔成趣的人却不愿意写杂文了,喜读杂文的人有没有气?

吴方在评述沈从文的"进"与"退"时,说沈先生是作家中的一个例外。原因是"20世纪30年代已成了著名作家、大学教授,可一查他的底子:湖南凤凰人,生于1902年,并非贫农出身,却只受过两年私塾加上高小未毕业的教育"。为了引证高小未毕业的人照样能成著名作家、大学教授,但假若不是"好好的结结实实的来做一个人",将来也可能一事无成,吴方又引述了沈从文《湘行散记》中记过的他一个旧时朋友:年轻时想要做个伟人,在经历了一番时代所激起的狂热之后,做了个地方小官,"六年来除了举起烟枪对准火口,小楷字也不写一张了"。这话亚瑟读到,肯定说我指桑骂槐,并且言过其实。听郑州的朋友说,河南多了一个处级干部的慌慌张张,却少了一个杂文作家的精彩文章。说这话的朋友,当然不是亚瑟。1996年9月10日,我在《文汇报》发表《难得"难说好"》,与杂文有关,在最后一段写道:"即使拉出去打,也要'难说好',这是许多因杂文挨过'打'的前辈杂文作家的品质,我敬重这种品质。……顺便告诉朋友,现今政治修明,世风日上,杂文之花怎么能任其枯萎呢?莫谓书生空议论,静听湖波拍岸声。谁还敢打人!"这里的朋友,就是亚瑟,我曾专门告诉过他。他那时就因世风种种,提不起写杂文的劲,结果我就"砸"了他一下。前不久,他告诉我"好事"之心又在鼓荡,我很激动,立即告诉他敢发"狠"杂文的几家报刊地址和编辑姓名。我知道,这两年他杂文写得少,但书读得多了。他在厚积,他的"道"在来来往往的读书路上。写好杂文与读好书不矛盾,好杂文的"彩"是以读好书为底蕴的。

有两句老话,把读书人说得颇凄凉:一句是"人生识字忧患始",另

"醒"后吐真言

一句是"百无一用是书生"。这是中国老话。现在提倡与国际接轨,中西交流多起来了,西方老话就自然流进中国人的耳朵,逐渐渗透到读书人的心坎上:一句是"罗马并非一天建成",另一句是"条条大道通罗马"。若说中国老话不免使读书人唉声叹气,那么流进中国的西方老话让读书人看见成功之路就在脚下:一步一个坑,稳扎稳打,步步为营(赢!)。我只希望亚瑟成功为一个读书人,挣得几个我去郑州做客时的酒钱,足矣!离开河南那片熟悉而又爱恋的土地已3年了,亚瑟的音讯常常传来,但总是来不及打听他的隐私:发了没有?假如还没发,那么我告诉小偷:倘若愿偷书,请去亚瑟居。他家书太多,除了他自己写的《白开水集》没几本,典籍一架连一架。《白开水集》对小偷朋友而言,不如一杯白开水管用,但对像我这样的杂文读者来说还是很解渴的。盼着他再出《温吞水集》、《矿泉水集》……

索尔仁尼琴：拒绝

能在所有的时候拒绝某些人，也能在某些时候拒绝所有的人，但不能在所有的时候拒绝所有的人。如果将"拒绝"一词换成"欺骗"，这话就是林肯说的。现在只能说是敝人"模仿"了人家总统林肯，将"欺骗"一词改成了"拒绝"，倒也符合变化莫测的生活和社会。有谁能在所有的时候拒绝所有的人呢？假若说有，恐怕这个人不是你我，不是芸芸众生，连"一人之下，万人之上"的那个人也享受不了这种优越的权力。他要么是天上的玉皇大帝，要么是地上的封建皇帝。专制者、独裁者总想拥有拒绝一切的权力，从古至今皆然。我发自内心地反对专制者有这么一个"没事偷着乐"的"爱好"，因为倘若只有一人能充分地享受到拒绝的权力，那么就有万人没有机会去自由地拒绝，有时哪怕只是拒绝一次。一个社会越是专制，拒绝就越不容易做到；若硬敢拒绝，随之而来的可能就是利诱和威胁。只有在一个公民意识强的社会里，随心所欲的拒绝才有可能。所以，奢谈拒绝，也只是正在一个追求进步、民主、文明的时代里才敢有的愿望；实行拒绝，

"醒"后吐真言

也只是一个具有独立人格的人思考后所选择的自主行为。

在我眼中，张艺谋是一个以独特眼光审视中国民生状况、独具匠心思考中国社会变迁并且独树一帜的艺术家，无论他先前以《活着》闯入戛纳电影节而获奖，还是如今因电影《一个也不能少》退出此节而成为一些报纸娱乐版的头条新闻。我不在乎我的"眼"是否被张艺谋的"眼光"所"审视"，我只看重一位出色的艺术家面对利诱和名惑所作的拒绝。有人说张艺谋今年退出戛纳电影节是中国导演第一次向戛纳电影节说"不"。张拒绝的理由是不满意西方对中国电影的读解方式："对于中国电影，西方长期以来似乎只有一种'政治化'的读解方式：不列入'反政府'一类，就列入'替政府宣传'一类。"关于政治与艺术的关系，那是一本写不完的书。我想说的是，只要这件事是张艺谋独自一人导演的"独角戏"，的的确确是在独断独行地坚持个人就是个人，拒绝掉进设定的陷阱，独善其身，这就应该被视为是一个觉醒的人为捍卫自己的（艺术）生命价值而参演的一出漂亮的"独幕剧"。

从我有限的关于戛纳电影节的资料和常识中，知道以下一些事实：1946年9月20日首届戛纳节就带有外交均衡（毫无疑问是政治）的性质，20世纪70年代"政治电影"有增无减，1990年的第43届的政治气氛比历届都浓。也许，如刘文飞先生所言："思想和文化只有在与政治的冲突中才能体现其意义，丰富其内容，并焕发出真理的光辉"；也许，"与权力保持对峙，至少是保持距离，才是真正的，具有独立人格的知识分子应该选取的最佳位置"。接受或是拒绝，俄罗斯80岁的索尔仁尼琴的存在方式和历史命运很值得中国知识分子研究和思考。

我认识索尔仁尼琴，是从他的自传性著作《古拉格群岛》（上、中、下

人物品谈

三册）和《牛犊顶橡树》等开始的。这两年有关他的评介文章多了起来，刘文飞先生的《索尔仁尼琴80岁》（见1999年第4期《读书》）是值得一读的佳作。1998年12月11日，索氏年满80岁，这位历经坎坷、声望卓著、"三度归来"的追求正义的理想主义者，在他生日的前后又一次成了整个俄罗斯社会关注的焦点。11日，国家杜马在当日的会议开始前专门对他的生日表示祝贺，叶利钦也于当日宣布授予他圣安德烈勋章——俄罗斯联邦的最高国家奖，奖励作家"对祖国的杰出服务以及对世界文学的伟大贡献"。有意义的事发生在当晚。如果换成了另一类作家，巴不得当权者有一天能开恩授勋，或许没有什么议论可言了。当晚，卓然傲立而又稀罕地身着燕尾服的索尔仁尼琴，公开宣布拒绝接受叶利钦授予他的奖，其理由是："我不能从一个将俄国带入当今灾难的最高权威那里接受奖赏"，"在当前的形势下，在人民为了获得他们的薪水而绝食的时候，我不能接受这个奖"。

我们知道，1994年索氏是接受了祖国最高当权者叶利钦的邀请，才从美国流亡归国的。他回国后，不是沉浸在当权者的香槟美酒中，而是表达着一个永恒的知识分子的良知："改革的成功与否只能通过人民的生活是否得到改善来证明。"他睁着眼，说着实话，对祖国奉献自己的兴趣、智慧和真诚。好在青山遮不住，毕竟东流去。今日俄罗斯已经不是昨日的前苏联，令当局难堪的索尔仁尼琴充分地享受着自己的公民权利，总统办公厅副主任在电视上就此事谈到："他对官方和奖励持一种令人不安的态度……我们大家都知道，他对我们生活的许多方面都持批评态度。他有接受或拒绝的权利。"叶利钦任总统的俄罗斯，给一向幽默的欧洲大地播撒着另一份宽容的种子，因此再也不容易听到"敬酒不吃吃罚酒"的警告和威吓。我因这位永恒的持不同思想的批评者总是为自己争取自由拒绝的权利而心生万千

221

"醒"后吐真言

感慨。他从不在当权者的身影下匍匐而行。当年流亡美国，他也没有因主人慷慨的收留就放弃自己说话的权利，而是坚信"别相信，别害怕，别原谅"和"不撒谎地生活"，很快批评起唯利是图的美国社会和美国式的价值观来，甚至称美国为"恶的帝国"。

还没有一个社会已发展到十全十美的时候，因此既存在着"好"，也存在着"坏"，美国是如此，俄罗斯也是如此。作为一个诚实的知识分子，应"见'好'说好话，见'坏'说坏话"——说真话。"不撒谎"就是说真话，而真话包括好话和坏话。能够随随便便地说好话和坏话，一言以蔽之，就是言论可以自由。恩格斯提醒我们："难道我们要求别人给自己言论自由，仅仅是为了在自己队伍中消灭言论自由吗？"（《马恩全集》第37卷第324页）不幸的是，号称以马克思主义统一自己思想的前苏联恰恰让恩格斯的话说中了。

1974年，索尔仁尼琴被驱逐出境的理由就是政府要消灭他的言论自由。让人思索回味且具讽刺意味的是叶利钦请他回来了，他有了"接受或拒绝"的权利，而叶利钦除了自己的主义外什么也不信。

只有接受"不撒谎"的生活方式，才会心甘情愿地拒绝虚伪、表演和当权者的引诱与利用，只有"别相信，别害怕，别原谅"，才会让自己的胆见卓识跃然心上，跃然纸上，跃然公共语境上。

去年有一本在知识界、思想界十分看好的"忏悔录"，即韦君宜先生的《思痛录》。而与《思痛录》同时出版并且排在其前面的是"书生"周一良先生的《毕竟是书生》。我很同情周先生当年对"梁效"的邀请欣然接受，但在读过书后，却在书的目录页写下如此大不敬的话："毕竟是没有完全反省的书生，还得意于当年欣然前往梁效写作班底时没有一丁点的拒绝。"周

人物品谈

先生昔日怎么想，今天怎么做，若不以今日个站着说话不腰痛的心态去看周先生当年的笑话，后生也不愿置喙。只因在《毕竟是书生》的"内容提要"中，赫然印着"与陈寅恪先生在立身与治学上的异趣同途"这样的话，使后生笑坏了肚皮而觉得有话可说。若说周先生治学可望陈寅恪的项背，我或许还要行一个注目礼；要说在立身上也与陈先生"异趣同途"，那就是一种"硬说"。我估摸著者和编者忘了或没有看见有一本资料翔实且比《毕竟是书生》早出版的《陈寅恪最后20年》。周先生一接到调入梁效写作班底的通知，立即欣然前往，而陈先生却在此之前坚辞科学院第二历史所所长一职，是为了远离现实政治，两个人、两件事岂可同日而语？其他事例用不着列举更多。

拒绝了，未必就要付出代价；接受了，未必就有什么好回报。这要看在什么样的"语境"里。索尔仁尼琴拒绝了叶利钦送来的"生日蛋糕"，但他照样有声明拒绝的自由权利，并且还有亿万人送给他的敬仰和祝福；周一良当年"欣然自得"于"几十年古典文献的训练，今天居然服务于革命路线"，晚年却落得了一个"文过饰非亦书生"的虚名（林希语，1999年第2期《文学自由谈》）。拒绝一切虚妄，接受良知的召唤，追求思想自由，做到人格独立，这是一个现代知识分子起码的内心需要。但最基本的东西，最要呵护和坚守。

223

格瓦拉：不要"告别"，更不要"输出"

在不仅仅是通过电视机天天都可以看到电影的今天，我不喜欢看电影，而愿意去剧场感受话剧艺术的氛围。准确地说，是热衷于聆听话剧中那穿过历史沧桑的语言，在轻重缓急、抑扬顿挫、喜怒哀乐的声音里体会时间深处的呼吸和歌唱。感谢《中国演员报》总编陈牧先生的盛邀，让我在五一长假后立即观赏到融吟唱、诗歌、朗诵、对话、投影、形体造型等舞台语言于一体的史诗剧《切·格瓦拉》。我不敢说自己对格瓦拉是熟悉的，但在看这部话剧前不仅读过格瓦拉的传记，而且还从《读书》等杂志上认真阅读过有关格瓦拉的一些文章。所以，在观看这部只把切·格瓦拉作为一个论坛来谈论贫穷与富裕、公平与效率、国家与革命、人性与历史、全球化与人类未来等问题的话剧时，我就觉得其中的一些"思想元素"似曾相识。这是后话。

既然后话不急着说，还请允许我得寸进尺，在"前言"中学一次"蒙"外地客人的出租车司机，故意绕一点弯儿。在1999年第1期《读书》杂志上，

人物品谈

有一篇"短长书"《倒骑毛驴的阿凡提与信息时代》，作者索飒。她看到一份乌拉圭第三世界中心出版的《世界指南》，因其"编者按"很有特色，不禁产生了将它译出的兴趣。翻译的最后一段是："总之，作为《指南》的作者，我们可以朝着一个方向，任随驴朝着它自己喜欢的方向：至于这本书，它提供的是关于道路的情况，读者可以据此决定自己的路线。"写文章没有无缘无故的引用。看完《切·格瓦拉》后，尤其是读毕《切·格瓦拉》剧本后，我首先想到了要"改造"这句话的后半句："至于这部剧，它提供的是关于道路的情况，观众可以据此决定自己的路线。"尽管编导者"主题鲜明"，但我还是不愿意用"好"与"坏"这种二元对立的价值判断来褒贬这样一部比较有特色的剧目。从总体情况来看，这部话剧提供给观众的"思想元素"是丰富复杂的，它给观众留下了广阔的思考空间："千年的石碑还有几个立着？万岁的帝王没有一个活着！天很宽，地很阔，咱们走着瞧！"解释"后话"。"后话"与"前言"总是有关的。话剧《切·格瓦拉》的主题主要通过一次"画外声"表达出来："不要问篝火该不该燃烧，先问寒冷黑暗还在不在；不要问子弹该不该上膛，先问压迫剥削还在不在；不要问正义事业有没有明天，先问人间不平今天还在不在。"这个主题若不用诗化的语言也可以这样表达："革命的衰亡取决于非正义的社会的衰亡，只要非正义继续存在一天，革命在本质上的合理性就存在一天。"这样的表达和剧中格瓦拉热爱美洲，热爱底层人民的许多"叙事"，如他和一个穷人在水泥管中过夜，他把自己随身带的被子披在矿工的肩头而自己冻得瑟瑟发抖，他参加义务劳动不是为了拍照留影而是与普通劳动者一样真抓实干等等，我曾在《读书》杂志上读过，那是 1998 年第 5 期，文章题目《切·格瓦拉：永远的怀念》，作者署名索飒。我再次翻找出这期《读书》，又认真阅读一遍，疑问

"醒"后吐真言

索飒是否就是《格》剧编剧黄纪苏先生的笔名，于是打通了黄先生家的电话，询问就里。黄先生说，他十分喜欢《永远的怀念》，曾经仔细拜读，并与作者一起多次交流和探讨，《格》剧的许多思想来源于此。作者是社会科学院拉美所一位女士的笔名。很遗憾，《格》剧的编剧署名没有她。但黄对《永》文赞赏有加。既是剧外人，又是剧外话，此处不细赘。

在《永》文发表前的1997年第12期《读书》上曾刊登了程映虹的《格瓦拉为什么出走？》，朱铁志先生随后在《随笔》杂志上撰文称其为："一篇近年来不可多得的绝好文章！"程文认为"格瓦拉其人固然大有新闻价值，然而较起真来，如果我们仍然承认'任何人都没有权利把自己的意志强加给别国'这一原则的话，格瓦拉那种企图依靠由外国人组成的游击队去推翻别国政府的行动究竟在多大程度上值得饱尝外国干涉之苦的中国人去赞颂"。所以，基于这种理念，程文虽提到格瓦拉的人格力量，但接着是一连串的质问："人格的高尚与否在我们评价一个有无资格和能力主宰千百万人命运的政治家时究竟有多大分量呢？""是什么使得他自认为有权力和有理由不但重塑社会，而且再造个人呢？当他把人比作'半成品'和'幸福的齿轮'时，他意识到这种用词中所包含的对人性的贬抑，已经远超出他所痛斥的资本主义下人性的异化了吗？"这种斥问正是我看完《格》剧后反思的内容之一。《永》文与此相左，赞美格瓦拉是"一种精神的杰出代表"，认为他辞去古巴党、政高级领导职务后于1966年再次赴玻利维亚丛林打游击的行动"不是扑朔迷离的阴谋，而是光明磊落的阳谋"，歌颂他"将美和正义写在了一起"，而《格》剧遵循了这一理路。因此，我禁不住要问：当我们今天理直气壮地大声谴责和抨击霸权主义者用其航空母舰运输他们所谓的"人权"、"民主"这些动听的词句时，我们又有什么理由要去为当年的所谓

人物品谈

革命者强用暴力输出他的"解放"、"新人"等"脱胎换骨"的思想而大唱赞歌？！我们都看见了这个世界充满着非正义，而且可能一如既往地充满着。对于非正义，除了子弹、枪炮、鲜血，就没有别的"招"迎来正义吗？但我相信人类自身的智慧铲除人间的不平时，靠的不是"一将功成万骨枯"。

《格》剧一再表现的格瓦拉的人格魅力是不容亵渎的，他身居高位不恋权力，时刻倾听着人民的心声；他与革命者一起分享着革命成功后的喜悦，但拒绝执政者享有的特权。对于他辞去高官和权力，再次走进丛林，可谓见仁见智：有人说他"重新走向一个包含着艰苦和牺牲的开始"，那是他"一生的光辉升华"（索飒《永远的怀念》）；有人说他"无力面对比打仗更加困难的建设"，"就闭上眼睛回避现实"，"是一种懦夫可耻的退却"（朱铁志《以"革命"的名义》）。我倒有这样一种假设（我十分清楚历史是不能假设的）：假若格瓦拉在革命取得成功后，辞去高官和权力，不是"出走"进丛林"输出革命"，而是因为向往"打天下不是为了坐天下、更不能赖着占天下"的目标，哪怕一头埋进书斋去研究他的经济学，或者去治疗他的哮喘病，我也会由衷地歌唱他，歌唱他真正完美的一生，并且是不可争议的一生。革命家高尚的人格令人钦佩。如果革命家总是省吃俭用，穿的衣服是"缝缝补补又三年"的，节省下来的积蓄不是留给子孙后代，而是全部交给了组织，我们可以说这是革命家无私的品格，肃然起敬吧。当你就要"起敬"的时候，忽然又传出了革命家的临终遗言："今后还是用自己的孩子放心。"不仅自己坐天下，而且还要自己的孩子继续坐天下，难怪加缪在他的名著《反叛者》中，对历史上层出不穷的"革命"的本质作了精辟尖锐的揭露："大部分的革命在谋杀中成型……奴隶暴动、农民起义、穷人战争、农夫反叛均提出了相同的原则：一命换一命……反抗者拒绝受奴役，

"醒"后吐真言

宣称自己同奴隶主是平等的,然后再到自己当奴隶主。"自以为当奴隶主很舒服,最后又轮到新奴隶来革自己的命,永无休止,革不完的命。这样的"革命"只能称为"伪革命","伪革命"不如不革命。走笔至此,我想起了《格》剧中的一句台词,一句三次出自于战士口中的台词:"其实,我们真正拥有的,只是一种忧患"。"忧患"什么呢?"怕自己脱离人民,怕自己以人民的名义忽视了人民,背叛了革命的理想。"当初的革命者在今天能有这样"忧患"的,我相信有人在,是多还是少?恐怕要去问那些口口声声"代表人民"的人,他们以人民的名义的时候,是否目中无人?

昨天因为一种理想,抛头颅洒热血,革命发生了,想轻轻地挥一挥手就"告别"了,这不太可能;对"革命"不要"告别",我指的是"过去式",以便让过去革命的经验和教训昭示后来者革命有两面派也有两面性,当初革命的激情和希望不是为了今后享受"特权"的方便和满意。对于未来,"革命"在没有办法的时候突然发生了,但也不要"输出",因为"输出"的"革命"必然是以血腥来反抗血腥。为了不再让历史的长河有鲜血的流淌,首先就不要津津乐道于"我们的鲜血会成为未来世界的遗产"!

林徽因：万古人间四月天

在 2000 年 4 月前后，一部讲述现代诗人徐志摩与他一生最为密切的三位女性缠绵曲折的爱情故事的电视连续剧《人间四月天》，深深地牵动着大陆、台湾两岸观众的心，《参考消息》于 5 月 8 日起连续 3 天刊载香港《亚洲周刊》的报道《〈人间四月天〉牵动两岸心》。在台湾，徐志摩的一句台词——"许我一个未来吧"，不仅为年轻人两情相许时所用，而且改编成了竞选口号——"我许你们一个未来！"（2000 年 4 月 26 日《北京青年报》）在上海，"每天两集，一夜间异军突起，意外地受到观众青睐而引起轰动，收视率节节攀升"（《亚洲周刊》）；在北京，社会各界反映很热烈，却遭到"林徽因子女猛批"（2000 年 5 月 11 日《北京晚报》）。

林徽因子女是如何"猛批"《人间四月天》的呢？批评和抗议是从"一句爱的赞颂"开始的。林徽因梁思成之子梁从诫先生说：人间四月天，那是母亲为我而作的诗篇。而电视剧《人间四月天》表达的却是"'你好似人间四月天'，这是热情洋溢的美女林徽因对才华横溢的诗人徐志摩的比喻"。这部电视剧就因为这个名字，"注定了这个戏是不成功的"！我不能理解梁

"醒"后吐真言

先生的愤怒,尽管"我不知道风是在哪一个方向吹",但是,第一,我认同上海文化人陈子善的说法,"诗无达诂",有不同的理解完全正常。梁先生可以认为,"《你是人间的四月天》这首诗是母亲在我出生后的喜悦中为我而作的",但是毕竟只是"父亲曾告诉我","母亲自己从未对我说起过这件事"(《林徽因文集·文学卷》第449页);而剧作者和读者也可以从诗本身以及创作的时间和背景理解为诗人对徐志摩的赞美。第二,我赞同北京影评人解玺璋的反驳:"别说林徽因是你最爱!"家属的记忆和学者的研究都只是一种对于历史的描述和表达,那么,为什么不能容忍剧作者有自己认可的描述和表达呢?第三,我认为这部电视剧很成功,不是以前那些港台言情剧可比的,可能缘于男女主人翁"仍要保存着那真",还有那浪漫的气氛、优雅的对白、典雅的场景。第四,我欣赏演员们在戏内比较到位的表演,更赞赏演员们在戏外的一种人生态度。就拿演徐志摩的黄磊来说,他的这出戏演完了,不是咋咋呼呼借机吹嘘自己如何如何,而是"希望喜欢黄磊的观众通过看电视而喜欢上徐志摩","喜欢上诗,那我就高兴坏了。因为这是一种文化上的回归"。而今的演员能有这么高的境界,这或许要归功于当年那些文化人洒脱飘逸的人格魅力的回光返照吧。

我已过了"许人一个未来"的年龄,更不是什么追星族,但每晚七时半还尽可能地坐在电视机前等候北京有线台的播出,就是想看看这部电视剧表现的二三十年代的文化氛围,与我的想象到底有多大差距,与林徽因子女"猛批"的内容到底有多大差距,与我先前读的有关徐志摩和林徽因的书以及他俩自己写的书到底有多大差距。差距是有的,但基本的故事都存在于主人翁们原有生活的"本事";而那些"本事"是用不着后人去为长者讳的,因为那些"本事"本身就闪现着一种人性美的光辉。真,善,美,

人物品谈

这些温馨而又动人的字眼，难道仅仅只把它当作字来书写，而不愿意让它变成种子播撒在人们的心田吗？我们看看，徐志摩和林徽因在西山的暮色中，徐："我们之间还能留一些什么——好不好就留一片真？——任何时候你想起我，是真！任何时候我想起你，也是真！"……林："去了，我不再写信给你了，这是我对思成该有的尊重！"在林徽因51年的人生中，自与梁思成订婚后，就一直坚持着"对思成该有的尊重"；自与徐志摩在伦敦相识以来，就一直对徐志摩"保存着那真！"（徐诗《别丢掉》）"那真！"有诗为证，有信为证，有文为证，有物为证，而这些证据同样证明着他们"感情的脉络"是真实的、崇高的、美丽的，并且是令人羡慕和钦佩的。

诗为证。梁从诫先生在《倏忽人间四月天》中写道："母亲当然知道徐在追求自己，而且也很喜欢和敬佩这位诗人，尊重他所表露的爱情，但是正像她自己后来分析的：'徐志摩当时爱的并不是真正的我，而是他用诗人的浪漫情绪想象出来的林徽因，可我其实并不是他心目中所想的那样一个人。'"林的"分析"先前也有诗作证："我却仍然怀抱着百般的疑心／对你的每一个映影！"（林诗《仍然》）与《仍然》同时写的另一首诗《那一晚》，虽以建筑学术语"尺锤"为笔名发表在徐志摩主编的《诗刊》上，外人不知道作者是谁以及作者的"本事"，但徐是清楚那里面的爱情的。一年后的1932年夏天，林又写一首纪念徐的更加意味深长的《别丢掉》，而这首诗却压在1936年3月发表，据高恒文先生研究发现，这是林当时很少见的一例。林要徐"别丢掉"什么呢？"别丢掉／这一把过往的热情，／……你要保存着那真！／一样是月明／一样是隔山灯火，／满天的星，／只使人不见，／梦似的挂起，／你同黑夜要回／那一句话——你仍得相信／山谷中留着／有那回音！""山谷中留着有那回音"，"回音"不就是"徽音（因）"的谐音吗？

"醒"后吐真言

这样的理解是不应受到责怪的。

信作证。梁从诫先生所编的《林徽因文集·文学卷》共收录林徽因致胡适信函六封,据陈学勇先生研究发现,这些信的日期有的编者注"明显有误",并且尚知漏一封,是1932年6月14日在香山写的,欲读全信可参看1999年第12期《博览群书》,兹录其中两段于下:

　　我今年入山已月余,触景伤怀,对于死友的悲念,几乎成个固定的咽梗牢结在喉间,生活则仍然照旧辗进,这不自然的缄默像个无形的十字架,我奇怪我不曾一次颠仆在那重量底下。

　　有时也还想说几句话,但是那些说话似乎为了它们命定的原因,绝不会诞生在语言上,虽然它们的幻灭是为了忠诚,不是为了虚伪,但是一样的我感到伤心,不可忍的苦闷,整日在悲思悲感中挣扎,是太没意思的颓废。先生你有什么通达的哲理赐给我没有?

陈学勇先生说林的"这一封,自发、自然地吐露了不宜向一般人吐露的心声","林徽因对胡适的高度信赖和坦诚求助溢于言表"。我们都知道徐胡之交、之情最称莫逆。仅从这一封信里,我就深深地体会到林徽因"为了忠诚"和对他人的"尊重"而使内心的情愫"绝不会诞生在语言上";仅从这一封信里,我也深切地感受到"一般外面的传说"并不是什么谣言,而一个"美丽的传说"或许就是当初的真实。

文为证。《悼志摩》是在一片悼念声中写的,林把自己界定为"比他年轻许多的一个小朋友"这样的角色,依然深情地向人们叙说着"志摩的最动人的特点"。因为"不是为了虚伪",林吐出了肺腑之言:"这以后许多

人物品谈

思念你的日子，怕要全是昏暗的苦楚，不会有一点点光明，除非我也有你那美丽的诗意的信仰。"在以后的岁月里，林徽因不断回首与徐志摩的感情，追忆着"这一把过往的热情"。1935年11月19日，徐志摩去世4周年的祭日，林徽因又写了一篇纪念文章——《纪念志摩去世四周年》，并在文末特意注明这个令她终生不忘的日子。事隔4年，她再也不把自己界定为"比他年轻许多的一个小朋友"的角色，而是在文章的一开头就无所顾忌地定下了"独白"的叙述语调："今天是你走脱这世界的四周年！朋友，我们这次拿什么来纪念你？"（《林徽因文集·文学卷》第32页）

物作证。1931年11月19日，对林徽因来说是个黑色的日子，徐志摩当天从南京坐飞机赶往北平听林徽因有关建筑学的学术讲座，飞机在济南失事，徐不幸遇难。林徽因因病不能去，梁思成带着他们亲手编织的一个用铁树枝扎成的小花圈前往飞机出事的现场，捡了一块飞机的残骸，带回家中；林徽因将这块飞机残骸挂在家中的墙壁上，寄托永久的思念（1983年第1期《新文学史料》）。从徐的第二个祭日开始，林就"用香花感伤地围上"徐志摩的遗照，"抑住嗓子底下叹息和悲哽，朋友和朋友无聊地对望着，完成一种纪念的形式"。

这许许多多的诗、信、文、物，只能证明林徽因对徐志摩的爱仅仅是精神之恋吗？一段美好的感情因为没有成为姻缘，就要讳莫如深不能被人忆起吗？显然不是也不能。

"一身诗意千寻瀑，万古人间四月天"这副挽联，是1955年在林徽因的追悼会上，由钟情于她的哲学教授金岳霖和她的另一位挚友邓以蛰联名撰写的。只要是真正的诗人，只要是真情的诗篇，就一定能光耀"万古人间四月天"！

233

张志新：缴不掉的思想，永远美丽着

1832年，81岁的歌德完成了他苦心经营大半生的《浮士德》之后，心情十分惬意，大笔一挥，写下《神秘的和歌》："一切消逝的／不过是象征；／那不美满的／在这里完成；／不可言喻的／在这里实行；／永恒的女性／引我们上升。"这"永恒的女性"！这"引我们上升"的"永恒的女性"！是谁？是"鉴湖女侠"秋瑾！以女儿的柔弱之躯，抗击封建王朝的残暴专政，在残酷的刑审中始终抱定为革命献身的决心，坚贞不屈，"危局如斯敢惜身，愿将生命作牺牲"（秋瑾诗），终于留下"秋风秋雨愁煞人"这一壮烈的绝命词，在1907年7月15日昂起高贵的头颅，迎接清政府罪恶的屠刀。是"烈火中永生"的江姐！以女性敏感的心灵，听命于新民主主义革命的洪流在高高的红岩上歌唱，自信一个自绝于人民的政府无论如何专政，也只能是"最后的疯狂"，自愿在黎明前的黑暗中做一火把，照亮播种真理的前程。更是"走向永生"的张志新！只因"她把带血的头颅／放在生命的天平上／让所有的苟活者／都失去了——／重量"。（韩瀚《重量》）

人物品谈

"只因我们曾眼睁睁容忍你戴着钢手铐而去，今后中国工人将监督每一斤黑色金属的用途。"（朔望《只因——关于一个女革命者的断想》）这些"引我们上升"的"永恒的女性"，因为她们的美丽而永远美丽着我们的人生。

让我又一次想起张志新，是因为《南方周末》又一次使我们读到她。国庆七天长假，清理书桌，翻检过时报刊，细读 2000 年 6 月 16 日《南方周末》第 1 版和第 10 版"解密"，"我简直无法将目光从她的面庞上移开"，只是在此刻，我的心中一点也不像普鲁斯特那样充满着阳光，体验着人性的温暖。普鲁斯特在《追忆似水年华》中写到"我"在火车停站时，见到一位"年轻的女性"（卖牛奶的小姑娘），心里豁然开朗，感受着晨光与人性的和谐相融："晨光映红了她的面庞，她的脸比粉红的天空还要鲜艳。……有如可以固定在那里的一轮红日，我简直无法将目光从她的面庞上移开。"《张志新冤案还有新的秘密》（作者陈少京）——我静静地阅读着张志新这张美丽、坚韧、不屈的面容，犹如感受着一缕从乌云里放射出的晨光，绝望中还有希望在抗争；再仔细地品读着这面容下面以血和泪凝结成的文字，我的心又被无边的黑暗笼罩着。我将目光从"质问、控诉、声讨"的檄文中移开，再一次专注于张志新这张沉静、坚贞、从容的面庞，我的心才有如受到一颗纯净的心——一颗一心一意只求真理的心——的照耀。只要心中有光明，任何一位思想者都有力量和勇气"质问、控诉、声讨"专政者："我的笔是被你们当作枪给缴去了，但指挥这支枪的思想你们却永远也缴不掉！"张志新这声对"身为专政机关之长"的"质问"，张志新这声对"身为专政机关之长"的"控诉"，张志新这声对"身为专政机关之长"的"声讨"，告诉一切寻找光明前途的人，只要思想"永远也缴不掉"，尽管路漫漫，光明的前途终归在寻找者的脚下延伸……

"醒"后吐真言

美丽的张志新,只因你缴不掉的思想,永远美丽着!

张志新笔伐监狱长,控诉专政机关,以至她的笔被当作枪缴去,这件事发生在1969年12月25日,是她在狱中迎来自己加入中国共产党15周年的日子。她要庆祝这一天的到来,特谱写一首题为《迎新》的歌,因而遭狱警殴打、凌辱,并把她的笔和纸没收了。一位坦荡的思想者,身陷魔窟,面对专政机关的屠刀,不讲迂回,因为魔鬼的刺刀原本就是直来直去;没有眼泪,因为眼泪和鲜血打不开镣铐自己的枷锁。她说:"强迫自己把真理说成错误是不行的,让我投降办不到。人活着,就要光明正大,理直气壮,不能奴颜婢膝,低三下四。我不想奴役别人,也不许别人奴役自己。"(1998年8月7日《南方周末》《张志新冤案还有秘密》)

"我不想奴役别人,也不许别人奴役自己。"这是一个独立思考者心中的诉求和呐喊。一个真正的思想者,就是不愿做奴隶的人;不愿别人做,自己亦不愿做;不论是行为,还是思想,都不愿。坚持独立思考,抵抗思想专制,反对当精神奴隶,在那个是非颠倒的年代,只有既是思想家又是烈士的人才能做得到。张志新做到了,她洞察本质,比常人提前认识到:"毛主席在大跃进以来,热多了,科学态度相对地弱了;谦虚少了,民主作风弱了;加了外在的'左'倾错误者的严重促进作用。具体地说,我认为林副主席是这段历史时期中促进毛主席'左'倾路线发展的主要成员,是影响'左'倾错误不能及时纠止的主要阻力。"她的这些"意见和看法",可是在1969年8月间"文革"风暴正席卷神州大地,个人迷信、个人崇拜风行之时,在组织召开的会议上或强迫交待时说的。令人可敬的是,她认识到了,——这是思想家的素养;并且说出来了,——这是烈士的品质!烈士英勇就义的日子是1975年4月4日。

人物品谈

真是英雄所见相同。同张志新一样有如此"意见和看法"的人，在民间的思想者中是近年来人们一直在"寻找"的王申酉。他批评思想独裁是1964年；批评"在六万万人民中空前地培植起同封建时代类似的个人迷信、个人崇拜"是1966年；指出"十年前划了30万（注：原文如此）右派分子，他们绝大多数是无权无势的耿直志士"是1967年。在他1976年11月18日到23日写的"供词"里，他全面地反思了新中国成立以来一系列极"左"思想的恶果，提出了尊重价值规律，打破闭关锁国，实行对外开放等系统的改革主张。（山东画报出版社1999年12月第一版《老照片》杂志第30—32页）就是这样一位先知先觉者，"仅仅因为思想，因为他的头脑里产生了与当时统治者不一致的思想"，竟然被推上了断头台。我们有责任记住他被枪杀的日子：1977年4月27日！

只准一人思想，是为了使万马齐喑；结果呢？结果必然是只要有一马当先，就会有万马奔腾的新局面。张志新、王申酉给后来者的启示在哪里？"在于任何人对任何事由或意见都可以争论"。"使精神自由对知识的进步起主要推动作用的根本之点，不在于每个人都可能有能力思考或写点什么，而在于任何人对任何事由或意见都可以争论。只要异议不受到禁止，就始终会有人对支配着他们同时代人的意见有所疑问，并且提出新的意见来接受辩论和宣传的考验。"（哈耶克《通往奴役之路》第157页）人人有话要说，人人有话可以说，万马齐鸣，知识的进步，民族的新生，必出之于此新声也！

国庆佳节，检读旧报旧刊，看着这一幅幅"老照片"，百感交集，有悲伤，有怀疑，也有希望；悲伤为思想者的过去，怀疑在未来的天空下思想者能否尽情地歌唱，希望是因言论的空间在扩展，缴不掉的思想正美丽着美好的人间。

朱铁志：精神不靠"克隆"

作为一个爱与文字摸爬滚打的人，乐不可支的事无非是及时获得朋友的赠书，出人意料地淘到自己十分需要的奇书，"晚来天欲雪"的深夜静读刚刚得到的禁书。在今年初冬的一个晚上，几位平日里谈得来的朋友聚餐，在享受物质前，先抢食了两盘"精神快餐"：一盘是朱铁志捧上来的《克隆魂》，一盘是潘多拉打开了的《中国魔盒——潘多拉大战腐败》。

《克隆魂》（广东人民出版社 2000 年版）是铁志送给我的第五本书，前四本是《固守家园》（四川人民出版社 1996 年版）、《自己的嫁衣》（百花文艺出版社 1997 年版）、《精神的归宿》（华东师范大学出版社 1998 年版）、《被亵渎的善良》（黄河出版社 1999 年版）。倘若没猜错的话，《克隆魂》这本书的书名得自于铁志的一篇文章《精神"克隆"》。猜有猜的思路和道理。不仅仅是在我们老家，有一句从先辈那里传下来的老话，是对无精打采、没有精神的人说的："你怎么回事？丢魂了！"精神就是魂，魂就是精神，尽管此精神非彼精神，但我认为有时还可以"彼此彼此"的，这认为不是

人物品谈

没有根据的。魂丢了怎么办？那就从你曾走过的路上一声声地叫回来。去年在知识界有一本让人很看好的书《叫魂》（上海三联书店1999年版），著者孔飞力（Philip A. Kuhn）是美国及西方中国史研究中为人们公认的一位大家，他的学术视野宏大开阔，在构建以"叫魂"案为中心的"大叙事"的过程中，对"叫魂"的由来作了社会史、文化史、民俗史的细致研究和探讨。他在"躯体与灵魂"一节中就写到：一种非常古老的传统看法是，在一个活人的身上同时存在着代表精神之灵的"魂"及代表躯体之灵的"魄"。并说早在公元前2世纪，这种关于灵魂两重性的认识就已经与"阴""阳"双重构成的宇宙观联系在了一起。一个人的"魂"丢了，在民间，尤其是对于疼爱子女而又无计可施的母亲们，她们只有靠啼血的哀嚎一声声去呼喊，不见得一定非要请道士做道场、叫巫师施妖术。

"人总是要有一点精神的"，如果人的精神弄没了，即使母亲也无办法。怎么办？那就只有靠自己。图省事，找精神足的人去"克隆"一回？铁志的《克隆魂》既没有这个意思，也就没有教人招数。"肉体克隆"将带来什么恶果现在还不甚了了，"精神克隆"会造成什么局面却是有据可查。他愤怒地指出："大跃进，'文化大革命'，全民做诗，全民经商，全民炒股，大轰大嗡一窝蜂的基础是什么？难道不是惊人的'思想克隆'、'精神克隆'、'人格克隆'？""精神克隆"是可怕的，因为它即使不使人类毁灭，也照样毁灭人的精神。一个不愿像影子般苟活于世的人，要寻找自己"精神的归宿"，要建设自己精神的家园，别无他途，只有对人生进行哲学的思考，对生命进行不断的追问。对生命追问的过程是痛苦的，这对1982年毕业于北京大学哲学系的朱铁志来说，同样逃不了"捻断数根须"的反复、沉吟和辩难。好在他思考的方法与问题对路——对生命的追问只能是哲学的思考，

"醒"后吐真言

或许这可以减少他夜行时在书山上走弯路的时间。

我对铁志两本以"精神"入书名的杂文随笔集《精神的归宿》和《克隆魂》作了一番量的统计,从篇名一目了然就知谈及哲学话题的有这样一些:《智慧的喜悦》、《"宽以待己"的辩证法》、《孤独的斯宾诺莎》、《精神的归宿》、《幸福的指归》、《理性的黄昏》、《常识的代价》、《精神"克隆"》、《道德悖论》、《拷问灵魂》、《彻底的唯物主义者是有所畏惧的》等等。"哲学"的词源是"爱智慧",哲学是追求智慧的学问,人们把哲学家叫做"爱智慧的人"。铁志以一双"慧眼"洞察社会,一是因他有一颗被哲学浸淫的"慧心","唯有哲学,才是思想的主人、灵魂的归宿"(《智慧的喜悦》);一是纷繁世相的骚动和酒色财气的诱惑逼迫他善于作理性的选择,因为如果"在多重的选择面前,公民成了'布利丹的驴子',进也不是,退也不是,最后饥渴交加,一命呜呼。"(《精神的归宿》)面对"理性的黄昏",面对世纪末的"一声叹息",面对新世纪的漫漫长路,"谁愿意永远生活在被人'使由之'状态中而茫然不知所措呢?谁宁肯终生独步于人生的暗夜而不知所往呢?那么除了学习哲学、靠近哲学,拥抱人类文明所创造的一切财富,您还能想象有什么别的更有效的途径么"?(《理性的黄昏》)我认为做个哲人和读哲学系完全是两回事。哲学本质上只能自学,老师不是那些只会在课堂上照本宣科的人,而是从历史长河中走过来的大哲人。铁志虽受过哲学的科班训练,这只能使他较早地掌握一些有关哲学的基本知识;如果他在大学学的是其他学科,依然不能使他减慢走向哲学的步履,因为他有一颗敏感而又赋有艺术气质的心灵;因为当一颗敏感而又赋有艺术气质的心灵常常被根本性的问题所诘问而要寻求答案时,走向哲学、懂得哲学就成为必然。不说他的音乐禀赋,读读以下这些句子,譬如:"人们沉浸在现象的舞蹈之中,无暇判断,懒得思考。偶然有热心的人士要追问生活的本质,也如面对满塘池鱼的花猫,茫茫然无从下手。"譬如:"搬起石头砸自己的脚,可笑;搬起杂文砸自己的脚,可敬。"譬如:"不才正在学习,何必凑趣听人'讲'学习?……君不见大医院里常有叫醒病人吃安眠药的规矩?何必大惊小怪!"哪句不是诗情画意动人,就是理趣妙趣横生?这是一位哲人必备的素养。

哲学家周国平一天天看着自己一岁半的女儿妞妞走近死亡,束手无策,只有写下"一个父亲的札记"作为纪念。他在摇篮旁经历过死亡阴影笼罩下抚育女儿的爱哀交加的心境,所以,他深有感触地说:"凡是有良好哲学悟性的人,必定有过对于死亡的隐秘体验和痛苦觉悟。……差不多可以把对死亡的体悟看作衡量一个人的哲学悟性的标志。"西方有一种说法,即"哲学就是学死"。苏格拉底尤其把死亡看作生存的另一种形式。真正的哲人心中总是富有特别强烈的生命意识。铁志也是。正是因他曾在服侍病重的父亲时体悟到"人是一株脆弱的芦苇",正是因他常常对生命意义有了自觉的追问,正是因他乐于把深沉的思考化作一种"敬畏生命"的礼赞,所以,他写下了诸如《哲学家眼中的死亡》、《死的权利》、《生命的余韵》、《生命的价值》、《生命的悖论》等等振聋发聩的名篇佳构,发出了"不要为了完善某种道德境界而让公民'不惜牺牲自己的生命'"的呐喊。

生命的康健应是身心俱健。收进《克隆魂》集子的最后一篇是《说健康》。铁志是如何说的呢?"民主的社会往往重视个人的身心健康,以为个体健康乃是社会健康的先决条件,所谓涓涓细流汇成大海。而专制的社会却常常蔑视个人健康的作用和价值,以为个人幸福有赖于君主的恩赐,信奉'大河有水小河流'。这种病态的'社会健康论',必然造成更加病态的国民群体。"只要身心健康,必然带来一种从容与无畏的步态。从朱铁志一

"醒"后吐真言

篇篇既是诗的语言,又是抒情独白;既是描绘人生百态的优秀作品,更是逻辑严谨的说理文字中,我分明看到了一个思想健康的知识分子正为人类和社会的健康如何奉献着自己的才智和努力。身心健康必然是快乐的精神之源。如果你承认快乐有千般万种,你就肯定认同精神不能只有一种或几种固有的形式。马克思曾痛斥书报检察官:"你们并不要求玫瑰花和紫罗兰散发出同样的花香,但你们为什么却要求世界上最丰富的东西——精神只能有一种存在形式呢?"(《评普鲁士最近的书报检查令》)树上没有两片完全相同的叶子,人间没有两个完全相同的生命。每一位生命有自己的血肉和灵魂,每一个灵魂有自己的安魂之所和归宿,每一处归宿都有生命的密码在人世间的排列和组合。"精神的归宿"只能是一生心灵的财富积累,谁积累得愈多,谁的灵魂就愈加安妥。一个精神懒汉即使要"克隆"一位精神的执着追求者的富有,得到的恐怕也只是"腐朽"。

张心阳：文如其人"主旋律"

北京日报杨子约写张心阳，我很爽快地应许了，却一拖再拖。"爽快"有情可据，我跟他同行，"行话"多，说起来秘闻多；同乡，乡情浓，写起来故事味浓；同盟，结交二十年，至今仍投缘；同好，都爱杂文，曾是他写我也写，如今他写我少写。为何要"拖"呢？就因这如今他写我基本不写，怕自己写起来有点"隔"，写不出当今杂文家的风采。一个"杂文票友"能写好一位人如杂文一样美的"杂坛美男子"么？我也只好拭目以待。

杂文虽与文沾边，但杂文队伍中女性比其他文学、文艺、文化类的团体要少得多。这是我躬逢杂文盛会时像其他与会者一样的发现。好在杂文不靠"下半身写作"，好在只美在思想与语言，好在杂文本身被誉为"杂花"，否则，美女作者一多，杂文队伍岂不会因生态失衡而难有和谐稳定的局面？正因杂文作者男性多，美男也就相对多起来。张心阳就是被京城杂文界公认的"杂坛美男"。朋友聚餐时，常常以此恭维他，他乐不可支，笑得比这冬天的腊梅还要"俏"。如果你说他的杂文，尤其是近几年研究前苏联的杂文，

"醒"后吐真言

比他本人还要美时,他笑得比他家乡春天漫山遍野的山花还要灿烂。真是,快知天命的人了,还在乎别人说自己美不美?你敢再娶一个?看我哪天不给嫂子打小报告。如今不时兴打政治报告,打打生活小报告恐无妨,否则生活圈咋管。

在自我介绍中,无论书面的,还是口头的,张心阳都为自己是"桐城人"而自豪,不怕人家说他是"桐城谬种",而以土生土长的"桐城派"自居。前不久,那位令尊在桐城出生长大,而自己却在台湾出生成长的凤凰卫视主持"一虎一席谈"的胡一虎,第一次回到祖籍主持节目时,则惊赞自己血管里流动着桐城人的血液而感到幸福,因为一下车,他就闻到桐城处处皆有文化的味道。张心阳也像胡一虎一样,为生为桐城人而骄傲。何谓桐城人?为让读者认可我说的有根据,我打开了三卷本的《安徽文化史》,找到《历史文化名城》这一章:桐城人重学尚文,"穷不丢书"。数百年间,学风熏染,书香四溢,成为世人瞩目的文化之乡。还有其他"之乡",我就不抄那么多了,反正"城里通衢曲巷,夜半诵声不绝;乡间竹林茅舍,清晨弦歌琅琅",这就是桐城的民风。张心阳不喜欢别人跟他抬杠:北京城里搞装修卖苦力到处都是桐城人。他立马反驳:桐城人"劳力者"多着呢,哪能都是你们这样的"劳心者"。抬杠的人往往后面还喜欢补充一句:当然,那些桐城人干活很细,文化味挺足。张心阳立即又心满意足地美起来。

心阳当初并不是玩笔杆子,而是拿枪杆子。一说他扛过枪,我就呛他:"那算啥?我还打过枪呢?"他慢悠悠地回答:"我打过仗。"我就无话可答了,总不能编自己也打过仗吧,哪怕如今官场上有的官员竟敢把自己的年龄缩编好几岁,我也不敢说自己打过仗。那一仗后,张心阳因战争中机智勇敢的表现,加之个子高大、才貌出众,被选为首长的警卫员。没多久，他提干了，到一个当年既苦又偏僻的部队任排长。又没多久，上级看中他，他被选到大军区政委身边任职，甚至可能被招为"驸马"。那年他22岁，用现在眼光看，可谓前途无量。嘿嘿，他牛起来了，不去！他觉得那差事虽是风光，可也庸庸碌碌，一抬腿迈出首长家门又回到基层部队码字去了。这事当时就被人写成小说发在《解放军文艺》上。他如今说是舍不得离开那"偏僻的风景区"，不喜欢大城市的嘈杂。一个小干部还能编出哄大干部的理由，我怀疑他八成是被一个乡下妹子拖了后腿。

当年做秘书估计好处不多，搁在今天，说不定他就去了，尽管秘书是一个高风险的职业，但高风险有高回报呀。他好像担心自己意志薄弱而为当初的选择自鸣得意："你看看，文化程度不高的前秘书李真（河北）被枪毙了，身为哲学博士的前秘书秦裕（上海）被判刑了，大大小小因犯事降职、坐牢的秘书真不少。秘书不好当！"是啊，写杂文的有几个靠本事被抓起来的。如今政治清明，写杂文更安全可靠了。所以，他这枪杆子，早就"弃枪从文"，拿起笔杆子，成为某报的理论编辑，而且越来越"高级"起来。上班时间，他"我手写公心"，"公文"写得同样被人叫好；一下班，他就"我手写我心"，一篇篇坐不改名、更不改姓、冠以本名的杂文，堂堂正正、板板正正、威风凛凛、大气凛然地鱼贯而出，让读者读这些文章感觉很阳光、很霸气、很在理，也很讲理。他的杂文也有以笔名写的，如辛阳、心阳之类，我认为写得一般，他自己也怕那些文章"美"不起来，就干脆用点遮眼法，不让熟识他的读者知道是他写的；如冠之劳弓、老长之类笔名的，无论认识水平，还是思想高度，无论所论问题，还是语言运用，都有点"猛"了。那些文章如他本人，算得上"真的猛士"。

张心阳写杂文，总是站在时代的前沿，唱响心中的"主旋律"。他的杂

"醒"后吐真言

文站立点很高,因为他不太喜欢那些鸡零狗碎的东西,总是站在人类和历史的高度思考问题,在许多敏感问题上其看法总是独特深刻的。读他近来刊发的一些杂文、随笔,更觉如此。当有人歪曲马克思主义,以"自大的夜郎"给中国前途开药方时,他认为马克思主义创始人务实的态度对今人的"启发"是:第一,不应当把马克思主义创始人自己都怀疑和放弃的东西当作圭臬抱着不放;第二,应该学习马克思、恩格斯敢于否定自己过时的、错误的观点和见解的理论态度;第三,一个国家奉行什么主义,坚持什么制度,走什么样的道路,既是人民的选择,也是历史发展的必然路径;第四,必须反对对马克思主义所采取为我所用的实用主义态度(2007年第4期《随笔》杂志)。当有的人以"棍子"方式对待理论上关于中国前途问题的争论时,他提醒人们要《以和谐理念善待理论争鸣》(2007年7月31日《杂文报》):"一个社会如果缺乏思想上的包容性,尽管表面上看上去很和谐,但私下则是暗流涌动,所谓和谐不过是暂时的表面的平静。相反,一个社会能够善待各种不同的声音,可以百家争鸣,和而不同,那么,这个社会一定充满活力、富有激情、具有无穷创造力。……因为有争鸣才会见思想、明是非,才能最终实现思想和谐。也因为有争鸣,才能让人感觉到政治宽容和谐而不是专制独裁。"最后,他十分肯定地指出:"自由的声音彰显着和谐,和谐的理念保障着自由。这才是真正意义上的和谐。"当十七大报告提出"人民民主是社会主义的生命"这一论断时,他认为这"不只是一个新提法,更是一个闪耀的亮点","如果以否定句式来表述其意思",那应该是"不讲人民民主就是不要社会主义生命",简约地说,"不民主就是不要'命'",因为"民主就是生活质量,没有民主的生活就是没有质量的生活"。在他看来,"这话不只是一种政治观点,还是对一切权力者的警示语——不

民主，就是葬送社会主义，这种人不结束他的政治生命尚待何时！"（2008年11月9日《杂文报》）

张心阳的饭碗是理论宣传。他对社会主义既充满自觉的忧患，更怀有深深的希望。于是，他下功夫研究"前苏联"，拥有一套完整的前苏联解密档案。在没有这套档案前，他依据搜集到的有关前苏联一本本历史书籍和一份份历史资料，撰写了几十万字的杂文，如《马克思的一个论断》、《谁先得知列宁去世的消息》、《成为斯大林前的科巴》、《"退休人员"赫鲁晓夫》、《"小说家"勃列日涅夫》等等，已出版的杂文集《带毒的亲吻》只是其中的一小部分。《杂文选刊》主编刘成信先生对他的评点是："潜心研究'前苏联'问题，以此为题材的杂文，在国内堪称独树一帜。"他还有一本研究前苏联问题的杂文专著，暂取名《"乌托邦"的终结》，只是还没有出版。听说有几家出版社在争着要，他想卖个好价钱，不轻易给。真俗，你堂堂一个杂文家，盯着那几个小钱干吗！尽管那些文章我早就大饱眼福，喜欢你的读者还想先睹为快呢，早点出了吧。不过，话说回来，他是一个不拿一分钱课题费的民间苏联问题研究者，而他的研究文章却往往让拿课题费的人望其项背。中国社会科学院编审李凌说："张心阳谈十月革命中的高尔基，十分新颖、独特，是对十月革命叙述的一个鲜见视角。"

他还研究什么呢？哦，想起来了，他还研究烧鱼，10年前他就烧得一手好鱼。那时，周末我爱去三个地方，从公主坟由近及远，依次是月坛北街张心阳家、沙滩北街牧惠先生家、虎坊桥邵燕祥先生家。张心阳烧的鲜鱼，让人垂涎欲滴。多少个周末，我到他家赶午饭，如果早到了，没见到他，就问嫂夫人或侄女儿："心阳呢？"母女俩异口同声："他呀，一大早就到菜市场给你买鱼去了。他说早买的新鲜。"当年多好的兄弟，现在变了，变

"醒"后吐真言

得真懒。他总是叫着请吃，一请就要下馆子，懒得在家做，嫌麻烦。下馆子多花费，还没家里自在，稿费多也不能那么浪费嘛，对不对？

为打动他今后多在家里请我们大家的客，我得给他的杂文广而告之、抄而书之：朱铁志在1999年中国杂文散论中写道：张心阳"从传统文化的深层结构中，发现有一种劝人愚蠢的东西忽隐忽现，一部二十五史，就是封建专制主义愚弄人民、劝人愚蠢的伪善史。他不无深刻地指出：'崇尚愚蠢是中国人的一个情结……什么人最希望别人当傻瓜？就是在一个群体或一个国度里只想用自己一个脑袋想问题和显示其权威的人。'" 2002年《杂文选刊》举办的活动中，他被评为中国"我最喜爱的五位杂文家"之一。刘洪波在《2003年中国杂文精选》中专门提到的四位杂文家之一，认为他们"对自己所关注的问题，都能以个性的方式探究其基质，接近其真实，在任何地方，挂在他们名下的作品都足以给人阅读的信心"。2006年，他的一篇杂文《我们敢不敢站在孔子肩膀上》，仅我目力所及，就知被当年杂文和随笔两个选本选上。那篇文章真是好，一开头就把读者紧紧抓住："大科学家牛顿有一句名言：'我之所以比别人站得更高些，是因为我站在巨人的肩膀上。'……他牛顿之所以这么'牛'，是因为他不甘于蜷缩在巨人的胳肢窝里思考，而是始终站在巨人的肩膀上思维。"《杂文月刊》主编赵敏评介他的作品"理性批判的色彩较浓，厚重，稳重，似乎不喜欢把大刀抡得飞转——刀刀见血、枪枪留痕的那种表现方式，而喜欢致敌手于内伤。功力体现在藏而又露的文意上，一掌打过去，让对方五脏俱裂，表皮却无一丝血痕"。至于杂文圈外一些教授、作家和文学评论家对其作品大加称道的就更多了。

批评张心阳，至少要站在他肩膀上；说他的好话，至少要切中肯綮。

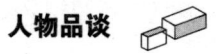

以上"抄而书之"的内容，当是。张心阳为文是不离"主旋律"的——他对什么是"主旋律"有自己的见解。因此，以《文如其人"主旋律"》为题，大体也算恰当吧。

吴正前：艺术人生"有行有楷"

苏轼在《答张文潜书》中写道："子由之文实胜仆，而世俗不知，乃以为不如；其为人深不愿人知之，其文如其为人。"若某人的文章风格与其本人相似，即可说"文如其人"，不含褒，亦不藏贬。准确地说，应为某人文章风格与其在一时一地的为人更相似。譬如以东坡居士为例，"乌台诗狱"前后，诗人无论"文风"，还是"诗情"，其诗文明显不同，因为团练副使与文坛领袖不可同日而语也。经过"乌台诗狱"的诬陷，苏轼谪居黄州，其文学上传世不朽的经典名作《念奴娇》、《赤壁赋》即写于此期间。诗人生命低潮的谷底，却是文学创作的高峰，真乃"国家不幸诗人幸"。

文如其人，是说写文章作诗。若是写字书意，时间不同，地点不同，位置不同，字斟句酌中透着一个人的精气神完全不同，说"字如其人"，更是恰如其分。因为有多少个书画家，就有多少种不同的艺术风格。毕竟，没有两个拇指指纹是一模一样的。东坡居士的字，私心而论，若不看他先前写的楷书《赤壁赋》，随后号称"天下行书第三"的《寒食帖》，我也就品不出其味来。对此帖的美学推崇，我认为最好莫过艺术学者蒋勋先生的评论，其《汉字书法之美》（广西师范大学出版社 2009 年 11 月版）对《寒食帖》中几乎每一个字的笔锋变化，以及诗人书写时的心境分析，不仅中肯准确，而且形象生动。

所有的视觉艺术，都是从模仿开始的，当然包括书法。有的仅尝试模仿外部世界，那个容易让人熟悉的地方，也容易让人接受；有的则善于模仿自己的内心世界，尽管这不为大家所熟悉，因而常常也不被观众所认可。大艺术家绝不只是模仿改造外部世界，更是书写描摹自己的内心世界。苏轼毫无疑问是伟大的艺术家，我手写我心，我心书我意。我敬仰这样的艺术家，即使为稻粱谋，也要拼命创造。

我是先喜欢苏轼的诗文，再爱上他的书法的。苏轼是苏轼，吴正前是吴正前。我没有拿吴正前与苏轼比。一棵树都长不出两片相同的叶子，不同的年代根本找不出两个相像的人物。苏轼创造树立了自己的风骨，吴正前的书风虽与苏轼有不同，但我所认识了解到的吴正前，其骨气有如居士一般耿介拔俗。更重要的是，我是先认识写文章的吴正前，随好长时间后见不到他写的文章，才知道他潜心模仿字、练书法去了，然后又读到他的一系列"书论"了。吴正前写的"字"，与当今许多自封与他捧的书法家的作品不同，源于他不仅模仿外部世界，而且更擅长"书"写自己的内心活动。所以，我喜欢吴正前的书法作品，认定那样一种"字如其人"的风格，或楷、或行、或草、刚正、向前、隽永。吴正前的"字"，"写"于其书论的基础之上。

书论是深邃的，书法之树才常青。有书法家论，字有二类，一为功名字，一为名家字。功名字，黑、大、圆、光；名家字，则兼用碑版。兼用碑版，固然格高；纯用碑版，亦不美观。故二者仍须兼摄。书法之美美其美，书

"醒"后吐真言

家之论各不同。吴正前认为，历史上对书法创变的思想和实践一直也没停止过，只是时急时慢。清代大量碑版的出现，就为康有为激进的书变思想提供了依据，也因为实践与理论脱节，尤其是把碑帖对立起来，很多探索失去了书写性，狂怪粗硬泛滥一时，实不足与人言。

尤其是当今社会，随着办公自动化的普及，"一笔好字被电脑废了"，书法的实用功能渐行渐远，书法环境以至于书法本身的文化属性发生了深刻变化，书法的命运受到极大挑战。在此时代背景下，书法变革者心急火燎，接踵而至，"激活唐楷"、"创变今楷"就是这一背景下的产物，但由于缺乏坚实的理论基础，许多"想法和做法"不得不胎死腹中。其实，人们的思想情感、审美趣味、居住环境、交流方式发生了根本变化，传统书法的形式、内容和视觉效果出现危机很正常，变革创新势在必行。吴正前是个思想者，也是个实践者。近年来，他集中精力研习楷书，取得明显成效，在许多大展中获奖，突出表现在三个方面：

一是注重传统经典与时代审美的结合，在坚守中探索书写的当代性。书法史告诉我们：所谓传统经典也就是指"二王"一路的书法。书法是土生土长的民族艺术，自身发展的规定性极强，能够拓展的空间有限，在继承基础上的创变是正确的思路。吴正前感到当下人们工作节奏快，身心浮躁，在紧张快捷的相互冲撞中，陶潜式的那种悠然和冲淡成为遥远的梦境，心平气和的幸福之源遭到破坏，反映在审美上的是视觉形式的新颖和感官刺激的冲击，刹那间获得的震撼远胜于慢慢咀嚼和细细品味，传统书法那种不急不躁和温文尔雅失去了原有味道。楷书写出新意，应该在经典上下功夫，并融入时代的审美观。因此，他在熟练掌握唐楷的基础上，深入挖掘魏晋楷书的用笔，在传统楷书规范严整中，渗入行书笔意，揉入节奏变化，

人物品谈

突出点画动感。在这一方面,他似乎颇得苏轼真传。宋代大书家的行楷手笔,无论如何革新创造,皆离不开唐楷的基础,苏轼是其中杰出的代表。品读吴正前的行楷作品,可以看到字形随势而动,结构均衡有致,线条粗细起伏,走笔干净利索,起承转合交代清楚,字里行间如行云流水,点画爽利劲健,姿态优美富于情趣,是过去行楷中不多见的。

二是强化"重义轻线"与"重线轻义"的转变,在规范中寻求点画内容的突破。书法内容包括两个方面,字义和点画。字义内容一直占据书法的主要地位,这是由长期的实用功能决定的,宋以前的字迹都是实用交流流传下来的。眼下实用功能几乎荡然无存,字义内容也就无足轻重了,点画就成了关照的重点。点画内容,是在历代文人的锤炼与造就中形成的,其中渗透着人们对自然界的认识与表现,其深层肌理潜藏着浓厚的民族文化背景、思维方式与观念趋向,蕴含着审美习惯的多样延伸,是民族意识与气质的外化。正因于此,书法具有其他艺术所无法比拟的凝聚力与表现力,涵盖着书法家的思想、气质、素养、情感和性格。因此,重视点画的视觉效果,是楷书创变的关键。吴正前在探索中注意挖掘传统书法点画的潜力,一方面,兼收并蓄,吸取篆书、隶书和魏书的特点,出入笔既有别于魏楷,也有别于唐楷,圆方并用,增强变化;另一方面,频繁使用提按和折笔,减少平动和绞转,增强线条的起伏变化;还一方面,巧妙运用笔毫的弹性,加大摆动的幅度和力度,迅疾出笔留有余味,增强线条的力感。同时加快书写速度,起承转合注意折反,减少注笔,突出映带和顾盼关系,体现楷书的内在动势和生命韵律。品读吴正前的行楷,既能体验到篆隶之端庄,又能体会到草书之生动形象意味。

三是注重内在精神与外在制作的一致,在形式构成上增强视觉效果。

"醒"后吐真言

书法数千年久盛不衰，追随者络绎不绝，原因就在于其所表现的冲和淡远和不急不躁的精神内质。然而，经济社会物欲横流，备使人的精神压抑，生活重负让欣赏书法的心境与书法本质精神的要求背道而驰。同时随着居住环境和欣赏方式的变化，书法的表现形式也随之发生改变。一方面展览馆宏伟的展厅需要的是大手笔、大制作；一方面是居住环境低窄需要小幅式、小制作。形式构成上的两极分化，给书法表现形式的创新提供了契机。吴正前在确保书写内容准确到位，充满古典精神的同时，不断对形式构成进行探索，根据展厅效应设计大幅制作。参赛参展作品，都是两米以上的纸张，小楷都在七公分以上，配以明格，增强整体作品的视觉跳动感。注重纸张色彩合理搭配和变化。白纸黑字，单调的色系，已不适应时人的视觉习惯。吴正前一改过去使用白宣的习惯，每幅作品最少选用两种以上的色宣，协调搭配，看上去，既不失传统书写的意味，又赏心悦目，让人留恋。适应楼房居室低窄的特点，精心设计小幅式、少字数的作品。斗方、扇面不大于四平尺，横幅、竖幅不超过四尺对开，便于悬挂；书写内容精选一些意义深远的诗词警句，用大字配上小字，既突出主题又错落有致，可视感强。并且注入时尚，把不规则的图形拼接在一起，保持作品的新颖与别致。

吴正前潜心探索中国传统书法艺术的流变与发展，躬身实践并不断完善自己认同的书法理论，其成绩不仅在屡屡获奖的赞誉中，更在读者心目中。

笔墨往谈

"别问""先讲"随人意
——兼与宋春雷先生商榷

本刊曾载张心阳先生的文章《别问我是谁》"很有意思",他从日常生活接电话时听到"你是谁"、"有什么事"这样"生硬、充满怀疑而又刨根问底式"的盘问,由浅入深,由表及里,由小至大地分析了根源,一不留神就刺了一下"丑陋的中国人"的痛处。诚然,张先生若不抛出梁老先生的那块"厚砖",定然也不会引出宋春雷先生《先讲我是谁》的这块"美玉"。

我对宋先生层次分明的"首先,其次,再次,再其次"实在不敢苟同,何况宋先生断然认定张先生"很缺少知识",是否有点儿把撒气当学问,有失平和呢?

张先生如何"很缺少知识"呢?宋先生说他"错误地引用梁漱溟先生的结论"。拜读宋先生大作至此,我停了好大一会儿。梁先生早期的《东西文化及其哲学》至晚年的《忆往谈旧录》我是读过几本的,找回张先生的原文,没有看出这段话是缺字少句的呀。"西方人极重对于社会的道德,就

"醒"后吐真言

是公德，而中国人差不多不讲，所讲都是这人对那人的道德，就是私德"。如此引用就是"抑东扬西"？其实，宋先生在以偏概全，因为张先生所指责的"这种狭隘而庸俗的观念"反映"在一阵电话铃响中"，而没有说反映在以共产主义道德观为主导的社会主义初级阶段的全体国民生活中。不错，梁老先生用于同西方人道德对比的是中国封建时代所奉行的道德观念。这种道德观念在中国存不存在、有没有影响呢？宋先生认为"仍有着不可忽视的存在和影响"。既然如此，为什么不容许批评和指责呢？宋先生还不否认"国人中道德观念不完备、文明程度有待提高的不在少数"。请问宋先生，"主导"那些道德观念不在少数的国人的道德观是不是狭隘庸俗的呢？倘若不是，文明、进步的道德观主导出来的不在少数的国人应是文明程度较高、道德观念完备的公民；倘若正是不在少数的国人道德观念狭隘庸俗，为什么不能抑一抑呢？如果西方的道德观念中有值得我们借鉴的东西，又为什么不能扬一扬呢？

　　无论东方伦理道德，还是西方伦理道德，从理念上讲，是以尊重别人为重要内容的。但实际上又如何呢？我给你打一个电话，先头接的不是你而是他，他却在一个劲地问我是谁，这能说是尊重我吗？如果一个人心急如焚地等一个电话，而那个电话准时而来，能说那个打电话的人"打扰了别家的宁静"吗？如果一个"别问我是谁，与你没关系"的电话就能造成夫妻闹别扭，这恐怕不是朋友的电话闹出的毛病，而是夫妻感情基础有问题吧。

　　一篇曾被《读者文摘》转载后风传全国的"研究室公约"，其中有一段对接电话的"要求"：每当电话铃响起，多半是愉快的消息，大家不要礼让。先说一声："你好,研究室。"对一个打到办公室来的电话尚且如此礼貌，

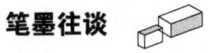

打到我家里的电话又为什么不能先说一声："您好，我是杨庆春！"至于像打电话的宋先生如此多礼先讲"我是谁"，我不会反对；但对接电话的张先生听到毫无礼貌的追问"你是谁"，我只有同情而更不会反对他的不乐意。不知宋先生是否以为愚在和稀泥？

附1：

别问我是谁

张心阳

恐怕很多人都打过电话，若你是个男性打到对方家庭找女性而是男性接的电话，或者你是女性打到对方家庭找男性而是女性接了电话，电话里冷不丁会冒出一个警惕的声音："你是谁？"

一位多年未见的女校友曾让我打听件事，不免有几次电话往复。赶巧了，几次接电话都是男声，他不说自己是谁，当然也不会立即让该接电话的人接电话，而总是问："你是哪里？""你是谁？""有什么事？"听口气，似乎家中事他包揽了，像是让受话人一接电话就被人拐跑了。我当然可以如实告诉他，但我也有权利不告诉他。于是便回敬道："请别一再问我是谁，与你没关系。"不曾料及，只这一句话，惹得他们家庭闹了几天别扭。最后我告诉那位女校友，以后我再也不会往你家打电话，尽管你托付的事我还未办完。

尽管这是生活中常见的小事许多人都经历过，而我确有几分的在意。我所认的是，电话是一种普通工具，犹如电报、信件一样，每个人都有独立通信的自由。一封信在收信人同意之前，任何人不得拆阅，也无权知道信寄自何方，寄信人是谁，即便是夫妻也概莫能外。电话其实也如此，在未征得受话人同意之前就问对方是谁，有什么事，就如同偷拆收信人的信件一样，侵犯了受话人的隐私。是不是这样一个道理？

在国人的家庭伦理道德观念中，似乎是不讲个人隐私的，也似乎是越没有隐私，越显示其家庭关系的融洽。各个家庭关系怎么相处，别人确实无权过问。但是，只适用自己家庭的观念只能在自己的家庭使用，而一旦与社会交往，就必须遵循社会的公共原则和道德规范。接一个外人打来的电话，也是一次社会交往，如果自己不是受话人，也硬要把对方姓谁名谁、家住何方、何事何因打听清楚，不管受话人是否理解，但对对方就是一次冒犯，因为对方有权利或者说没有义务必须告诉你一切。

梁漱溟先生曾说过一段话，对于今天仍不乏现实意义。他说："西方人极重对于社会的道德，就是公德，而中国人差不多不讲，所讲都是这人对那人的道德，就是私德。譬如西方人所说的对于家庭怎样，对于社会怎样，对于国家怎样，对世界怎样，都为他的生活不单是这个人那个人的关系而是更大的个人对社会的关系。中国人讲五伦，君臣怎样、父子怎样、夫妇怎样、兄弟怎样、朋友怎样，都是他的生活单是这个人对那个人的关系，没有什么个人对社会的关系。"这种狭隘而庸俗的观念不也在一阵电话铃响声中反映出来？——对一陌生人毫无礼貌地在电话里发问，也就是貌似对家庭"这个人"负责，而对他人的情绪、社会公理不负责任。这与其说是方法问题，更不如说是一个人的涵养问题。

社会的文明往往取决于家庭的文明，但家庭的文明（有些属"土政策"，并不一定是文明）并不能替代和代表社会的文明，这就是家庭与社会的一个差别。

也许还会有人毫无礼貌地问："你是谁？"我都会一律回敬："别问我是谁！"

附2：

先讲我是谁
——与张心阳先生商榷

宋春雷

1995年9月10日《科技日报·社会文化周刊》第一版张心阳先生的文章《别问我是谁》很有些意思。对于文中所述的特定情景下，接听电话者生硬、充满怀疑而又刨根问底式的"你是谁?"、"有什么事?"一类的盘问，确实比较常见，也实在让拨电话的人难受。这确实不是一个方法问题，而是说明了发问者的涵养和文明程度。这也许是中国家庭伦理道德观念不重视个人隐私权的反映。但张先生却据此来抨击中国人的道德观念如何狭隘、庸俗，笔者从此文却丝毫也看不出其端倪，相反，我却认为张先生只不过是从另一个方面表现出过分自我的理念，而且很缺少知识。

首先，张先生错误地引用梁漱溟先生的结论。梁老先生的文章我没读过。但知道他用于同西方道德对比的，是中国封建时代所奉行的（也有叫传统的）道德观念。虽然它在现代中国仍有着不可忽视的存在和影响，但处于社会主义初级阶段的中国主导的道德观念，是共产主义的道德观，它比西方的道德观念更文明、更进步，更注重社会公德。所以引用梁先生的话来抑东扬西，指责中国的道德观念狭隘、庸俗，是错误的。当然，不可否认，国人中道德观念不完备，文明程度有待提高的不在少数，但这绝不是中国的道德观念庸俗、狭隘的问题。

其次，电话虽然和信件电报一样都是通讯工具，但它们提供给人们的联系方式却有着巨大的区别。就信件和电报而言，发件人和收件人不直接联系，双方的交流灵活、随意，而电话却是发话人和接话人直接交谈，双方的情绪、语言是否投机都难以回避。收件人可以毫无顾忌地拆阅信件，而接话人却可能不愿接某人或讨论某件事的电话，这一点点的常识，恐怕与道德观念的如何扯不上关系。此外，把接电话时对发话人的简单询问同拆阅信件相提并论也是常识所不认同的吧。

再次，东西方道德观念确实存在着不小的差别。但无论是东方伦理道德，西方伦理道德，从理念上讲，都是以尊重别人为重要内容的，因此，在强调个人权利的同时，也得尊重别人的权利，不能把自己的道德观念和习惯强加于别人。我们应当理解和尊重别人对于家庭、对个人的并不违背社会标准和习俗的观念和行为，而不必非要给朋友的家庭制造麻烦。因此，无论是出于什么原因，毕竟是你把电话打到别人的家里，打扰了别家的宁静，而不是相反。所以，以"别问我是谁，与你没关系"的生硬回敬，造成朋友夫妻别扭的做法，实在也不是什么涵养或文明较高的表现。

再其次，接电话的人在家里接到陌生人打来找异性的电话，尤其是丈夫接到男子打给妻子的电话，保持一定的警惕性是可以理解的，在大都市骚扰电话并不罕见。所以丈夫有义务提高警惕，问明是谁后再告知妻子，由她决定接与不接，以免妻子受到伤害。这一点我想大多数人是会接受的，并不涉及到侵犯妻子隐私权的问题。更何况，接电话的人与你要谈的事或许没关系，但与你要找的人却一定有着很亲近的关系。正常情况下，并不必向他（或她）隐瞒自己的身份。如果是善意的隐瞒，当不会在意对方的

"醒"后吐真言

询问。

最后，笔者要承认自己的涵养也不够高，所以会写出这么一堆不成章法的文字来，有违孔孟圣训，有违西方文明。这也许是由于笔者在打电话到别人家里时常先自报家门而没受到过生硬、不礼貌的询问的刺激，故而不能理解张先生的"在意"的缘故吧。

所以，为免生闲气，笔者斗胆建议各位在打电话到别人家里时，先讲"我是谁"。当然，特殊情况下可以例外。

夏日断想

　　一位内地中学语文教师说：中学语文教材中收入的鲁迅文章太多。时代在变化，教材内容要更新。我不否认鲁迅作品的意义。但我认为，无论对于教师备课还是学生接受而言，鲁迅都过于沉重。

　　时代变成卡拉OK、金店金宴，教材旋即更新为OK唱法、"金饰学说"？有如此教师，年轻学生宁愿在周作人式的"静静的独白"中感受安逸，少男少女每天抄录"美文"如痴似醉，闲适、潇洒、轻飘的"个人笔调"大行于市，也就毫不奇怪了。生命中不能承受之重，你所肯定的鲁迅作品的意义又能是什么呢？

　　"过于沉重"的鲁迅能提供给思想者的总是"磨脑"的沉重，而轻飘者既享受不了"磨脑"的锻炼，亦享受不了思之快乐。

　　德国哲学家海德格尔不仅说过"人，诗意地栖居……"而且还说过"思想是一门手艺"。只是时下许多"手艺"人没有思想。

　　所以，思想在有些人那里总是贬值。

"醒"后吐真言

周作人"附逆"之前，只能说基本上是一个人道主义者。之所以说"基本上"，以中国现代文学研究学者袁良骏的话说，乃因他的思想发生由抗日到媚日的转变而尚未"附逆"阶段，已开始对日本帝国主义的野蛮侵略行径大唱赞歌，离人道主义不啻十万八千里了。

人道主义者是可以得到赞歌的。周作人对野蛮唱起了赞歌，周作人理当得不到赞歌！

有人认为周作人不当汉奸，自会有别人去当，而且可能比他干更多的坏事，倒不如他当了，何况他也是迫不得已，况且他在做汉奸时还做过一些好事。"追求'小德'的完美却在'大德'上缺德的人，根本是一种逃避，一种自欺，一种大的行为、大的规范上的不道德。"（李敖语）只要周作人当了汉奸，他即使做了好事，也是"蒙人"的，一如携带巨款潜逃的人，即使平日里生活俭朴，"爱国爱民"，也只是"表演的"，一如在台上"咬牙切齿"要铲除腐败而台下侵吞国库不动声色之徒，更是"假装的"。他们缺的正是大德。

至于说周作人不当汉奸，自会有别人去当，而且可能比他干更多的坏事，倒不如他去当了，真让人觉得周作人当汉奸还有理而我们理亏。

倘若说王宝森不贪污，自会有李宝森去贪，而且可能贪得比王宝森更多，还不如让王宝森去贪，你不觉得这逻辑已经混乱而且混账吗？

倘若以上逻辑成立，岂不愈是好人愈让他贪污（或当汉奸），愈是坏蛋愈不能让他贪污（或当汉奸）吗？

倘若真能建立起不让坏蛋贪污的机制，纵使好人贪污一点也不碍事，因为好人贪污成坏蛋，坏蛋不贪污已有机制了。

可惜得很，比周作人更好或更坏的人当了汉奸不计其数。

鄢烈山《拒绝金庸》,险些遭到"围剿"。写杂文的"好事之徒"鄢烈山,哪壶不开提哪壶,偏偏提到与张爱玲相爱以至结缡"百圭之玷"都算不上的胡兰成,乃千夫所指的汉奸汪伪宣传次长。吃过钙的鄢烈山不愿"张迷"扣给他"程朱陆王"辈的霉气帽子,不仅不肯无条件地膜拜张爱玲,而且苦口"公心":"是否重民族大义,在我看来关系到一个人的大节,无论何时都不应该成为可以蔑视的世俗'框套'。"

称为"民族魂"的鲁迅无论对于那位备课的中学语文教师还是他的学生,都"过于沉重"了;"重民族大义"的鄢烈山,恐怕对迷张的"张迷"亦是"过于沉重"了。

那位中学语文教师的学生中说不定就有很多"张迷",但"张迷"不只是少男少女呀!

"重民族大义",对我而言,是无条件的;而要我迷张或者迷周作人,我是要选择的。

附：

叫鲁迅太沉重

董 桥

阅《大公报》见杨庆春《夏日断想》一文，说一位内地中学语文老师认为中学语文教材收鲁迅文章太多了。杨氏说："时代在变化，教材内容要更新。我不否认鲁迅作品的意义。但我认为，无论对于教师备课还是学生接受而言，鲁迅都过于沉重。"所谓"过于沉重"，想来是指鲁迅作品所涵容的时代意义，包括他的杂文所宣示的斗争精神。纯粹从语文的观点看，鲁迅的作品肯定可以列为范本。他的长篇短篇小说尤其写得好；杂文里那股火辣刻薄的笔调倒未必适合选入课文，恐怕失之悖逆。当然，说鲁迅沉重未必完全出自鲁迅的文字，后人对他的作品的重视、吹捧、研究、诠释，在在增加了鲁迅文字的重量。

周作人给鲁迅手抄的《游仙窟》写过一段"跋"，说到"矛尘将往长沙，持豫才所写《游仙窟》全本来，命题数语。关于此书，旧有读《游仙窟》一文，在《看云集》中，今不复赘。豫才勤于抄书，其刻苦非寻常人所及，观此册可见一斑。唯此刻无间贤愚，多在膜拜文艺政策，矛尘独珍藏此一卷书，岂能免于宝康瓠之讥哉！"这篇跋文写于1937年11月8日抗日战争初发期间，周作人因说大家都在服从文艺政策，而矛尘居然珍爱这样一本闲书，难免遭讥。"康瓠"是破裂了的空瓦壶，语出《史记·屈原贾生列传》："斡弃周鼎兮而宝康瓠。"鲁迅笔下文字向来"周鼎",手抄的这部《游仙窟》竟成了"康瓠",实在好玩。周作人说鲁迅抄书很勤,寻常人比不得他刻苦,这是鲁迅令人钦佩之处。他用功之深,涉猎之广,兴趣之杂,都超过常人;成绩比较弱的也许是他的翻译作品。

《游仙窟》是唐人传奇小说。仙窟者,妓馆也,全书描述士大夫文人狎妓享乐的腐朽生活,其价值当在语言,采用的是通俗骈体,辞藻浮艳,韵文散文夹杂。鲁迅其实不只是什么新文化斗士,他的传统文化修养深厚,手抄古籍,搜罗笺谱,推动美术,不一而足。张恨水《苔前偶忆》说年轻时雨后读《随园诗话》,见咏苔诗"连朝细雨刚三月,小院无人又一年",吟哦再三。父亲骂他没出息,"读袁牧诗,闭院赏苔,尚有何胸襟乎"?说罢微笑而去。张恨水说父亲精武尚侠,亦好文学,虽然极不愿意儿子沾斗方名士之习,但也不之禁。这是旧一辈文人的矛盾心理。手抄《游仙窟》,雨后赏苔,大概真的是练好文章的秘方。

谁叫鲁迅太沉重

自柳苏先生1989年4月在《读书》月刊上发表"劝文"《你一定要看董桥》后,我就在"二十四桥明月夜",等着"董君何处教吹箫"了。在快十年光景里,意恐别人讥笑"交谈不说董桥记,纵读诗书也枉然",所以,当陈子善先生集中"火力""命令"——"你一定要看董桥"时,我拥有数目可观的"董桥文集":《乡愁的理念》、《这一代的事》、《董桥文录》、《书城黄昏即事》、《董桥小品》,还有与《你一定要看董桥》(陈子善编,文汇出版社出版)一起出版的《文字是肉做的》,似乎有点三日不看董桥不知文字味也,该算"董迷"了吧。

我虽算不上蛀书虫,但也不是藏书柜,书买回家就得看。《文字是肉做的》买回的当晚就翻阅起来,首先从目录中寻找用来做书名的这篇《文字是肉做的》。不知是肉味馨香,还是我嗅觉灵敏,一下翻到了"芳名"所在的第9页,眼睛却又不由自主地盯在了第8页的《叫鲁迅太沉重》这一篇名上,真有些吃碗里看锅里之嫌。因自己一向喜读鲁迅,这下岂能放

笔墨往谈

过高人指点鲁迅的机会！

"无缘对面手难牵，有缘千里来相会。"真是有缘吧，《叫鲁迅太沉重》的第一句就是"阅《大公报》见杨庆春《夏日断想》一文，说一位内地中学语文老师认为中学语文教材收鲁迅文章太多了。"我该为拙文能被藏书家、书评家、散文家董桥先生所指点，不说喜极而泣，乐极生骄，也会沾沾自喜，孤芳自赏半天吧。且慢！董先生继续引用着：："杨氏说：'时代在变化，教材内容要更新。我不否认鲁迅作品的意义。但我认为，无论对于教师备课还是学生接受而言，鲁迅都过于沉重。'"还未读完这一段话，我就有些高兴不起来了。紧接着,董先生行文如行云流水，议论似快刀斩麻："所谓'过于沉重'，想来是指鲁迅作品所涵容的时代意义，包括他的杂文所宣示的斗争精神。纯粹从语文的观点看，鲁迅的作品肯定可以列为范本。他的长篇短篇小说尤其写得好；杂文里那股火辣刻薄的笔调倒未必适合选入课文，恐怕失之悖逆。当然，说鲁迅沉重未必完全出自鲁迅的文字。后人对他的作品的重视、吹捧、研究、诠释，在在增加了鲁迅文字的重量。"我怎么高兴不起来呢？"杨氏"认为"鲁迅太沉重"，中学语文教材收录鲁迅文章不宜太多，董先生帮"杨氏"分析找到了"鲁迅太沉重"的原因，"杨氏"有眼就要识"泰山"，兴奋起来才是！我没有理由"喜心翻倒也"，董先生应验了自己说的："字里行间讨生活谈何容易，古今中外处处是触目惊心的筋斗。"这里"杨氏说"其实不是杨氏说，而仍是那个语文老师说。我只有摘抄拙文了：

（第一段）一位内地中学语文教师说：中学语文教材中收入的鲁迅文章太多。时代在变化，……鲁迅都过于沉重。

271

"醒"后吐真言

假若董先生只读这一段后就有感而发,著文《叫鲁迅太沉重》,且认可"杨氏说",我无话可说,也觉情有可原。因为董先生还要忙着去喝"下午茶",哪有时间把那区区千字文看完,张冠李戴一下,别计较了。如果董先生继续读了第二段,还以为那是"杨氏说",我就有话要说。请看拙文第二段:

时代变成卡拉OK、金店金宴,教材旋即更新为OK唱法、"金饰学说"?有如此教师,年轻学生宁愿在周作人式的"静静的独白"中感受安逸,少男少女每天抄录"美文"如痴似醉,闲适、潇洒、轻飘的"个人笔调"大行于市,也就毫不奇怪了。生命中不能承受之重,你所肯定的鲁迅作品的意义又能是什么呢?

读到此,诸君判断,那"杨氏说"还是杨氏说吗?第三段写着:

"过于沉重"的鲁迅能提供给思想者的总是"磨脑"的沉重,而轻飘者既享受不了这"磨脑"的锻炼,亦享受不了思之快乐。

我既然不能认可那"杨氏说"是杨氏说,自然也不会认同"杨氏说"后的"董氏论"了。

董先生认为鲁迅的"长篇短篇小说尤其写得好;杂文里那股火辣刻薄的笔调倒未必适合选入课文,恐怕失之悖逆"。鲁迅的长篇小说如《阿Q正传》、短篇小说如《孔乙己》也都是被内地中学语文课本选录的,其笔调不同样是"火辣刻薄"吗?董先生是故意"顾小说失杂文",还是懂了也装

笔墨往谈

不懂？为什么杂文选入课本，就"恐怕失之悖逆"呢？你董先生不也是靠"端起杂文来吃肉"么？怎么还没有放下筷子就说杂文"悖逆"、"鲁迅太沉重"呢？

　　董先生说鲁迅沉重未必完全出自鲁迅的文字，原因是"后人对他的作品的重视、吹捧、研究、诠释，在在增加了鲁迅文字的重量"。由此举证说"鲁迅笔下文字向来'周鼎'，手抄的这部《游仙窟》竟成了'康瓠'，实在好玩"。意思是——你看，对于《游仙窟》这样一部描述士大夫文人狎妓享乐的唐人传奇小说，鲁迅都爱不释手，竟然手抄，鲁迅多么轻松自在，逍遥自乐呀！轻松自在的鲁迅怎么又全是写出"过于沉重"的作品呢？逍遥自乐的鲁迅怎能不把《游仙窟》手抄成"破裂了的空瓦壶"呢？其实，不同的人生，阅读《红楼梦》，必然读出不同的人味。所以，有人抄写《游仙窟》抄出妓女的血泪，有人捧读《游仙窟》却读出嫖客的淫乐。但我认为，鲁迅手抄此书，只是出于版本的稀少，出于对底层百姓深深的同情，出于对民瘼的一种疗救和针砭。至于是否像董先生所说的"大概真的是练好文章的秘方"，那也只是一个"大概"。这种"诠释"，就教于董先生，算得是对鲁迅的"吹捧"么？

　　沙叶新先生在《秋笳悲咽》一文中写道："如今鲁迅也被某些作家嗤之以鼻了。""如今之鄙薄甚至糟践鲁迅是何病理？也许是神态失常，反正有病。"董桥先生是一位洒脱而不失沉稳的作家，但他对一篇谈及鲁迅的文章甫读辄止，文兴大发，把自己认为"鲁迅太沉重"的理念强加于原作者，就事议事，我以为董先生有些强词夺理，尤其在不少人以糟践鲁迅为时髦的今日，尽管他的用心不在于此，依然逃脱不了起哄之虞。如今的中国，不尽是人人有闲有钱去喝"下午茶"的中国，轻松的自然轻松，沉重的自然沉重，而让在轻松的环境里成长的中学生，多接受一些沉重的话题，未免不是未雨绸缪。董桥先生能以为然否？

附1：

卸载沉重的办法
房向东

　　董桥是"聪明人"，经常进出西洋，文章中时不时夹一些豆芽菜。他要是和鲁迅处在同一时代，我想，鲁迅是不是会把他并入洋绅士，或者"假洋鬼子"一流，也未可知。假如鲁迅活着，是否欣赏董桥？我们不知道。然而，董桥"欣赏"鲁迅，却是有白纸黑字在。

　　《甲寅日记一叶》提到鲁迅："午后进城，寄信数通，搭巴士赴伦大亚非图书馆还书。上二楼翻中文书，见《鲁迅日记》三大函，织锦函套，每册线装布面。……此书只印1050部，……恐目前私人虽出重金亦不可得也。"（《董桥文录》，四川文艺出版社）他借出了《鲁迅日记》第一函，翻了翻，感叹曰："全套日记以毛笔书写，字迹秀雅得体，加之宣纸印上乌丝栏，更显古意盎然。"董桥毕竟和鲁迅不一样，鲁迅从"采菊东篱下"的陶渊明身上，却看到了"刑天舞干戚"的金刚怒目状；董桥不见先生的"心事浩茫连广宇"，只看到鲁老夫子的"古意盎然"。"心事浩茫"给人"沉重"之感，"古意盎然"自然是轻松洒脱了。

　　1997年8月，文汇出版社出版了董桥的小品集《文字是肉做的》，其中《叫鲁迅太沉重》一文对鲁迅多有议论，这些议论为我们勾勒出了董桥心目中的鲁迅。这是个什么样的鲁迅呢？不说被歪曲，至少也是变形的鲁迅。文

笔墨往谈

章一开始就说:"阅《大公报》见杨庆春《夏日断想》一文,说一位内地中学语文老师认为中学语文教材收鲁迅文章太多了。"接着,董先生继续引用道:"杨氏说:'时代在变化,教材内容要更新。我不否认鲁迅作品的意义。但我认为,无论对于教师备课还是学生接受而言,鲁迅都过于沉重。'"这里,问题出来了,关于鲁迅作品太沉重,教材要更新一段话,到底是那个"内地中学语文老师"说的话,还是杨庆春说的话?两个人的话杂糅在一起,给人的感觉仿佛既是"内地中学语文老师"说的话,也是杨庆春说的话。

董桥可不管是谁说的话,他以"如行云流水"的行文,"似快刀斩麻"的议论,借题发挥道:"所谓'过于沉重',想来是指鲁迅作品所涵容的时代意义,包括他的杂文所宣示的斗争精神。纯粹从语文的观点看,鲁迅的作品肯定可以列为范本。他的长篇短篇小说尤其写得好;杂文里那股火辣刻薄的笔调倒未必适合选入课文,恐怕失之悖逆。当然,说鲁迅沉重未必完全出自鲁迅的文字,后人对他的作品的重视、吹捧、研究、诠释,在在增加了鲁迅文字的重量。"

可是,杨庆春对董桥说"不"了。他在1998年12月16日的《中华读书报》上发表了《谁叫鲁迅太沉重》一文,为自己作辩解。他先是为自己的文章"被藏书家、书评家、散文家董桥先生所指点,沾沾自喜、孤芳自赏……"杨庆春好像被陶醉了,其实,这只是一种欲抑先扬的战术。随即,他说:"且慢!还未读完这一段话,我就有些高兴不起来了。……我怎么高兴不起来呢?'杨氏'认为'鲁迅太沉重',中学语文教材收录鲁迅文章不宜太多,董先生帮'杨氏'分析找到了'鲁迅太沉重'的原因,'杨氏'有眼就要识'泰山',兴奋起来才是!我没有理由'喜心翻倒也',董先生应验了自己说的:'字里行间讨生活谈何容易,古今中外处处是触目惊心的筋斗。'这里'杨

275

"醒"后吐真言

氏说'其实不是杨氏说,而仍是那个语文老师说。"

为什么说"仍是那个语文老师说"呢?我们应该再接着看看杨庆春的下文:

> 时代变成卡拉OK、金店金宴,教材旋即更新为OK唱法、"金饰学说"?有如此教师,年轻学生宁愿在周作人式的"静静的独白"中感受安逸,少男少女每天抄录"美文"如痴似醉,闲适、潇洒、轻飘的"个人笔调"大行于市,也就毫不奇怪了。生命中不能承受之重,你所肯定的鲁迅作品的意义又能是什么呢?

杨庆春的意思很明白,他引用"内地中学语文老师"的话,是当作靶子,他抨击的是"沉重"的反面,即所谓的"轻松"。可是,这到了董桥那里,却是"合二而一"了。这是董桥的大意,把杨庆春引用的"内地中学语文老师"的话当作杨庆春的话了。董桥作文章一向细心,这里为什么犯急躁了呢?在他看来,谁说的并不重要,重要的是他有文章可作了,重要的是他要借题发挥,向人展示他心目中不沉重的鲁迅,或者,他要借此机会把鲁迅变成一个不沉重的鲁迅。

我觉得,董桥引用的这位老师的意见,也不能说全无道理,中学的语文课本里,对鲁迅太"沉重"的文章,在我看来是已经采取过某些卸载措施。比如,鲁迅有《论"费厄泼赖"应该缓行》,王蒙则反其道而行之,抛出了《论"费厄泼赖"应该实行》,一字之差,鲁迅的"沉重",被卸载去了十万八千斤。

若干年来,最不"沉重"的文章是什么呢?我瞅来瞅去,大约是琼瑶的作品了。是不是应该将其选入课本呢?这就像"沉重"的反义词只能是"轻松"一样，是不言而喻的事。

董桥说鲁迅的沉重未必完全出自鲁迅的文字，原因是"后人对他的作品的重视、吹捧、研究、诠释，在在增加了鲁迅文字的重量"。后人对鲁迅作品高度重视并进行深入研究，这说明鲁迅的作品所蕴含的内容十分丰富，思想极其深刻，鲁迅的作品含金量高——这样的作品，不正应该选入课本吗？反过来，不被学界重视，不值得深入研究的作品，若是可以选作教材，那不是误人子弟吗？再者，"后人"所做的一切，从另外的角度看，也可以说无关宏旨。鲁迅的作品若是因为这外在的因素而变得"沉重"，那与鲁迅有何干系？

那么，董桥认为的鲁迅"轻松"的一面是什么样的呢？董桥说："鲁迅其实不只是什么新文化斗士，他的传统文化修养深厚，手抄古籍，搜罗笺谱，推动美术，不一而足。"先要指出的是，他的"不只"二字，仿佛有"两点论"，因为这意味着他承认鲁迅是"新文化的斗士"；可是，他又在"新文化斗士"前面加了"什么"二字，这二字则完全暴露了他对作为"新文化斗士"的鲁迅的不以为然。他举了周作人为鲁迅手抄的《游仙窟》写过一段跋的事，说"鲁迅笔下文字向来'周鼎'，手抄的这部《游仙窟》竟成了'康瓠'，实在好玩"。"好玩"在哪里呢？董桥说："《游仙窟》是唐人传奇小说，仙窟者，妓馆也，全书描述士大夫文人狎妓享乐的腐朽生活。"

董桥的意思是，对于《游仙窟》这样一部描述士大夫文人狎妓享乐的唐人传奇小说，鲁迅都爱不释手，竟然手抄！这哪里像一个新文化的斗士呢？鲁迅多么轻松自在,逍遥自乐呀！轻松自在的鲁迅怎么又会是写出"过于沉重"的作品的鲁迅呢？对于这一点，杨庆春批驳得好，他说："其实，不同的人生，阅读《红楼梦》，必然读出不同的人味。所以，有人抄写《游

"醒"后吐真言

仙窟》抄出妓女的血泪,有人捧读《游仙窟》却读出嫖客的淫乐。但我认为,鲁迅手抄此书,只是出于版本的稀少,出于对底层百姓深深的同情,出于对民瘼的一种疗救和针砭。"

许多道德家说及"仙窟"中人,多谴责妓女的伤风败俗,而鲁迅却透过妓女的存在,看到了作践妓女的"嫖男",没有"嫖男"又何来妓女呢?鲁迅对"嫖男"的痛斥,不也包含着对妓女的深广的同情吗?从中,我们不也可以看到鲁迅抄《游仙窟》的用心一二吗?

董桥突出《游仙窟》是"描述士大夫文人狎妓享乐的腐朽生活",是不是暗示人们,鲁迅在心理层次上也想过这样的"腐朽生活"呢?其实,鲁迅不仅抄过这类书,他的文字中也还有比抄《游仙窟》更为"黄色"的东西。我不妨举一例,鲁迅日记里隔几天会出现一个词"濯足",这个词来自《诗经》,从字面上看,是"洗脚"的意思。可是,李庆西经过考证,认为"濯足"不是洗脚而是做爱的隐语。这也许有理,因为做爱比洗脚更有理由写在日记里哩。鲁迅的文字中有做爱的内容,这一点,不知董桥是否注意到了,做爱肯定要比目前选在课本中的那些内容不"沉重"。时下,讲究减轻学生负担,我建议选教材的人们采纳董桥们的意见,把"濯足"一类的日记选若干则,轻松逗笑之余,也多一点人生情趣。

把鲁迅抄《游仙窟》的旧事突出出来,客观上比较容易让人产生联想。董桥生活的香港这块土地上,先是有苏雪林等人根据鲁迅的一则日记,说鲁迅嫖妓;后又有千家驹说鲁迅在日本娶过媳妇,而这媳妇不是别人,却是周作人的老婆……董桥的文章是讲含蓄的,他希望文章留有余地,让读者自己去品味。董桥关于鲁迅的这篇文章余地是很大的,至少达到了让我产生以上联想的艺术效果,堪称是他的代表作。

抓住一点，不及其余，董桥抓住了鲁迅的抄《游仙窟》，而不论鲁迅根本上作为战士的存在。每一个人都是复杂的存在，尤其像鲁迅这样生前死后多有争议的人物。我们肯定鲁迅的什么，否定鲁迅的什么，这都是问题，都可能给人不同的鲁迅。甚而至于，突出鲁迅的什么，淡化鲁迅的什么，也能给人一个不同的鲁迅。

由此，我想到关于希特勒的一个片断的回忆。

据希特勒的秘书说，希特勒仿佛还是一个爱兵的人，一个不失幽默的人。他到部队去，和普通士兵交谈，关心他们的疾苦，当希特勒看见士兵在打蚊子时，便开玩笑说："哎，这不是你们步兵干的事嘛，这是空军的事。"这不乏风趣的语言，逗得士兵开怀大笑。希特勒的秘书当然只能突出希特勒的这一方面。可是，这"可亲"的细节是不是希特勒的本质呢？显然不是。希特勒无论怎样幽默、"可亲"，都抹不去他手上的血痕，都去不掉他身上的腥味。倘若我们根据一两个细节，宣扬希特勒所谓的"人格魅力"，那我们不是要犯极大的错误吗？

再反过来看问题，鲁迅认为章太炎主要是因为革命业绩而名震遐迩、青史留名的。鲁迅说："我以为先生的业绩，留在革命史上的，实在比在学术史上还要大。回忆三十余年之前，木板的《訄书》已经出版了，我读不断，当然也看不懂，恐怕那时的青年，这样的多得很。我的知道中国有太炎先生，并非因为他的经学和小学，是为了他驳斥康有为和作邹容的《革命军》序，竟被监禁于上海的西牢。"（《且介亭杂文末编·关于太炎先生二三事》）尽管王晓明不同意鲁迅的观点，认为这是鲁迅晚年病态的一种表现，但客观的事实是，假如章太炎只是研究"经学和小学"的章太炎，那他至多只能在他所涉学科留下踪影，而不会在中国社会史、革命史上留光彩的一笔。

"醒"后吐真言

他所研究的专业是那么偏冷，若是因此而成为被大众周知的历史人物，似乎有点不可思议。道理也是一样的，我们不能为了自己的需要、自己的喜好，只突出学者的章太炎而淡去了革命者的章太炎，倘若这样，我也不说是章太炎的丧失，至少是变形的章太炎了。

希特勒有时有"人格魅力"，但改变不了他作为恶魔的客观存在；章太炎有学者的一面，但他同时是一个革命者，甚至可以说他更重要的是作为革命者的历史存在。这才是他们的真实，这才是他们的本质。那么，什么是鲁迅的真实，什么是鲁迅的本质呢？

我以为，鲁迅与现代作家的不同之处，或者说，鲁迅存在的伟大意义，在于他首先是一个战斗的作家。在中国，作家有许许多多，但像鲁迅这样一生不妥协地战斗，直到生命的终结，却没有第二个。这便是鲁迅的最大真实，这便是鲁迅的本质。如果鲁迅如董桥所说，只是"手抄古籍，搜罗笺谱"，只是"士大夫文人"之类，那鲁迅与那些洋绅士土绅士又有什么区别呢？那不是等于说，鲁迅一生所痛恨所抨击的对象，竟是他自己所默认所喜好的？

董桥这种把伟大拉扯到凡庸，把神圣变成世俗，世无巨人，大家半斤八两的论人方式，也不是只针对鲁迅一人，对马克思等人，他也是这样干的。他有一本书的书名叫《在马克思的胡须丛中和胡须丛外》，什么是马克思的"胡须丛中"，又什么是马克思的"胡须丛外"呢？原来，这是董桥的一个带有"幽默"色彩的发明，据他在该书的《自序》中说，马克思的胡须很浓，"人在胡须中，看到的一切自然不很清楚"，所以，要"写些马克思学说以外的文章"。董桥的集子"借他的胡须分成'丛中'、'丛外'"。在下是一个不领风情，不谙幽默的人，折腾来折腾去，折腾了半天我才弄明白，原来胡须内是马克思的学说，胡须外是马克思的非马克思学说。何以见得？董桥接着说道："幸好马克思这个人实在不那么'马克思'，一生相当善感，既不一味沉迷磅礴的革命风情，倒很懂得体贴小资产阶级的趣味，旅行、藏书、念诗等等比较清淡的事情他都喜欢……"马克思一生"最受诬蔑"的经历他都淡去了，马克思一生战斗的业绩他都淡去了，留下的只是"小资产阶级"的趣味。

可不，董桥有另一文章叫《马克思博士到海边度假》，说是1880年夏天，马克思带全家人到肯特郡海边避暑胜地蓝斯盖特度假的事。董桥的知识面是宽广的，他说，蓝斯盖特"韵味十足"，《傲慢与偏见》里的威克姆跟达西的妹妹私奔一节背景正是蓝斯盖特；珍·奥斯汀1803年也到过那儿；诗人柯罗律兹每年夏天都去游泳……马克思也去了，而且还边散步边喝酒。在这篇文章里，他也不管马克思是在度假，仍然煞有介事地为在海边休闲的马克思戴上那顶"博士"的帽子，为什么呢？为了与私奔者、作家、诗人并列，博士和诗人之类摆在一起，当然是很合适的了。

看了他对马克思的评价，是不是有益于理解他对鲁迅的态度呢？

附2：

北京房先生对我的批判

董 桥

到现在，鲁迅的名字和作品似乎依然受到政治庇护。我一向不喜欢他的杂文，战斗的霸劲太强了，他的小说和散文太好，凝练之余气韵万千。这一点，我是绝不讳言的。前几天，朋友寄来《鲁迅研究月刊》今年第三期里的一篇《卸载沉重的办法》，作者是房向东，全文批判的正是我对鲁迅的这一点看法。这是北京鲁迅博物馆内鲁迅研究室主办的月刊，历史不短，权威隆盛，对我这样不吝赐教，我是衷心感谢的。

卖文数十载，笔下百万言，我对自己的旧作不甚留恋，印象也多模糊，这次重读房先生所引用的那几篇，虽觉遥远，却也相识，因为我对鲁迅作品的观感至今不变，并无寸进。我喜欢鲁迅写稿写信的小楷字；我喜欢鲁迅和郑振铎一起搜集笺谱、重印笺谱那股振兴传统工艺美术的苦心和雅兴；我甚至喜欢读读《鲁迅日记》里记他到琉璃厂闲逛的片断。过了半百的人了，大半辈子流离国外，我偏爱中国的旧人物旧文化，那该是合理的乡愁了。房先生竟说："鲁迅从'采菊东篱下'的陶渊明身上，却看到了'刑天舞干戚'的金刚怒目状；董桥不见先生的'心事浩茫连广宇'，只看到鲁老夫子的'古意盎然'。'心事浩茫'给人'沉重'之感，'古意盎然'自然是轻松洒脱了。"这点，我是改不了，也不想改。

笔墨往谈

我写过《叫鲁迅太沉重》一文，引了《大公报》上杨庆春《夏日断想》里的话，说一位内地中学语文老师认为中学语文教材收鲁迅文章太多了。房先生说，杨庆春后来在内地发表《谁叫鲁迅太沉重》为自己辩解，说我混淆了他的行文，把中学老师的话当成是他的话。我看不到杨先生的回应文章，却很愿意为拙文万一给他带来了困扰致歉。

房先生努力学习鲁迅，借鲁迅的话说明评价章太炎不可只顾着眼于他研究经学和小学，也要注意他在中国社会史、革命史上的成就。于是，房先生不容许我只把鲁迅看成是手抄古籍、搜罗笺谱的士大夫文人，因为"鲁迅存在的伟大意义，在于他首先是一个战斗的作家"。基于这个信念，房先生连我当年写马克思所用的角度也骂了，说是"马克思一生战斗的业绩他都淡去了，留下的只是'小资产阶级'的趣味"。

我十分敬仰房先生战斗的心志，也十分羡慕房先生坚毅的信仰。我背不起这样沉重的包袱了，房先生"卸载沉重的办法"对我又不很合适。我倒常常想起认识鲁迅的徐讦先生对我说过的那句话："鲁迅也是人，心地好得很！"我想，鲁迅是会体谅我的落伍的。

"鲁迅是一种点心"析

在杂文界颇有影响的《杂文报》和《杂文选刊》，分别于1996年1月份"杂文选粹"专版和第一期"精品卷宗"专栏，重新选载了鲁迅先生在五四运动前一年写的"随感录"，是因为离迅翁逝世60周年的日子愈来愈近，以求思想界"一元复始"之纪念？还是因贬损鲁迅的人和认为"鲁迅是一种点心"的人，大多是没有读过鲁迅著作的人，因而重登先生的著作，以供那些无知者读读，看看鲁迅洞察万象的智慧、深邃细致的思考、高深远大的目光、犀利见血的笔锋，能有几人所具备？或是精心高举"树人"的"民族魂"大纛，以抵抗"把小巧玲珑推为时代的最高标准或唯一标准"的小帆？

或者都是。应该都是。面对"十年重来一次"的贬损和否认鲁迅的歪风、妖风、邪风，"学习鲁迅，弘扬鲁迅"的人，被讽刺为"鲁迅的门徒"的人，深受鲁迅思想浸淫的人，理应自觉地去抗击那对鲁迅"两边来的明枪暗箭"。

明枪易躲。"鲁迅是一种点心"，这是一幅漫画《无题》的内容（见1995年12月11日《中国青年报》）：两位先生（一老一少）和一位小姐（戴着眼镜）在酒吧相聚,三杯下肚,兴之所至,小姐发问："您认为鲁迅怎样？"西装革履的老先生立即答曰："还行,只是口感不如'人头马'。"头戴礼帽的少先生立即纠偏："嗨！鲁迅是一种点心,您怎么当成酒了！"小姐大跌眼镜。既然南霸天成了客店名,毛泽东成了菜谱名,商人碰杯时的杯中酒,"腐败肚"储备的美味佳肴又何尝不会把鲁迅当做招牌,制成商标？熙熙攘攘,利来利往,鲁迅又如何逃脱这"利尚往来"的迎送？

"鲁迅是一种点心",有三种人会这样说。一是真正的不读鲁迅的无知者；二是读过鲁迅的故意歪曲者；三是"我是流氓我怕谁"的流氓有产者。

对第一种人,只要让他回心转意去读鲁迅,读过之后他就不会贸然地"单凭一种情绪下结论"。引起鄢烈山先生"兼论郭沫若晚年的心境"的陈传席教授发表于1995年7月1日《文论报》上的"话说名家与大家",其中否定钱锺书钟情于书,说他仅是学人书生,而非智者通人,肯定郭沫若"牺牲了自己"而选择了"报恩"的晚年心态,不可让人信服而接受,但对鲁迅的评价倒是恰如其分的。我对把陈教授"收藏的鲁迅著作全部扔掉"的他的那位朋友很"感兴趣"。帮陈先生"整理书籍"的朋友"太恶心"鲁迅的书,因他常谈论徐志摩、周作人、苏曼殊等这些人。什么原因？"就因为周作人当过汉奸,而鲁迅却是'我以我血荐轩辕'"？（陈鲁民先生担心世纪末也会产生"汉奸坯子",看来并非杞人忧天。）还是陈传席教授有心,他把鲁迅的著作借来复印了部分内容交给他的朋友,仅告诉这些文章是20世纪20至30年代一位作家所写。他的朋友读后自打耳光："你开什么国际玩笑,鲁迅如果能写出这样的文章,那就不称为鲁迅了。"所以教授说："贬低鲁迅的人,大多是没有读过鲁迅著作的人。"

"近日不闻秋鹤唳,乱蝉无数噪斜阳。"记得大约在1984年前后,有人

"醒"后吐真言

公开发表文章，全盘否定鲁迅的著作，认为一部《鲁迅全集》，除了两三篇小说还不错，其余皆不足道也。过了十余年的今日，又浮泛起一种贬损鲁迅的论调，所持的理由是说，鲁迅是"某种政治力量捧出来的"（陈传席教授的那篇"文论"和邵燕祥先生给《深圳商报》编辑刘克定先生的信中都提到了这种否定鲁迅的时髦论调），邵先生认为"这样说话的也许可以算是在不同程度上疏远共产党的人士吧"，但让他奇怪的是："有一些共产党员甚至共产党的干部，一听到鲁迅的名字，一听到人说学习鲁迅，发扬鲁迅精神，也有点像鲁迅小说里描写的，民国初年有些人听说'过激主义'（指社会主义或共产主义）那样紧张，至少是敬而远之；在某种程度上疏远鲁迅或淡化鲁迅这一点上，倒跟上述那些人近于殊途同归了。"邵先生进而得出结论：他们"除了少数情况外，其实可能有一个共同的原因，就是都没有认真读过鲁迅的书，甚至压根儿没读过，更谈不上读懂鲁迅了"。

　　以外的"少数情况"又是怎样对待鲁迅的呢？《东方文化》是一本很有规格的学术刊物，曾经连载的史界学者顾颉刚的自传也是颇有分量的学术传记。其中有一重点章节以鲁迅同代人兼有特殊交往者的名义，披露了许多鲁迅当年的"内情"，从这些内容和顾先生的引文语气来看，鲁迅是个心胸狭窄、小肚鸡肠、多猜善疑且又极易"被人利用"的人。不过，像毛志成先生一样不信的人是大有人在的。顾先生为当年那场官司自辩，甚至有点自标，无非是想摁一下鲁迅，抬一抬自己。"有时，戏弄巨人真也不是个人的孤立行为，和社会思潮紧密相关。而且，一些巨人倒霉的时候，肯定会有一些曾被巨人比矮了的人被人为拔高，乃至偷偷被弄到巨人殿堂。"毛先生所说的戏弄巨人的人和被巨人比矮了的人乃至偷偷被弄到巨人殿堂占有一席的人，我以为他们全是一些读过鲁迅的故意歪曲者，或者说是射向鲁迅的暗箭也不为过。只要不读鲁迅的无知者尽可能找些鲁迅的书读读，就不会对鲁迅怀有先入为主的成见和反感；只要没有读懂鲁迅的一知半解者，多读几遍《鲁迅全集》，就不会被贬低鲁迅抬高自己的学说或传说所蛊惑；只要学会像鲁迅那样一心为着这个民族的新生而"横站"，就不会害怕从两边射过来的明枪暗箭。

"鲁迅是一种点心"，目空一切的流氓有产者也会轻佻地如此说。对此说，陈漱渝先生撰写《顽主"仿生学"》欲博"听别人骂也挺开心"的顽主一粲，我谓陈先生的用心良苦且枉然。"我是流氓！"岂怕你一篇短短的讽刺文章？"我"敢说鲁迅的书是靠日本的特务经费出的，"我"偏信"台湾一些书中的（对鲁迅）诽谤说法"，"我"看人常"充满阴暗念头"，"以讥笑人类所有情感为乐事"，"我"以为"鲁迅是一种点心"，你还有什么大惊小怪的！既然此种"聪明"的有幸沐浴过"阳光灿烂的日子"的顽主，其结局也只能像鲁迅形容的那样，"仰天吐唾沫，只会是星星点点回落在自己脸上"，那就让他自己的唾沫淹没他好了。倘若好心人提醒他，说不定他又扭过头来反吐别人一脸。

"我们没有鲁迅"，韩国人特惋惜特钦羡；我们有了鲁迅，我们应学习应弘扬。因此，对说"鲁迅是一种点心"的第一种人，要像陈传席教授那样用心去感染，要像邵燕祥先生那样用心去呼唤，请他们"读一点鲁迅"；对第二种故意歪曲者，要像毛志成先生那样明辨是非，不去轻信，甚至揭穿事实真相以正视听；对第三种流氓有产者，要像陈漱渝先生那样即使枉然亦愿著文一驳，驳得其体无完肤，也就由不得流氓不怕谁。只有如此，我们时代的人们充其量只在商界进行贩卖，而不会在思想界为一点蝇头名利进行廉价交换。

附1：

也说"鲁迅是一种点心"

陈鲁民

"鲁迅是一种点心"。此乃近日一幅漫画的题目。二男一女，女士嗲声问：二位以为鲁迅怎样？甲男答曰：还行，只是口感不如"人头马"。乙男立刻纠正说：No！No！鲁迅是一种点心，您怎么当酒了？

哑然失笑之余，想想也没什么奇怪。毕竟迅翁已仙逝整整一个甲子了，时光可以淡忘一切。而且，既然莎士比亚已被当成"洋酒"，高尔基被当成"饮料"，鲁迅被视为"点心"，又有什么奇怪。漫画家的用意，自然是讽刺一些时髦男女的健忘无知和无聊，杨庆春先生进行了鞭辟入里的批判，其实又何妨反其意而用之，姑且认为鲁迅就是"一种点心"——无数前辈先哲们的思想学问道德文章，不正是一直在精神上滋养哺育着后人吗？尤其是"俯首甘为孺子牛"的鲁迅先生。

假如"鲁迅是一种点心"，那么这种"点心"富钙、多铁，常食可以壮筋骨，助阳刚，膝不软，腰不弯。曾记否，面对文化围剿，风雨如磐，"忍看朋辈成新鬼"，先生毫不畏惧，依然要"怒向刀丛觅小诗"。在接到装着子弹的恐吓信后，先生依然坚持参加被特务暗杀的杨杏佛追悼会，而且一出门就顺手扔掉钥匙，不准备回家。面对国民党的杀人如麻，挂头恐吓，先生不屈地宣布："革命被头挂退的事是很少有的。""倘若必须前面贴着'光明'

和'出路'的包票,这才雄赳赳地去革命,那就不但不是革命者,简直连投机家都不如了。"这就是鲁迅,一个中国唯一在身上覆盖过"民族魂"大旗的瘦干老头。

假如"鲁迅是一种点心",这种点心,富含辣椒素,可驱寒、补血、发汗。读《一件小事》,同样也"教我惭愧,催我自新,并且增长我的勇气和希望",因为我等也能"榨出皮袍底下藏着的'小'来。"读《阿Q正传》,想想我们身上至今还残留的阿Q精神,心头还藏着那根焦黄的"小辫儿",不由得大汗淋漓。读《中国失掉自信力了吗?》品味火辣辣的语言"我们自古以来,就有埋头苦干的人,有拼命硬干的人,有为民请命的人,有舍身求法的人……这就是中国的脊梁。"又怎不让我们热血沸腾。

假如"鲁迅是一种点心",这种点心富含维生素A,多用可清心明目。"一要生存,二要温饱,三要发展。"这是教我们要看清世界大势主流,勿为各种纷纭复杂的表象所迷惑。"帝国主义和我们,除了它的奴才之外,哪一样利害不和我们正相反?我们的痈疽,是他们的宝贝,那么,它们的敌人,当然是我们的朋友了。"这是教我们如何识别敌友,而绝不相信那些"甜腻的话头,公正的面孔"。《拿来主义》教导我们要"运用脑髓,放出眼光,自己来拿!"《捣鬼心传》,告诫我们要眼光放长远些,因为"捣鬼有术,也有效,然而有限,所以以此成大事者,古来无有。"即是今日性、骚小说的泛滥,色情作家的高产,也没有逃出先生60年前的审视:"一见短袖子,立刻想到白胳膊,立刻想到全裸体,立刻想到生殖器,立刻想到性交,立刻想到杂交,立刻想到私生子。"

"鲁迅是一种点心",姑以为此吧。这种"点心",虽没有甜腻腻的奶油,没有圆乎乎的火腿,吃起来并不"可口",也不是"馈赠佳品",但常食常品,

"醒"后吐真言

可以心不冷，眼不花，骨不软，腰不弯。特别是那些"精神侏儒"、"冷血动物"、"良心坏死"者、"思想佝偻"者，尚还希望"霍然而愈"重新做人，那就不妨请读读鲁迅，尝尝"鲁味点心"，您将会受益匪浅。

附2：

第四种人

闵良臣

鲁迅先生到今年已经逝世60年诞辰115年了，因而今年的纪念文章也就忽地又多了起来。然而我还是重复几年前说过的那句话："像鲁迅先生这样的伟大人物，我总觉得每年都应该有纪念活动，尤其是在杂文界。"（这也并非是开了什么先例，我们也并不是没有每年都在纪念一下的人物——尽管那些人物也应当纪念）这不仅有些别的什么意义，重要的一点，笔者认为还在于，让那些反对鲁迅甚至仇视鲁迅的人明白：在这个世上，毕竟还很有些热爱鲁迅，朝着"鲁迅的方向"前进——直白地说，也就是那有些人的对头。

杨庆春先生不久前撰文《"鲁迅是一种点心"析》，其中认为："'鲁迅是一种点心'，有三种人会这样说：一、真正的不读鲁迅的无知者，二、读过鲁迅的故意歪曲者；三、'我是流氓我怕谁'的流氓有产者"。

其实还有第四种人，这就是：仇视鲁迅者。

几年前有人在《杂文报》上提出"鲁迅以后何以再无鲁迅"，笔者也曾就此发表过一点看法："鲁迅以后何以再无鲁迅？这问题我认为目前还谈不清，或说谈得清的文字出不来。""鲁迅死后五十几年，只要问我们是否愿意尤其是能以毫无隐蔽地披露自己的心境，要说的话，是否总得说去也总

"醒"后吐真言

能说去，便明白了鲁迅以后何以再无鲁迅——别的尚且不提。"几年过去，似乎又更深地明白了一些情形，之所以有我上面说的这段话，现在想来，主要是在我们这个社会里有着不少仇视鲁迅的人。这尽管也是我上面那一点看法中应有之意，可在当时我却实在没有现在这样的意识，或说"意识"并不像现在这样清晰。

眼下仇视鲁迅的都是些什么人，没有调查，不敢妄言。只知道江苏省公布的《百种爱国主义推荐书目》中，居然没有鲁迅著作。报上提出要保护鲁迅20年代在北京的故居八道湾，于是就有人在报上愤愤不平，而这人其实也正是在写着"杂文"，据说还出了两本集子，用他自己的话说，也算是一个"鲁迅的门徒"吧。

几月前，接湖南李升平先生寄来的《杂文与生活》报，读到邵燕祥先生给《深圳商报》编辑的信，觉得邵先生真是宽厚之人。他只是奇怪"有一些共产党员甚至共产党的干部，一听到鲁迅的名字，听到人说学习鲁迅，发扬鲁迅精神"就"紧张，至少是敬而远之"。他不曾想到有人岂止是敬而远之呢，简直是恨得咬牙切齿，甚至由仇视鲁迅还"株连"到写杂文的人头上。这里仅举亲身的例子：数年前，一家新闻单位准备借调本人，不想当时的那位企业主在新闻单位的领导面前对我表示极大的轻蔑："你们要他？写小杂文的——还是鲁迅笔法！"

这些人为什么要仇视鲁迅仇视写杂文的，说到底，也就是因为鲁迅和杂文作者总是偏要在这些人所谓"好世界上多留一些缺陷"（鲁迅语），使那些戴着假面具的"正人君子"过得有些不舒服。有时想，鲁迅先生已经死去60年了，他的伟大，别人可以说在这在那，而要我说，他还有一点伟大（不知算不算我的新发现），就是在死去60年后，仍能让那些坏东西惧怕他仇视他（很有点像死后的孔明），这是什么人能比得起的吗？

不过时代毕竟进步了。曲里拐弯地骂呀，仇视呀，诬陷呀，甚至恨不得将鲁迅当点心吃掉呀，然而这第四种人自知鲁迅是不会被骂倒的，因而自己也永远难以"翻身"，至多不过是发发牢骚，"标新立异"，或者是以泄心头之愤罢了，岂有他哉！

可我要说，想把鲁迅当做一种点心"吃掉"的人，你们不过是痴心妄想，奉劝还是死了这恶毒的心吧。

"上面的指示"

　　1998年10月26日上海《文汇报》综合《科技日报》和《中国妇女报》报道：《胡万林又闹人命案》。此胡万林就是"知名度"很大的"胡大师"胡万林。他在陕西终南山非法行医时，警方出动警力六百，车百辆，才将他驱逐出境。"大师"毕竟是"大师"，无论他是被驱逐出境还是被欢送出境，总是有人邀请和欢迎。"胡大师"就是在1998年7月前后，被河南商丘卫达医院在当地有关部门的"支持"下，"邀请"到该医院行医的。"胡大师"原本是"神医"，也就没什么医术，而只有"神术"。所以，他行医的方法不外乎是其看家本领——"一分钟目测"。就这样，商丘市的一位农妇崔桂云和一位高级退休女教师何素云被"胡大师""目测"成了两朵"白云"飞天而去了。10月2日，这个消息引来了商丘市新闻媒体记者多人，采访到详实的第一手资料。但至今未见报道。何素云家人后来得知，"当地新闻单位得到了'上面的指示'，被告知：此事严禁刊播"。

　　依鲁迅对"我们听了千年的剑仙侠客"的认识，我们应有这样的常识"不负责任的，不能照办的教训多，则相信的人少；利己损人的教训多，则相信的人更其少。"胡万林医死人的教训已不少，但相信他"神术"的人不见少，这就因"病急乱投医"吧。此时，我深深同情那飘飞天国的两朵"白云"，除了更加唾弃"盛情邀请和精心安排"胡万林来商丘行医的当地有关部门外，就是对那"上面的指示"格外有兴趣。一旦那"上面的指示"得到了贯彻落实，我没有理由不相信"胡万林再闹人命案"。损人利己的教训虽多，只要一如既往地有"盛情邀请和精心安排"，相信的人不一定就少。

10月16日由中国科协自然科学和社会科学联盟委员会召集的"胡万林非法行医致死人命案新闻通气会"在中国科学院会堂举行，会议由中科院院士何祚庥主持。北京新闻工作者司马南在会上介绍分析了此次"致死人命案"的情况，共讲了五条。一、胡万林是非法行医，这与无照驾驶、非法持枪的性质是一样的，仅凭这一点法办他就足够了……四、胡实际上是一个低等骗子，他之所以有这样的能量，是与腐败有关。胡万林"致死人命案"的性质十分明了，严禁刊播此事的商丘市新闻单位的"上面"是不明真相装糊涂还是真的与腐败有关？是有难言之隐，还是不扬"家丑"就此大事化小、小事化了？那"指示"是根据什么而作的呢？

我最近看完了一本让人受益颇深的专集《虚妄的智慧》，是专门"破译柯云路与伪科学"的，其中一篇《专家评论〈发现黄帝内经〉》的附录，让人更清楚有关"上面的指示"是如何对待胡万林的，左思右想后，也就不奇怪商丘新闻单位的"上面"为何能作出"此事严禁刊播"的荒谬"指示"来。在此不妨摘引一点何祚庥院士的发言：各个报纸、传媒报道了胡万林非法行医的骗局以后，听说有关机构打了招呼，说还是要"不宣传、不争论、

"醒"后吐真言

不批评"！……我们的舆论宣传有一个立场问题，总不能把可怜的病人都引导到巫医那里去吧！现在《作家文摘》报又在宣传了（笔者注：指《作家文摘》报在今年3月18日又登出了一个整版"部分中西医专家谈胡万林的'运动疗发'"，据称是摘自3月7日《文艺报》，而3月7日的《文艺报》只登出来三位的发言，《作家文摘》竟摘登出来七位的发言，龚育之讥讽地说："这也是一个新创造！"），而且是在"打招呼"后出来的，现在是一方面在继续宣传，那么我们该不该批判和争论。显而易见，只要存在对巫医胡万林错误的宣传，就理应有针锋相对的反宣传；只要巫医胡万林招摇撞骗，致死人命，舆论就应公开地揭露和批判。"上面的指示"要想畅通，"上面"就应该实事求是。

要说"上面"，国务院是我们国家的"最上面"。10月7日，国务院总理朱镕基在视察中央电视台时强调：舆论监督指出我们前进中的问题，反映群众的疾苦，给广大人民以鼓舞，使人民群众看到希望。因此，各级领导和社会各方面都要支持舆论监督。这才是真正的"上面的指示"。10月7日以后，各级领导和社会各方面应不折不扣地执行。某些地方新闻单位的"上面"不知对此事是否也要严禁刊播？

附：

"上面的指示"与老虎屁股

方　凌

　　读了本月四日《大公报》要闻版头条对中共中央、国务院《关于实行党风廉政建设责任制的规定》以下简称《规定》的报道，又看了同一天《大公园》发表的杨庆春的文章《"上面的指示"》，感触颇多。然而最为令人不安的是，直到现在，那种滥用职权，以"上面的指示"来唬人的歪风还在继续为害，这应该是在贯彻执行中央最新《规定》中予以高度注意的。

　　"文革"期间，"四人帮"不允许任何人对他们祸国殃民的政策有任何怀疑。只要是他们营垒中的什么"领导"说的，就都是"指示"，都是"完全正确"、"非常必要"和"十分及时"的。哪怕他昨天还是个无名小卒、凡夫俗子，甚至是个不学无术的"混混儿"，今朝只要一登"帮"门，混个什么"长"当当，便身价十倍；好像有什么神灵附体似的，忽然聪明起来，什么都懂；于是指手画脚、哇哩哇啦，他的话也就成了"指示"，不得有半点怀疑；谁敢说个"不"字，那就会叫你"吃不了兜着走"，苦头足够你一生也享用不尽的。

　　当时，我对某些政研部门也如此盲从极为不满，竟忘乎所以地"大放厥词"说，领导放个屁也是香的，政研人员只能像香精厂的技师分析香型那样，说这个屁是"玫瑰味"的或是"茉莉味"的；就没有一个人敢说是

"醒"后吐真言

臭不可闻的。于是我再次被点名:"这个方凌又想干什么?"并被列为"阶级斗争新动向"。幸得一位老领导的暗中保护,才幸免于"二进宫"再遭发配。

确实,曾有多少著名将帅、开国元勋,都因说了真话,反映了真相而成了阶下囚,甚至被迫害致死!国家主席刘少奇,威震八方的"彭大将军"、国防部长彭德怀元帅的含冤而死,不就是举世皆知的最典型的例子么?

然而,为什么在打倒"四人帮"、结束了十年浩劫之后已20年的今天,仍会有类似的现象存在呢?

1998年春天,我在J市度假,听到一位的士司机说,去年7月下旬,该市有一间豪华的"娱乐公司"因大搞色情活动被查封,而耐人寻味的是,对这个淫窟采取行动的,不是当地的有关部门,而是来自北京的武警部队,并由公安部直接派人指挥。他们当场查获正在那里寻欢作乐的各级领导干部至少有二十多人(一说七八十人)。最使人惊讶的是一些领导干部在同"三陪小姐"们"玩"完了之后,还惠予印有显赫头衔的名片留念;于是公安人员按名片逐个查人,使那些有恃无恐的"花花太岁"一个个跌眼镜。

更使人难以置信的是,这间"娱乐公司"的老板,竟是这座名城中最有名的一个区的区长的胞妹和妹夫!他们组织了一百多名"三陪小姐"卖淫,对这些女青年的残酷控制与压榨,同新中国成立前三等妓院的老鸨有过之而无不及;一个小姐被迫每夜"接客"竟达六七人之多。如此野蛮的"娱乐公司",也就开在这个区里。这个区则正是全国"精神文明"的标杆!由该区派出包括各行各业"精神文明"先进代表组成的讲演团,从北京人民大会堂讲到其他各大城市;其"精神文明"事迹和经验,曾由国家通讯社发稿,占据了全国各大报章的头版头条地位,香港也有传媒作过报道。这真是对"精神文明"的莫大讽刺与侮辱!

笔墨往谈

最近听说那位区长已经"引咎辞职"。那个"娱乐公司"的女老板及其夫婿,在法院一审中被判死刑后,为了争取"立功赎罪"、免于一死,又揭发检举出另一些参与腐败活动的"大官";于是在终审时被改判死缓。至于那"花花太岁"如何处理,至今还不见动静。但由于该案没有公开审理,传媒也未作报道,外界无法得知其内情。也许正因为封锁愈严,外界的猜测就愈多,传说也就更"神",群众的不满情绪也就更高、更大;甚至一度怨声载道、公开骂街。

负有舆论监督之责的当地传媒为什么不作报道?一位的士司机说:"他们敢吗?这个案子牵涉到一批高干,听说上面有话,不准登报上电视,不让记者采访,不准向外界透露一个字。好家伙,谁敢去摸这个老虎屁股?再说,现在有碗饭吃就不易,犯得上拿自己的饭碗去冒那个风险吗?搞不好起码也得让您下岗。您不信就试试!"他好像在向我挑战了。

此案拖了一年多,现在虽已判决,但有欠透明。问题到底出在哪里?也许确有其难言之隐。但群众却宁可强迫自己再耐心地等下去,也非得看个究竟不可。

更为发人深思的是,就在这间"娱乐公司"被查封之后,该市另一家也是"款爷满座、权贵如云"的夜总会又因表演"艳舞"等活动而宣布"装修内部"停业,于是紧跟着又有新一轮传说上市。

然而令人"丈二金刚,摸不着脑袋"的是,过了不久,这家夜总会终于"装修"完毕,灯饰更加诱人,生意越发红火了!据的士司机说,重新开张那天,大放鞭炮、烟花,并大登广告,特别标出"本夜总会保安人员,全部是退役的武警战士"。敏感的群众似乎从中觉察到又有什么"来头";而到了的士司机口中,就变成"准是上面有人,才这么牛气",甚至说这是"做给北

299

"醒"后吐真言

京公安瞧的"。

我真佩服这些的士司机的慧眼锐目,及其洞察社会百态的能力与水平。在这方面,他们足可以填补因受"此事严禁刊播"之类的"上面的指示"的约束,而不敢有任何触动的传媒所留下的空白!这个老虎屁股他们摸了,你又能怎么样?

不过说白了,我们的祖国,虽不能说完全是"官本位"的"关系社会",但这方面的影响还是相当深的。不管是"上面的指示"也罢,或是"上面有人"也罢,只要带个"长"字衔的人说的,都有一定权威。但是如果都是老虎屁股——摸不得,这算不算也是一种腐败呢?

我们有时也真的十分懦弱,明知有人在滥用"上面的指示",甚至是伪造"上面的指示","拉大旗,作虎皮",就是不敢去揭发抵制,或是宁可把保险系数打得更大些,连纸老虎的屁股都不敢去摸、不敢去碰。但若"一分为二"地来看,完全责怪人们懦弱,也是不公平的。因为我们毕竟还处于社会主义初级阶段,我们的民主生活,还是没有全面彻底地改进到足以对"言者无罪"完全不必顾虑的程度。他说是"上面的指示",你没法去查对核实,无查对核实的权利与渠道。因为"侯门深似海,见贵人如此很难"的现象,往往会使你碰壁撞板。"上面"的人下来,下面也不免会有能"一手遮天"的人陪着,或从中阻隔,或秘书挡驾,又可奈何?因此,再看河南商丘市的记者们,虽已采访到被捧为"大师"的巫医胡万林骗局"详实的第一手资料",最后却不得不草率收兵就不难理解了。因为"上面有指示"、"此事严禁刊播"!于是这个治死人的巫医也就成了老虎。既然他的屁股也摸不得,那就只好任他继续害人、吃人去了!

中共中央三令五申,要对一切不正之风和腐败问题一查到底,不论他是什么人，职位多高、权力多大，都要按党纪国法严加惩处。这次中央发布的党风廉政建设责任制，共五章十七条，任务更加明确，且措施具体，职责分明，还特别指出要"依靠群众的支持和参与"。这该是真正"最上面"的指示了。那些总是任意拿"上面"来唬人的"上面"，还敢再来个"此事严禁刊播"、"不准外泄"吗？

胡耀邦在打倒"四人帮"初期，与顽固执行"两个凡是"、阻碍认真落实干部政策的中央组织部长郭玉峰作斗争时曾说："如果仍用人民授予的权力掩盖和否认已存在的错误，那么这种掩盖和否认，比那些错误本身更加不可原谅"。

当时，华国锋仍是中共中央主席，"两个凡是"仍占据上风，由康生推荐保举的郭玉峰，在中央组织部长的交椅上执掌人事大权，仍是威风凛凛；而胡耀邦只不过是中央党校的一位副校长，军代表强扣在他头上的"三反分子"帽子还未完全取下。他不顾一切，冒着很大的风险，以"我不下油锅，谁下油锅"的无私无畏的气概，提出以"两个不管"来针对"两个凡是"，硬是捅了老虎的屁股，破除迷信，才使几十年来的冤假错案得以彻底平反，无数被迫害致死的人得以昭雪，千百万干部及其深受株连的上亿亲友家属得以翻身解放。这才是时代和历史的主流，这才是经得起实践检验的真理，并将永垂青史、光照人间。

别再拿"上面的指示"来唬人，妄图一手遮天，掩盖真相了。对于这样的"老虎"，我们就是要狠狠地捅他的屁股，看他又能怎样？若仍一意孤行，继续逆时代与历史的潮流而动，那就让他与中央关于党风廉政建设的规定去较量吧！

反省"奇迹"

　　1965年,浩然33岁,长篇小说《艳阳天》脱稿,他从几亿农民中一跃而出,成了当时文坛最活跃的青年作家之一。"文革"风起云涌,浩然炙手可热,直至20世纪70年代初因江青的重视日渐活跃成为江青的"特使",享受着特殊作家的特权,一直红到1976年9月,成为毛泽东治丧委员会中唯一的文学界代表。随着"四人帮"的垮台,历史对浩然作出了客观的也是宽容的评定,随后的日子,也仅仅只有"苦闷和寂寞成了浩然那段生活的特征"。光阴荏苒,历史的车轮迅速开进了公元1994年,浩然终于耐不住寂寞,再版被人称之为"精光大道"的《金光大道》,举办隆重的作者签名售书活动。对浩然的此番作为,连素来"乐意把笔浸在历史沧桑之中,眼睛却时时注视着今天,也眺望着明天"的李辉,也实在看不惯,奋笔疾书反讽文章《"贺"〈金光大道〉再版》:昔日名著今再来,奇文惊世何乐哉!重温轰动陶醉梦,又识文学栋梁才。

　　真是30年风水轮流转,转来转去是浩然。这一段时期来,浩然及其"奇

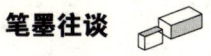

迹"说又成文化界的热门话题。先是1998年9月20日《环球时报》刊登整版的浩然访谈录《要把自己说清楚》,接着焦博士毫不留情地提醒浩然:"您应该写的是忏悔录!"行文有根有据有理有节,颇受读者好评。

1998年3月12日,大公报《大公园》发表杂文家章明的《浩然的确是个"奇迹"》,虽认其为"蒋干表功",但也是严肃为文,语重心长,一片好心,连浩然自己也"平静"地说:"这类文章我见得多了,百家争鸣嘛,让人家去说吧。"(《浩然的气度》)章明这样一篇以事实为依据,严谨、说理、指谬的优秀之作,怎么到了以浩然知音者自居的人眼里就成了"轻薄为文"、"是火药味相当足的文章"呢?倘若不是看走了眼,那又安的是何心呢?

欲使一个争论健康进行,必须有一个条件,就是争论的姿态——争论者双方的姿态是平等的。只有这样,才能使争论具有文化的价值,对思想建设贡献自己独特的思考。在争论的时候,一会儿是文联主席"给我打来电话",一会儿是作协主席如何如何,这是吓唬谁呀!

这种姿态写争鸣文章,还能摆事实、讲道理?我看难。一是谬托知己难求实,二是以势压人难讲理。浩然"要把自己说清楚",自然会有人好心地提醒他注意说不清的地方;浩然又要创造"奇迹",自以为是他的知音者少不了要作一番鼓吹。不过,"浩然毕竟六年前患了脑血栓",所以,我只是盼望67岁的浩然老人生活在平静安详的日子里,好汉别提当年勇,岂敢再叫日月换新天?即使"重温轰动陶醉梦",也要敢正视人生,不要生出"瞒和骗"的文艺来,但我想,这对浩然也是难。

还是以事实说话。1999年第五期《读书》以12个页码刊发陈徒手的长文《浩然:艳阳天中的阴影》,其中有作者1998年12月14日采访林斤澜时记录的让林先生"难以忘怀的小事"……1983年大家到(北京)市委

"醒"后吐真言

党校学习，联系实际谈创作。别人说到"文革"用了"浩劫"一词，浩然就对这两个字接受不了，说"十年动乱"还能接受。他的解释是："又没有谁抢谁，怎么用'浩劫'？"端木蕻良坐在我的对面，他摇着头低声自言自语："太惨了，太惨了……"端木的话含意是很多的，也是耐人寻味的。

端木的话里至少有这样一层含意：浩然"太惨了"，别看他曾被奉为"座上宾"。而今"浩然阅读批评文章时那种苦笑、默然的表情，他对问题的表态更加讳莫如深"，我看浩然依然没有从惨痛中吸取教训，越发执迷不悟。因为"浩然是个好人"，好人倍加知道"知恩图报"。

试想没有"文革"，怎会有《金光大道》？"文革"成了"浩劫"，"金光"岂不成了"精光"，"大道"岂不成了"大盗"？浩然从20世纪50年代走到"文革"，从"文革"走到本世纪末，其中有多少偶然，有多少必然，就是以20世纪的文化人为研究对象的李辉，也不能够用三言两语叙说清楚。但他在一篇《关于赵树理的随感》中提到的一个有关浩然的掌故，倒可以破译浩然幸运中之不幸。

一位与浩然差不多同时走上文坛的作家，曾对李辉讲述过一件往事。"文革"前浩然在一次介绍创作体会时，说过这样一番话：我在构思小说时，对在生活中遇到的事情，常常从完全相反的角度去设想。譬如，一个生产队员懒惰消极自私自利，我就设想一个勤劳积极大公无私的形象……李辉感慨道："观念远比生活更为重要。我想，这样一种观念置于生活之上的创作方法，恰恰是理解浩然、认识浩然的一把钥匙。"有了这样的创作方法，浩然当年将"阶级斗争"作为主线来反映农村生活，并且塑造出他心中的英雄人物；而今一如既往地认为《金光大道》"真实地记录了那时的社会和人，那时人们的思想情绪"，也就一点也不奇怪了。始终抱着"观念远比

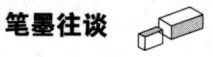

生活更为重要"的浩然，我们还能指望他撰写的《"文革"回忆录》是一部直笔实录？还能指望他写出一部真正的《忏悔录》来？对于像浩然这样的"文革"受惠者，因为他是个"好人"，我们更不可以犯"幼稚病"，以为他是一时糊涂；对于谬托浩然的知音者，因为不止一个两个，我们更应该防止"左"的惯性力量。帮助浩然反省"奇迹"所造成的精神上的恶化，还要从那些"过来人"的精神状况和总的环境着眼。假若浩然的"周边环境"不变，即使浩然一时反省了，还会有可能受"周边环境"的影响以致再次犯迷糊。只有创造"奇迹"者和鼓吹"奇迹"者一起反省，"奇闻"就可能再也没有发生的时候了。

附：

浩然的确是个"奇迹"

章 明

过去在"文革"中红极一时的"全国唯一作家"浩然先生，在江青一伙溃灭之后，就我的阅读范围所及，他似乎没有写过声讨四人帮的罪行，没有写过赞颂改革开放的丰功伟绩，也没有写什么说说四化大业和党风政风。虽然令人觉得有些失望，但一个作家写与不写、写什么不写什么，这是他的自由，别人不好说三道四。可是，不久前报载浩然先生忽然静极思动，又是撰写《"文革"回忆录》，又是接受专访，声称："我是一个奇迹，亘古未曾出现过的奇迹。""《艳阳天》写出了五亿农民走农业合作化的豪情壮志。""《金光大道》圆了我的为农民树碑立传的梦。""迄今为止，我还从未为以前的作品后悔过，相反，我为它们骄傲。"……这就使人不能沉默了。

对于浩然的这一番精彩的"蒋干表功"式的言论，已经有评论家吴跃农和作家焦国标分别在《浩然不后悔什么》与《你应该写的是忏悔录》中给予了激烈的批评，我完全同意，不过还觉得意犹未尽，而且，我认为浩然的确是一个"奇迹"。

提起《艳阳天》和《金光大道》两部大作，我心里就有一种恐怖的感觉。"以阶级斗争为纲"强制推行高级社和人民公社化，把广大农村变成了人斗人的角力场。一位社员（他被作家强加了一个侮辱性的绰号"弯弯绕"）

为了卖掉自己劳动所得的余粮,不得不悄悄地漏夜推着独轮车抄小路去赶集,结果却被带枪的民兵像抓小偷一样抓了回来!比这更酷虐的例子还很多,都在这两部小说中"艺术"地、淋漓尽致地描绘得就像美丽牧歌、地上天堂一样,真是好看煞人也!至于大锅饭极大地挫伤了农民的生产积极性,浮夸风共产风和政社合一体制极大地败坏了农村干部的品德,大放卫星大炼钢铁耗尽了农村的元气,结果是普遍的粮荒造成大批大批的农民饿死……这些极其惨痛的历史教训在浩然的小说中是绝对看不到的,他断言这一切只是"听说过的""支流问题"!党中央和刘少奇、邓小平同志的家庭联产承包责任制才使更多的农民以及我辈免于饿死活到了今天,这一铁的事实浩然不提。"中国人向来因为不敢正视人生,只好瞒和骗,由此也生出瞒和骗的文艺来"(鲁迅语)。瞒骗只能行销于一时,浩然却要使它永垂不朽。"人生芳秽有千载,世上荣枯无百年"(宋·谢枋得),浩然却打算把这不怎么光彩的老本吃它个一万年!超群绝伦,谓之奇迹,所以我承认浩然先生是个奇迹。

任何作家都难免受到时代的局限,即使伟大作家也有迷途的可能,但他们能够迷途知返,而且勇于解剖自己。鲁迅先生就是这方面的典范。浩然声称:"我写《艳阳天》、《金光大道》,完全是出于自己的创作冲动和激情,没有人要求我按照他们的路子写。"这句话我最多只能相信一半。从 50 年代到 60 年代,写全国农业合作化的作家不可胜数,柳青先生是其中最卓越的代表。柳青为了熟悉农村,在 1952 年主动放弃了北京户口,举家迁居陕西省长安县皇甫村(浩然于 1954 年离开农村迁入北京)。柳青的长篇小说《创业史》无论格调上或艺术上都比浩然的两部书不知高出多少倍,不但在国内广受赞誉,而且被译成英、日、德、西班牙等多种文字传遍海外,特

"醒"后吐真言

别在日本拥有大量读者。可是，当柳青一日发现自己写的是一段错误的历史，他就痛苦地辍笔了，任由他的小说成为一个残本。70年代后半期日本某文化团体热情地邀请柳青赴日访问和讲学，柳青坚决谢绝了，他说："我到那里去说什么呢？"浩然说他写小说时没人授意，这是毫无意义的。问题是：当两部小说给你带来了"全国唯一作家"的无比辉煌时，你也没有任何感觉吗？当历史早已证明不是"艳阳天"而是"苦雨天"，不是"金光大道"而是"精光大道"之后的今天，你丝毫不为自己的笔曾为大灾难推波助澜而内疚，相反，你的回答却是"不后悔"和"骄傲"！你这个作家的社会责任感哪里去了？你这个自称为"农民的儿子"的人不觉得有愧于千千万万饿死了的农民吗？1974年我军收复西沙群岛，你荣任"受江青同志亲自委托"的两名"特使"之一由广州、海南去西沙时，一路受到"国宾"般的接待，你曾经逊谢推辞过吗？我们去西沙冒风浪乘舰艇，你坐的是专用直升飞机，我们和战士们一道住帐篷，你在指挥部里等着官兵们"汇报"。你不觉得有点过分吗？你以超常的速度赶造出来的《西沙儿女》（虽然是诗不像诗，小说不像小说，脱离实际，胡编乱造，把木麻黄写成"马尾松"的拙劣不堪之作）究竟是歌颂谁的？难道不可以反思一下吗？作为一名当年参加过党的十大的代表，今天在内心中把和党的十一届三中全会决议对着干的旧作当成宝贝，也许还可以理解，不乏先例，不算"奇迹"；但是古语说"知耻近乎勇"，一位作者公然大吹自己的错误是"奇迹"，也就只好承认他是"奇迹"了。

最近在报上读到一篇文章，文中说："浩然是中国当代文学某一阶段最重要的作家，他的重要性甚至延续到不属于他的时代。只有很少的作家是重要的，同时又是优秀的。"所谓"某一阶段"不就是十年浩劫吗？说话

笔墨往谈

何必这样绕脖子？既"重要"又"优秀"？恐怕距离浩然的实际还远点儿吧？"写了一辈子文学作品的浩然如今 68 岁了，他目前最大的愿望就是出版《浩然全集》为他的文学生涯画上一个句号。"活着的作家要出"全集"，是否言之过早？巴金还没出全集呢。"画上句号"？浩然不是还在写作么，这不是有意咒他吗？"对于《浩然全集》，出版界的有识之士还是给予了关注的。可是由于经费问题搁浅了。沈阳出版社力不从心，放弃了这个选题，花山出版社同样忍痛割爱。浩然忧心如焚。新加坡一个财团要以 200 万元买下浩然所有作品的版权，浩然拒绝了。他说：'我的作品属于中国。把版权卖掉了，将来我们的人改编我的作品还要到国外去买版权，这是我不能接受的。'"读了这段花团锦簇般的文字，我多疑的老毛病又犯了。我国和新加坡的出版界真就对浩然感兴趣？究竟是新加坡的哪个财团？请教了一位著名老出版家，他说："出版界的'有识之士'认为：有限的资源只能用于出对四化建设和人民群众有益的书，我想恐怕很少有出版社会买浩然的账。"我颇以他的看法为然。如果一位既"重要"又"优秀"的作家出书也要这般挖空心思炒作，而且有人想要帮他炒，那当然更是一种"奇迹"。

不过，倘若真的有新加坡财团要买浩然的全部作品，我看他还是卖了的好。文学是没有国界的，卖书不等于卖国；更何况新加坡人有七成半以上是华裔。"到国外去买版权"的奇事是不会发生的，这大概只是过多的精英意识带来的多虑。《艳阳天》、《金光大道》、《西沙儿女》都改编拍成电影了，两部早已成了废品，一部根本不能上映。对于大脑远远落后于时代的过期作家浩然先生的其他作品，究竟还有谁会劳神去改编呢？

敬畏生命

因为要关注一下当日的天气情况，就随手打开了随身携带的寻呼机，却从滚动的字幕中看到了一段"名人名言"，索性看完并且还抄了下来，是"从苏联归来"的法国作家纪德说的——"对于心地善良的人来说，付出代价必须得到报酬这种想法本身就是一种侮辱。善良不是装饰品，而是美好心灵的表现形式。"抄下来后，想了好一会儿。对于一个心地善良的人，他或许的确只会耕耘，不问收获，只知付出代价，从未计较报酬，但对一个冷眼旁观或热眼注视的人而言，千万不要以为善良可侮，善德可欺，善行可视而不见，尤其是当伪善多了起来，而真正的心地善良在减少的时候，当残忍多了起来，而真正的忍让在缺少的时候。如果善良不是天生铸就，我推崇善良比渴望崇高更关切，因为做到善良是普遍百姓可以为之的，而做到崇高或许只有不畏崇高的人才能有盼头，但这丝毫不影响我敬仰崇高的人和事，毕竟崇高稀罕啊。

当善良和残忍这样一对反义词交替出现于我眼前的时候，我想起了一段当年十分流行今天肯定也有不少人耳熟能详的句子："对待同志要像春天般温暖"，"对待敌人要像秋风扫落叶一样残酷无情"。因为有了"农夫与蛇"、"东郭先生和狼"这样的故事在民间的广泛流行，大多数人总算吃一堑长一智，对待敌人当然不可能慈眉善目，笑脸相迎。然而，当不少人对待亲人也像秋风扫落叶一样残酷无情时，我不仅不能理解，倘若这样的"不少人"正好让我遇着，说不定我就要走上前去扇他几耳光，以解心头不解之气。当然要看人有多少，我的力气有多大，也说不定只想多一事不如少一事，像现在这样在家偷偷地议论几句。

　　有哪些人对待亲人也像秋风扫落叶一样残酷无情呢？身临现今的太平盛世，不敢空口说白话，只好如实招来：前两年一位博士好好生生不认亲娘的旧事就不细提了，前几天上海滩上一个市民当街无端骂母可是引来路人相继指责的。至于兄弟"相煎何太急"，妯娌反目就成仇，这也不是今日一朝一夕之"佳酿"，只不过是从传统之中"克隆"而来，或许"煎"的技术和"反"的手段有所更新。不孝子对年迈的老母德行不佳常见报道，而做了父母的人对未成年的孩子毒打致死的新闻也是不绝于耳。1999年8月15日又从《北京晨报》上看到了一个使人毛骨悚然的例子《错错错　她将婴儿扔窗外》。她为何要将婴儿扔窗外？ 1997年，年仅17岁的丰金花初中毕业后在昌平区一家饭馆打工，后被老板强奸怀孕，因年轻对怀孕以至胎儿一天天长大不知不觉，1999年的除夕，她生下一个8斤半重的男婴，事情发生到这里，我对丰金花深深同情，该诅咒的是那个老板。但事情在继续发展，"未婚生子的尴尬，身体的不适及对那个带给她屈辱的男人的恨驱使她毫不犹豫地作出决定：摔死他！"于是，她敢与一句"不可将婴儿与脏水一起泼掉"的警世名言较劲，从厕所边距地面4米高的窗户处把婴儿

"醒"后吐真言

与脏衣服一起泼到又冷又硬的水泥地上……议论只有一句：残酷无情！但更让我坚信：母爱是从善良开始的。

报道此事的作者在文中最后有几个"久久不能释怀"：如果丰金花在被老板欺凌后能及时报案，如果她在发现怀孕后能及时求助，如果她的家人及同事能对她多一些关心，如果她能够多读一些书，多学一些法律，少一些封建思想，少一些愚昧和无知，此案也许不会发生……先不议这几个假设是否有理，但至少是缺了点什么。缺了什么？暂让我卖个关子，因为再来一个"如果"，只会让读者感到沉闷。奇事共相析。当我把此事告诉朋友的时候，他除了惊叹外，并且还反问我：仅仅是残酷无情吗？你难道忘了，我们老家农村河边上，尤其是夏天，不是常常见到女婴，要么溺死了，要么还在嗷嗷待哺吗？这些母亲或许是残酷，但不是无情啊。这是农村人为逃避计划生育政策而采取极为丑恶并且犯罪的对策：遗弃女婴，盼生男孩。可以谴责他们所受重男轻女的封建思想流毒太深，但他们太缺少对生命的珍重和敬畏。而对生命的珍重和敬畏，这是整个中国人都缺少的，那个年轻的丰金花更不例外。或许我们现在还不能做到对生命的珍重和敬畏从受精卵开始，但起码要从婴儿来到人世间就开始。知道珍重生命，就是知道人权的可贵。能够敬畏一个婴儿的生命，还敢践踏人的生存权吗？

附：

也说"敬畏生命"

秋　若

读《杂文报》1121期杨庆春先生《敬畏生命》篇，颇感有话要说，不吐不快。特别是该文"知道珍重生命，就是知道人权的可贵。能够敬畏一个婴儿的生命，还敢践踏人的生存权吗？"这两句，我觉得抓住了要害，说到了点子上。

1999年8月15日的《北京晨报》我没有见到，单就《错错错　她将婴儿扔窗外》一事看，年仅17岁的丰金花被人强奸生育后，采取"将婴儿扔窗外"的违法犯罪行为，能够引起舆论的谴责和报道者"久久不能释怀"的心情，这本身就是社会的一大进步——是在封建愚昧思想基础上的一大进步。

回想起小时候看歌剧《白毛女》，当演到遭强奸的喜儿发誓"不留黄家的根"，高举着亲生骨肉摔下山崖时，台下总是大快人心的欢声雷动，暴风雨般的掌声齐鸣。每每想起这样的情节，我的心情也是"久久不能释怀"。可以这样说，《白毛女》的故事至少教育了整整一代人。那时的人们普遍认为，喜儿的举动是革命的反抗行为，那婴儿分明不是亲娘身上掉下的肉，更算不得人，而是罪恶的强盗替身，是仇敌，落下个被摔死的下场也是"罪有应得"。

"醒"后吐真言

丰金花的遭遇和举动与白毛女何等相似！只不过一个发生在旧中国,一个却是发生在社会主义新中国。然而同样的因果,相同的行动,前者被"站起来的中国人"认为是"革命的反抗精神",令丧失理智的人同情；后者却被依法认定为违法行为,让人痛恨、惋惜。

其实,在当今这样的社会环境中,丰金花的残酷也并非无情。"榜样的力量是无穷的"。谁敢保证年仅17岁的丰金花没有受到白毛女精神的影响和暗示？她的举动只不过是一种浅薄的、自私的自我保护的下策（和报案、求助相比）。

"醒"后吐真言

有句老话叫"酒后吐真言"。也就是当一个人酒喝多了,醉了,大脑不能控制嘴巴了,他所讲出的话一半是酒气一半是真言。在这个真话、谎言与唾沫相交飞溅的语言空间中,有人酒后一定吐真言,有人醒时只会说谎话,有人讲的那一两句真话还是随着唾沫喷洒而出的,还有人的"语言天赋"就是能使听者分不清他讲的哪一句是真话哪一句为假话。有这样"语言天赋"的大概要算郑州那个震惊全国的公安民警张金柱。是民警就该好好执勤,怎么玩起了"语言游戏"?不妨交代一下前因后果。

人民警察爱人民,但公安民警张金柱不肯爱,不愿爱,于是于1997年8月24日晚,他在郑州市金水路违章驾驶,将市民苏磊撞伤(致使其因急性失血性休克于次日死亡)后,驾车拖挂着苏磊之父苏东海逃逸1 500米,致其重伤,直到被堵截后,方才停车。有了那样的前因,就必有这样的后果:12月3日,张金柱被押上审判台。陆续赶到郑州市中级人民法院审判庭前的市民已达上千人。人群中,有人举起白布黑字横幅:"诛杀败类为民

"醒"后吐真言

除害"。民情要求"诛杀",张金柱一下子"醒"了过来,这可不能马虎呀!所以,被告人张金柱在法庭上面对公诉人的提问做起了"酒"的文章,玩起了语言的游戏。

公诉人问被告人张金柱:公安机关和检察机关的承办人在侦查阶段和审查起诉阶段,就喝酒一事对你进行讯问,你一直没有供述,你强调当晚没有饮酒,今天为何当庭供述饮酒?

我们来看看张金柱"饮"的是些什么酒?被告人张金柱在法庭上称:8月24日晚,和几个朋友喝了3种酒,有酒鬼酒、五粮液和茅台酒⋯⋯后面就是如何醉酒了。

张金柱当晚喝没喝酒,法庭自有证据和公认;至于喝酒后故意伤人甚至借酒害人是否构成故意伤害罪,有我中华人民共和国的威威大法在。我只对张金柱饮的酒的品牌大有兴趣。这个酒或许是当晚"饮"的,或许是平时饮的。张金柱说他撞倒和拖挂苏家父子时是晕晕乎乎的,他在法庭上称自己喝的三种酒是酒鬼酒、五粮液和茅台酒时却是"清醒之后分析的"。我信这是他"醒"后吐真言。他干嘛不说他喝的是价钱不太贵的张弓酒和宋河粮液呢?因为他的意识深处不见这些酒的影子。普通市民对酒鬼酒、五粮液和茅台酒这三种酒的认识,恐怕只有在逛商场时才大饱眼福大开眼界大长见识吧。焉有张金柱和他的朋友们那么幸福,能品着当今国产酒中的上品甚或极品?我们不能也不敢说如此大话:仅有一个张金柱那样的民警怕什么!因为仅仅一个张金柱已使苏家伤痕累累。但我们敢保证民警中再也没有"王金柱"、"李金柱"吗?

张金柱还请求法庭"要坚持以事实为根据,以法律为准绳的原则,相信不会受外界舆论的影响⋯⋯法律面前人人平等,既不能因为我干过公安工作就照顾,也不能因为我是一个公安干警就罪加一等……"这也是他"醒"后吐的真言吧。我们是法治国家,张金柱除了受到法律制裁外,必然还受到舆论谴责。这是张金柱第一个"坚持"不了的。张的第二个"坚持",让我想起刚刚看过的青年法律学者一正的一篇文章《官民有别》——"真正的平等,可能包含'待遇惩罚成正比'的意思,即一部分的'官民有别'。"人们不是常说知法犯法,罪加一等吗?张既然是"一个公安干警",就要"官民有别",才能真正体现法律面前人人平等。如此一说,张的第二个"坚持"也不该让他坚持。

附：

人命关天，别搞政治算术

陈建军

  贵报去年 12 月 23 日头版中，杨庆春先生在《"醒"后吐真言》一文里写到："我们不能也不敢说如此大话：仅有一个张金柱那样的民警怕什么！因为仅仅一个张金柱已使苏家伤痕累累了。"我看这话是说到了筋节上。

  在某些领导的口头禅中，"执法人员中的不法分子是少数"这样的话，是最让人反感的，因为一个银行职员的不法，不过使个人或国家损失些钱而已；一个税务官员不法，也只是让国库受点损失而已，这样的"少数"我们是可以容忍的。但执法人员由于工作的性质，其不法行为却往往伤害一个人的身体甚至性命。在你看来是少数，是一小撮，可以轻描淡写，但在受害人来说却是生命，是一切的一切，那是比天塌下来更要严重的。孟子说："行一不义、杀一不辜而得天下，不为。"陀斯托耶夫斯基也说："即使是为了挽救整个世界，我也不会杀害一个无辜者的。"这些话的意思，无非是注重个人的价值。如果你把老百姓的死活看得比天还重，你就绝不会说出什么一小撮一大撮之类的话，你肯定会说：绝不允许出现这样的事，即使出现的是少数，我也该辞职回家，并接受惩罚；因为由于我工作的疏忽，一条生命被残杀了，而一个人的生命，要重于我的面子，重于我的官位，即使拿我的官位来赎罪，也是赎不清的。美国有十几万颗原子弹，你愿意

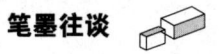

它偶然疏忽，给我们国家放过"一小撮"来吗？你不愿意，因为人命关天，那为什么同样是人命关天的事，却要轻描淡写地说什么少数、说什么一小撮呢？这里没有什么一小撮，任何疏忽都是要命的，都是相关领导的严重失职。玩弄这套多数少数的政治算术，只能见其对生命的冷酷。

驳网上李洪岩

　　读书人还是先说点读书的事。我虽不研究钱锺书，但钱锺书先生写的书，只要能买得着，还是认真地读过一些的。可以说爱屋及乌吧，不仅研究钱锺书的书甚至打着"研究"的旗号出版的有关钱锺书的书籍都买了快三十本，而且钱先生的夫人杨绛的作品集也买了三大本。在这些真假研究的书中，我就读过李洪岩写的《智者的心路历程：钱锺书生平与学术》（河北教育出版社 1995 年版）和《钱锺书与近代学人》（百花文艺出版社 1998 年版）。这样两本书读后，虽没有留下什么强烈的印象，更不见著者拨开云雾放光芒的智慧，但作者毕竟是在资料堆里打滚翻筋斗，功劳不大，苦劳还有，像一个年轻学人在摸门做学问。做学问，只要一开始摸的是正道而不是邪门，说不定日后也会指挥大军作战，而不会仅仅只晓得挖几个散兵坑。

　　因自己也写杂文，而在杂文作者队伍中，邵燕祥先生是被公认的人品与文品皆上品的作家，所以前不久一位友人来电话问我是否看到网上一篇用兽语写的咒骂、侮辱邵燕祥先生的文章，我说还没有。不多久，我终于

笔墨往谈

读到网上的《质邵燕祥同志》，署名李洪岩。我在不知道以"研究"钱锺书自居的李洪岩公开承认《质邵燕祥同志》是他所作前，私下断定网上李洪岩非"研究"钱锺书的李洪岩，原因有三：一、以我有限的认知，认为"研究"钱锺书的李洪岩"研究"的是人话，而"质邵燕祥同志"的李洪岩说的却全是兽语；二、如今上网捣蛋的人不少，防止网上李洪岩是一名假冒者，故意捣"研究"钱锺书的李洪岩的蛋，破坏我对研究钱锺书的学人的印象；三、是一佐证：在刊登邵燕祥先生《李洪岩文读后》的1999年5月21日《杂文报》的同一版上，还有一篇著名作家张扬先生写的《"矛头所向"》，其中有两段写到邵燕祥先生，兹抄录于下：

> 牧惠、燕祥二位，我是认识的。二位的杂文，我不仅常看，也很爱看。二位人品也很好，宁静淡泊，除偶尔外出开会，总是在家看书报，写文章。
>
> 杂文总会有"矛头所向"的，不然就不能叫杂文。牧惠、燕祥的杂文不例外，也不应例外。那么，他们的杂文"矛头所向"是什么呢？是政治腐败，贪赃枉法，封建愚昧，法西斯专政。他们的杂文在千百万中国读者中受到普遍的喜爱和欢迎，就是明证。

只要"研究"钱锺书的李洪岩读完《李洪岩文读后》稍稍睁大一点眼睛，余光不会不扫到《"矛头所向"》，因为这两篇文章"并肩排列"于同一版。只要他反思一下自己的所作所为，只要他还有一点学人的良知和清醒，只要他仍想"人五人六"地著书立说，他就不会写出网上李洪岩那样的"兽语"。为了区别"研究"钱锺书的李洪岩与网上李洪岩，网上李洪岩就姑之

321

"醒"后吐真言

名曰网上李。下面看看网上李是如何"质邵燕祥同志"的。

一、"喧哗"就是"咒骂"吗?

邵燕祥先生在"野菊文丛"序中写到:"我想,全然死寂犹如身处古墓,杂语喧哗才是人间生活。""杂文的生存状态,从一个特定的角度标志着宪法中言论自由这一公民权利的实现程度。"网上李拿着邵先生这两句话朝他吼来——"看来,邵燕祥所谈的'杂语喧哗',就是许他'喧哗',不许别人'杂语'!"网上李认为,邵先生要"喧哗"的是"杨绛先生也可以'咒骂'吗?'咒骂'杨绛的人又岂能不是'坏蛋'"?而网上李正相反,他要"杂语"的恰是杨绛先生也可以"咒骂"!请问网上李,"喧哗"就是"咒骂"吗?

喧哗,即大声说笑或喊叫,如《旧唐书·李怀远传》:"侍宴既过三爵,喧哗窃恐非仪!"而咒骂是何做派?——用恶毒的话骂!我就不懂了,耄耋之年的杨绛先生是在哪里得罪了网上李,以至暴跳如雷要咒骂她?假若与杨先生仅是学术观点不一致,在"局外人"看来,也只应在学术层面商榷争鸣而不该像"破脚骨"一样上街撒泼呀!手已无缚鸡之力的杨先生是否有什么事情没有如网上李的愿,"局外人"就不清楚了。反正网上李骂人已成瘾了,读者诸君请看看网上李又是如何咒骂邵先生的:"但见老邵头儿忽地从'杂文作坊'中跳出,风风火火,轮(抡)起棍子劈头盖脸打将下来,却不承想未挨到对方,倒闪了自己的腰!""他要把自己装扮成真理的化身,把自己的职责规定为教训人类,忘记自己也是无毛两足动物。""一个人,土埋到大半截了,学术上、思想上一无所成,与学术界隔膜如阴间之物,却靠小打小劫混个杂文家头脸,再专恃杂文家伎俩放泼,老物真不知世间有羞耻事!"够了!污水泼到金子上,流走的是污水,闪光的是金子。

不懂文明的人总不喜欢听到别人教他"不要随地吐痰"的劝告，心智不健全的人哪里知道自己躺在床上向上吐唾沫，淹没的将是他自个儿。

二、"我们"是谁？

《现代汉语词典》（商务印书馆1996年版）写得清清楚楚："【我们】代词，称包括自己在内的若干人。"

请看网上李对"我们"一词的"发挥"："换言之，对我们与杨绛在报章上公开进行的学术争论，他（指邵先生）根本就一无所闻所知，对我们所发表过的各式文章，他高贵厚重的眼皮当然也就从未稍稍一夹，……"

"我们"是谁？网上李明明同若干人呼朋引类地与杨绛先生争论"学术"，偏偏只承认他这个"笔者"。"于是，我们看吧，他居然'头脑简单'得把钱锺书笔下一个相当于'笔者'意思的普通行文'我们'，不含糊地坐实为'一定是'钱锺书和杨绛！"照网上李的理解，"我们"是"笔者"，"于是，笔者看吧"——说网上李孤芳自赏吧，他又不甘心，而事实是网上李的逻辑已经混乱了。若再追问网上李："我们"是谁？他就"杂语"开了："我们可以写《身后闲事谁管得》，只许你们认认真真拜读，不许你们乱说乱动！"还是不再哪壶不开提哪壶吧。

三、何谓"成分论"？

即龙生龙，凤生凤，老鼠的儿子会打洞，坏蛋必是坏鸡种。如果说坏蛋不一定是坏鸡下的，这恰恰不是唯成分论，而是强调实事求是。邵燕祥先生在《李洪岩文读后》最后一段写道："坏蛋（畸形的蛋，腐臭的蛋）不一定是坏鸡下的，但发现那蛋可疑，查查那下蛋的鸡或孵蛋的过程，看毛

"醒"后吐真言

病出在哪里，并不为多事。发现哪个蛋有问题，提醒大家下筷的时候注意，也是起码的公德了。"对这段论述，网上李说"我举双手赞成"，没有说"我们"，但他在"举双手"前却又扛出一顶大帽子，说邵先生"又祭起'成分论'大旗来"，理由是邵先生说"坏蛋不一定是坏鸡下的"。网上李！你若继续搞什么"研究"的话，是不是该好好补上《逻辑学》这门课，否则总是用自己的矛击自己的盾，岂不可笑复可悲！

"成分论"是"文革"期间流行的谬种，网上李口口声声"我没有经历过'文革'"（没用"我们"），而他祭起"成分论"的大旗来却那么易如反掌，这只能告诉人们：别以为没有经历过"文革"的人，血管里就不流动着"文革"的毒液。

四、一点联想

前几年，一股诋毁鲁迅的歪风不知从哪个旮旯里刮起来，肆虐了一阵子，见鲁迅岿然不动，于是风息树静。扳不倒鲁迅的论者，懂得一点鲁迅是与杂文息息相关的常识，旋即改变策略，从攻击杂文入手开始了新一轮的搏击，编造出一张有鼻子有眼的调查表，曰：杂文与诗歌不受读者欢迎。过了一年两年，眼见报章优秀的杂文层出不穷，出色的杂文作者越来越多，个别"闭关自守"，以门户之见治学的学者不知自己无聊，且愿做井底之蛙，一个劲地哇哇叫起来——我的学问是常青树，你那杂文是"只有砍掉"的缠树的"恶藤"，——"这些缺乏原创性工作能力的'杂文家'或其他种类的'文字工作者'，注定成不了大树，只能成为攀附在树上的藤类植物。"

当我把"杂文家缺乏原创性"这样一种观点讲给一位出版家听的时候，他先是哈哈大笑了两声，接着说：当所有人都在夸赞"皇帝的新衣"如何

笔墨往谈

漂亮的时候，唯独有一位天真的小孩指着皇帝——"你也，你光着屁股也！"众人皆昏我独醒，那个小孩的那句话最能体现原创性，因为只有他讲了一句真话。杂文家就是讲真话的人！讲真话的人总是招人忌恨的，所以有了"青年思想家"开了以贬损杂文家为快感的先例，接二连三便又有了虽没思想但也是青年的胡说八道——"《杂文报》就是一张专门造谣的报纸"。靠"一本书"走红的那个"学者"和那个造《杂文报》的谣的"代表"，好赖可依"一本书主义"的光芒刺一阵别人的眼睛，你这网上李就凭辱骂和恐吓杨绛先生来混一碗"研究"钱锺书的饭吃？估计（对不起，怎么又用了一个网上李极不喜欢的"模糊"词。不过，既然有了这个词，那就供人使用。模糊数学的原理告诉人们，事物越模糊，认识就越能清晰。）你是深谙钱锺书这句精言警语的："自己有了道德而来教训他人，那有什么希奇；没有道德而也能以道德教人，这才见得本领。"吃钱锺书"研究"，"质邵燕祥同志"，两手都不软，真的教人见得了网上李的真本领。那真本领除了让人领略网上李"也能以道德教人"的功夫外，还让人欣赏他辱骂杂文家和贬损《杂文报》的高超表演——"天天发表文章教训人类，当个职业杂文家，开心是开心，但题目其实难觅；一天不收到百八十块稿费就饿得慌，咋办？挖空心思，钻头觅缝找话茬，一旦捕获，其施施然肯定和蚊子吮血一般不二。""像《杂文报》这类专供邵燕祥们改造世界而'杂语喧哗'的搏杀阵地，创造文明的比尔·盖茨是绝对不会'看'的。"先前听得多的是说少数顶戴花翎的人对杂文家和杂文咬牙切齿，恨不得一纸封了杂文家的喉舌，而今是因"文人难过皇帝关"，所以就有著书立说的人与顶戴花翎的人凿枘起来，以贬损杂文为能事，用尽秽言恶语欲堵住杂文家的嘴。这是一种有趣的社会心理现象，还是那些著书者害怕杂文家说——"你也，你光着屁股也？！"

"醒"后吐真言

这几天读完英国一位叫保罗·约翰逊的知识分子撰写的洋洋洒洒近40万字的《知识分子》，它带给知识分子的启示是警惕带有权力倾向的雅各宾式的人文知识分子。一旦他们和极端权力、极权主义相结合，他们就可能把他们的胡思乱想、胡言乱语、胡作非为作为终极真理强加于人。那时，他们不是引导人走上迷途，而是强迫人走上"正路"。因此，我认为，不管如何口诛笔伐，只要不借助政治手段和花翎的权力，也不过是文人间的笔墨官司，值得打打闹闹。为提高打闹的质量，论理是题中之义，人身攻击就免了。

附1：

李洪岩文读后

邵燕祥

3月30日《杂文报》四版刊出《身后闲事谁管得》一文，作者李洪岩，不知何许人也。因见其开头引用《普希金秘密日记》，是我没读过的，便一路看下来。

据引普希金有言："年深日久会使最可指责的劣迹变成纯粹的历史，历史不像现时，它既不危险，也不冒犯人，只会令人好笑，使人受到启发。"

这句显然已成历史的话，使李洪岩受到什么启发呢？

他从"放下屠刀，立地成佛"先要有屠刀在手说起，列举"善的美名，以恶辅就"的实证，有我所不知的如"浪荡公子卡沙诺瓦生前奸遍欧洲名姝"，死后"落个风流倜傥的美名"；也有人们熟知的"卢梭不惜在《忏悔录》里自我曝光，结果我们只说他坦白有道德感"；柳永生前"在温柔乡中腻耍惯了，结果是有井水处便有柳词，又有谁会说他是个流氓？"

李洪岩对这些前人似乎不胜艳羡，但其意似乎并不在"坦白"自己的衷曲，而是在层层铺垫。他大概认定比尔·盖茨不看《杂文报》，也没工夫跟他打笔墨官司，就"假如有人说，比尔·盖茨在小饭馆偷了人家一个小勺，你相信吗？你不信，但我信"，此说为的是要推衍出他的论断："英雄欺人，富翁做贼，并不是什么新鲜事"，"同样，尊者，长者，一切的一切的高高

"醒"后吐真言

在上者，公开撒谎者，信誓旦旦，脸不变色心不跳"，如此这般，这里仿佛很有点反权威、争平等的味道，让一切对"公开撒谎"的"高高在上者"不满的朋友引为同调了吧？

不过稍有人生经验的人，都会问一问，那"手抚五弦"的是在"目送飞鸿"呢，还是目送旁的什么？

李洪岩的文笔陡地一转，就转到了杨绛先生身上。据说1997年10月，杨绛先生在电话里对他"以温文尔雅、轻柔缓慢但又坚定决绝的语气"说了一句话："身后闲事谁管得呀，谁管得呀！"又据说他当时的反应是："我当时就有异样感，只是不敢有任何不恭敬的表示，唯唯诺诺而已——谁让她是尊者长者而我是卑者幼者呢！"原来"尊者，长者"的谜底在此！我虽不知李洪岩为何许人，但从上述伎俩，可知自称幼者，毋乃过谦；自命卑者，多半也是"唯卑贱者最聪明"的那路聪明的卑贱者吧！

李洪岩的"聪明"之处，恰恰是在云山雾罩地兜着圈子骂了一番，却没把前因后果上下文交代清楚；他知道万千读者中，读了他的东西还必欲彻底弄清原委的，大约没有几个，而他指名道姓把杨绛咒骂一顿的目的则达到了。然而这只是一面之词，究竟杨绛先生在电话里对李洪岩说了些什么，以至是否还像李文所说"后来得知杨先生把我们的谈话录了音"（怎么"得知"的？），我们局外人全然不知，只能姑妄听之吧！

我为什么要写这篇小文呢？是我紧接着读到4月3日《文艺报》上的《走出〈围城〉的钱锺书》（乌尔沁夫），才多少纠正了我的"迂"，才知道与钱锺书、杨绛先生打交道的，不尽是谦谦君子，发生一些纠葛也不限于学术之事。该文说："一九六八年开始，钱锺书家（东城干面胡同）派驻进来两名'造反派'夫妻，起监督和审视（？）作用。在这期间，由于年轻人不懂得尊重老年人，也不懂得尊重知识，还动手打了钱老。"云云。

不知道是不是真像上引的话所说，"年深日久会使最可指责的劣迹变成纯粹的历史"，而"使人受到启发"，不同的人会受到不同的启发吧；然而，有此打人的旧闻于前，能够称杨绛先生为"尊者，长者"，自居为"卑者幼者"的人，固然是要欲抑先扬欲扬先抑的小把戏，而对老人的态度，从"打"降而为"骂"，对照30年前那一对夫妻之所为，也算不无一点进步吧！

不打是不打，但骂口里未必就不含有杀机。李文把什么"身后闲事谁管得"跟普希金的那段话相提并论，又在文末点出"那位为了名誉而不惜牺牲生命的俄罗斯才子"，是不是意味着扔来白手套：你想要名誉，就像普希金那样出来跟我决斗！接受谁的挑战又是跟谁决斗呢？李洪岩说："而天下最可怕的，或许就是两个明白人、两个唯物主义者碰到一块了。"一个"明白人"和"唯物主义者"是指杨绛的话，另一个"明白人"和"唯物主义者"就是李洪岩了吗？——呜呼！

记得钱锺书先生说，只吃鸡蛋，不必非看那生蛋的母鸡不可（大意）。我以为从提倡重视文本的意义上，特别是从不必离开文本进行炒作来说，那是对的；然而，我又以为不可超出这个范围而否认知人论世的必要，坏蛋（畸形的蛋，腐臭的蛋）不一定是坏鸡下的，但发现那蛋可疑，查查那下蛋的鸡或孵蛋的过程，看毛病出在哪里，并不为多事。发现哪个蛋有问题，提醒大家下筷的时候注意，也是起码的公德了。

附2：

"人五人六"篇
——答网上李某

邵燕祥

在这里向读者介绍两篇文字，都是原载《杂文报》的。一篇是《身后闲事谁管得》，作者李洪岩（载 1999 年 3 月 30 日）；一篇是《李洪岩文读后》，作者是我（载 1999 年 5 月 21 日）。李洪岩在他那篇里说了他想说的话，我在我这篇里说了我想说的话。读者朋友要看了两文才知话题的原委。

我当时说"作者李洪岩，不知何许人也"，后来人们告诉我，这是在中国社科院某所做研究工作的一个年轻人，写作或编辑过关于钱锺书的书，至少有一本曾因侵权受到法律追究。不过，那篇《身后……》算不得学术文章，我自然也不是在学术层面上与他讨论，我只是发表一点不许出语伤人的平常意见。

然而事情没有完。有人拿给我看一张网上文字，题曰《质邵燕祥同志》，署名也是李洪岩。洋洋五千言。通读之后，真是"胡同串子"骂街，大不类一位从事学术研究者之所为；考虑到网上既有真名实姓，也不乏匿名或冒名，在不能认定即是在《杂文报》上撰文的那一李洪岩之前，姑名之曰网上李某吧！

这个网上李某，劈头盖脸就谥我为蚊虫："蚊子嗡嗡飞，是饥渴使然，叮上一口，那快慰劲就甭提了。天天发表文章教训人类，当个职业杂文家，开心是开心，但题目其实难觅，一天收不到百八十块稿费就饿得慌，咋办？挖空心思，钻头觅缝找话茬，一旦捕获，其施施然肯定和蚊子吮血一般无二。"这就是我这"职业杂文家"写作《李洪岩文读后》的动机了；结果如何呢？"一个人，土埋到大半截了，学术上思想上一无所成，与学术界隔膜如阴间之物，却靠小打小劫混个杂文家头脸，再专恃杂文家伎俩放泼，老物真不知世间有羞耻事！"还有"不过就是个舞文弄墨的文丐"云云。文丐不足道，却又说此人"与姚文元所玩的把戏同出一门"，与"张（春桥）、姚（文元）之帮如出一辙"。高抬了！小朋友不知道，那张、姚贵至政治局委员以上，按照中国国情，邵燕祥安能与二人相提并论呢。

这些骂人的话，怎么解恨怎么说吧，不必理睬。顶多劝告他言语放干净些，犹如"不要随地吐痰"，"不要随地大小便"而已。

略可一提的倒有两件事：

一、我文中引用了《文艺报》上乌尔沁夫的一段话："一九六八年开始，钱锺书家派驻进来两名'造反派'夫妻，起监督和审视作用。在这期间，由于年轻人不懂得尊重老年人，也不懂得尊重知识，还动手打了钱老。"那个网上李某，自称"我没有经历过'文革'"，却对"文革"中事如数家珍，他把上述一事定性为"钱氏夫妇与邻居动手厮打"，指出"那是一九七四年的事；对方不是别人，正是研究邵燕祥祖师鲁迅的××研究员。××是'造反派'吗？同居一单元房子吵嘴打架，你邵燕祥未经任何调查研究，何以就一屁股坐到了钱锺书杨绛一方？太势利眼了吧！"但这个网上李某何以就一屁股坐到了他所说的××研究员一方呢？鲁迅是一回事，"研究"鲁迅又是一回事，其中不排除莫名其妙的人；正如钱锺书是一回事，而所谓"研

331

"醒"后吐真言

究"钱锺书的人里,不也有李洪岩这样的吗?当年动手打钱先生夫妇的人,是否即为网上李某点名的这一位,我"未经任何调查研究",姑以××代之。

二、这个网上李某,在长文最后说:"其实,这个邵燕祥,我不但知其人知其心,还有幸知其面呢。一九九八年四月三十日,北京国林风书店举行《往事与沉思》丛书座谈会,我作为该丛书的编委与会,却发现邵燕祥端坐在显眼的位子上。当时我就感到诧异,彼邵大杂文家邵大诗人没有史学论著呀,这会又非杂文家或诗人的麇集,怎么也人五人六大模大样像那么一回事?脸何以不红?何以不虚?""本来嘛,以杂文成家的,没有没有胆量到任何地方去'夹杂'混混的雅兴的。"对不住,我一直不知道阁下是那套丛书的编委,我参加那个会并作了题为《史家之传》的发言,固然是出于对几位传主和作者的尊重(四本书分别是顾颉刚、谭其骧和何兹全、傅振伦四位历史学家的传记或自传),也不足背着丛书编委会且非要出席不可;但我想,即使作为一个读者,不请自来,到一个书店的"开架"会上坐下,听听,谈谈,又有什么心虚脸红的必要?

不过,这里标举"人五人六"一词,倒是此文一大贡献。我生北京若许年,"人五人六"所见多矣,这个地道的北京方言词语,则久未见人正式笔之于书。放眼看去,在国林风书店以外的"显眼的位子"上"端坐"的,"人五人六"之徒,何可计数,可惜都没有进入网上李某的眼界罢了。

看看标题:《质……同志》,令人齿冷。算了吧,"同志"?谁又知道你"志"在什么!